Mirjam Müntefering

Das Gegenteil von Schokolade

ROMAN

BASTEI LÜBBE TASCHENBUCH
Band 14854

1. Auflage: Februar 2003

Vollständige Taschenbuchausgabe

Originalausgabe
© 2003 by Verlagsgruppe Lübbe GmbH & Co. KG, Bergisch Gladbach
Umschlaggestaltung: www.herrlichstark.de
Titelbild: Mauritius
Satz: hanseatenSatz-bremen, Bremen
Druck und Verarbeitung: Ebner & Spiegel, Ulm
Printed in Germany
ISBN 3-404-14854-1

Sie finden uns im Internet unter
http://www.luebbe.de

Der Preis dieses Bandes versteht sich einschließlich
der gesetzlichen Mehrwertsteuer.

*steffi, du musstest unter meinen schreibanfällen
bei diesem buch besonders leiden,
hast darüber gelacht und mich angelächelt –
deswegen besonders für dich
küsse
für euch, anja, chris, claudia, etienne, sabrina, marina,
weil ihr mir nicht von der seite weicht –
was würde ich wohl ohne euch tun?*

1. Nachts ist das Leben nicht anders als am Tag

Als sie sich kennen lernten, stand der Mond am Himmel wie ein kreisrundes Herz in der Mitte der Nacht. Es war eine von jenen Begegnungen, denen wir anfangs nicht viel Bedeutung beimessen. Doch wenn wir später zurückschauen, entdecken wir dutzende von Hinweisen darauf, dass hier etwas geschah, das unser Leben verändern würde. Wenn wir es nur erlauben.
(Seite 1 des Romans »Von der Umkehr der Endgültigkeit«, Patricia Stracciatella)

Der Baum vor meinem Fenster spricht zu mir. Tagsüber ist jetzt Wetter zum Drachensteigenlassen, dass es einem die Schnur aus der Hand reißen will.

Abends ist es die Zeit, um mit einer Wolldecke, weil es für Heizung im Oktober wirklich noch zu früh ist, auf dem Sofa zu liegen, einen ergebenen Hund zu Füßen, und ein unterhaltsames Buch zu lesen.

Ich starre auf die elektrostatisch aufgeladenen Flusen der Decke, die wahrscheinlich zum größten Teil aus Kunststoff besteht. Das unterhaltsame Buch in meinen Händen habe ich bereits vor einer ganzen Weile abgelegt, Schrift nach unten. Statt zu lesen, lausche ich hinaus. Horche durch die Mauern und Fensterscheiben des Hauses, was der Baum mir sagen will.

Die Sache ist die, dass ich zuerst gar nicht wusste, dass er es ist. Zuerst war es mir nämlich irgendwie unheimlich.

Komische Geräusche, fand ich. So ein Geknarre und Geächze. Und selbst wenn meine liebe Vermieterin, Frau Silber, in ihrer Wohnung unter meiner mal wieder Renovierungsarbeiten vornehmen sollte, war es dafür viel zu spät am Abend.

Ich war in der Nacht aufgewacht und hatte diese beängstigenden Geräusche wieder gehört und mich gewundert.

Lag wach und blickte schlafblind zum Fenster.

Sagte mitten in der Nacht plötzlich laut »Ah!«, weil ich in dieser Sekunde endlich begriff, woher diese Töne kamen. Laut »Ah!«, ohne daran zu denken, dass ich jemanden wecken könnte damit. Vielleicht auch, weil ich schon verinnerlicht hatte, dass ich niemanden damit wecken würde. Denn ich schlief wieder allein.

Nach langer Zeit wieder allein zu schlafen, ist gewöhnungsbedürftig. Selbst dann, wenn der ehemalige Freund und Bettnachbar hin und wieder im Schlaf mit den Zähnen geknirscht und ich ihn aus diesem Grund mehr als einmal auf den Mond gewünscht hatte.

Weil ich auch nach sieben Wochen immer noch nicht gut allein schlafen kann, halte ich mich häufig auf dem Sofa auf. Auch weil Loulou, meine gefleckte Mischlingshündin, die Erlaubnis besitzt, auf dem Sofa Platz zu nehmen, während das Bett für sie verboten ist.

Es ist nicht ungewöhnlich, dass ich nachts um halb eins hier sitze und, mit einem unterhaltsamen Buch auf dem Schoß, dem Baum lausche.

Ich hab wirklich keine Ahnung, was er sagt, aber ich kenne seine Sprache inzwischen recht genau. Sie besteht entweder aus einem leisen Singen und Raunen oder aber einem gewaltsamen Toben, eben diesem Ächzen, das mir anfangs Angst eingejagt hatte.

Ich weiß nicht einmal genau, was das für ein Baum ist. Er trägt auch jetzt, im Oktober, noch sein komplettes Kleid an weichen duftigen Nadeln und dazu Früchte, die von meinem Küchenfenster aus aussehen wie grüne Cocktailwürstchen. Sein Stamm ist dick und stark. Das muss er auch sein, denn sonst würde er sich da an der Hausecke bestimmt hin und her biegen und drohen, Löcher in die Mauern zu reißen. Und das wäre unter Frau Silbers gestrengen Augen bestimmt sein Todesurteil. So aber, weil er so stark ist, kann er das Haus beschützen und zu mir sprechen – auch wenn ich ihn nicht verstehe.

Als ich mir die Wohnung vor drei Monaten ansah, stand sie leer. Frau Silber war stolz auf die frisch umgebauten Räume und präsentierte mir mit geschwellter Brust den riesigen Wohnraum, der zum Balkon hinaus eine lange Fensterfront besitzt. Direkt anschließend, durch eine weiße Schiebetür abtrennbar, befindet sich die kleine gemütliche Küche. Das Bad ist neu gefliest und sieht aus wie aus dem Kempinski. Aber den tatsächlichen Anstoß zu meiner Entscheidung gab das Schlafzimmer. Es ist klein und fast quadratisch und wirklich nichts Besonderes. Aber direkt vor dem Fenster steht eben der Baum, der auch von der Küche aus zu sehen ist. Ich hatte gleich den Eindruck eines Nestes, das in den Baumkronen hängt, und das fand ich so gemütlich, dass ich die Wohnung nahm.

Dann musste nur noch der Umzug vorbereitet werden.

Lothar stand oft mit verschlossenem Gesicht neben mir, wenn ich Dinge in Zeitungspapier wickelte und in den Kartons verstaute.

»Ich kann das nicht«, hatte er gemurmelt. »Ich kann dir nicht dabei helfen, deine Sachen einzupacken und hier wegzutragen. Ich kann's nicht, weil ich eigentlich nicht will, dass du gehst.«

»Ach, Lothar«, hatte ich erwidert, war vom Boden aufgestanden und hatte ihn umarmt. Er ist ein weicher Mann, keiner von diesen knallharten Typen, die nichts umwerfen kann. Nein, Lothar ist wohl sensibler und empfindsamer als ich. Er litt sehr unter der Trennung, obwohl wir beide sie gewollt hatten.

Es gibt Zeiten im Leben, in denen erleben wir Außergewöhnliches. Könnte sein, dass es etwas Schönes, Großes, Wunderbares ist. Etwas, das uns verändert, von rechts nach links zieht, uns voranschreiten lässt mit Siebenmeilenstiefeln auf dem Weg zum umfassenden Glück, nach dem wir alle auf der ständigen Suche sind.

Könnte aber auch sein, dass es etwas Trauriges ist, ebenfalls Großes, aber Wunden Schlagendes. Etwas, das uns den Rückzug antreten lässt in unser Schneckenhaus, verharrend in einer angstvollen Erstarrung vor dem Schrecken des Schmerzes.

Könnte sein, dass es sich hierbei um eine Trennung handelt. Eine Trennung aus einer liebevollen Beziehung, die ehemals etwas Schönes, Großes, Wunderbares war und dann den Weg mitten hinein in das Verhängnis Treibsand genommen hat.

Als mir zum ersten Mal bewusst wurde, dass ich mich mit Lothar nicht mehr wie ein Paar fühlte, sondern eher wie mit meinem besten Kumpel, war ich gerade auf einer kleinen Drehreise in England unterwegs. Ich war in den nächsten Supermarkt gerannt, hatte mir vier Sixpacks Bier gekauft und mich heillos betrunken. Die nächsten Tage arbeitete ich wie eine Bekloppte und brachte das ganze Team zum Schwitzen.

Am letzten Abend der Reise versuchte ich mich sogar dadurch abzulenken, indem ich mit dem Kameraassistenten knutschte. Aber das half mir auch nur diesen einen Abend und verursachte einen moralischen Schluckauf, in Form eines wochenlangen schlechten Gewissens, wann immer ich seinem traurigen Gesicht auf meinem Weg zum Schnittplatz in der Firma begegnete. Egal, was ich versuchte, es blieb dabei: Die Beziehung, die Lothar und ich sechs Jahre lang geführt hatten, war am Ende. Und ich hatte keine Erklärung dafür.

Vielleicht lausche ich deshalb nun Abend für Abend in diesem windigen Oktober dem Baum vorm Fenster. Weil ich hoffe, irgendwo eine Antwort darauf zu finden, wie so etwas eigentlich passieren kann.

Liebe ist eine sonderbare Macht, die uns beherrscht und führt, die uns selbstverständlich wird und plötzlich im Spiegel das eigne Gesicht nicht mehr erkennen lässt. Ratlos stehen wir da, können es nicht fassen und schütteln den Kopf.

Und sind dann irgendwann so weit, nachts um eins mit dem Telefonhörer in der Hand in der Wohnung auf und ab zu laufen.

Es gibt nur ein paar Menschen, die ich mitten in der Nacht ohne einen Grund anrufen würde. Aber Katja, meine Cousine und erklärte beste Freundin seit Kindergartenzeiten, liegt viele hundert Kilometer entfernt von hier in einem Münchner Hotelbett und braucht ihren Schlaf für die morgige Fachtagung.

Lothar möchte ich nicht schon wieder in mein Seelendilemma hineinziehen.

Und Michelin, meine liebe Arbeitskollegin in unserem kleinen Zwei-Frauen-Journalistinnen-Büro, hat heute bei Arbeitsschluss erzählt, dass sie ihre Freundin Angela zum gemütlichen Abend erwartete. Wahrscheinlich ist sie jetzt also nicht allein. Und es wäre mir peinlich zu stören. Auch wenn Michelin beteuert, dass ich jederzeit anrufen kann. Sie hat sich immer sehr um mich gekümmert. Keine dummen Fragen gestellt nach dem Warum und Wieso, war einfach nur da und hatte Verständnis für jeden Tränenschub und Wutausbruch und so manchen schweigsamen Nachmittag in unserem Büro. Michelin hat es auch fertig gebracht, ihrem guten Freund Lothar und mir gleichermaßen Trost entgegenzubringen.

Sie hat es also wirklich nicht verdient, dass ich sie um ein Uhr nachts aus dem Bett schelle.

Ich schiele zum Computer.

Das habe ich ganz genau gemerkt.

Dass ich regelrecht dahin geschielt habe.

Nicht so direkt hingeschaut. Auch nicht das Ding mit dem Blick gestreift. Nein, ich habe hingeschielt.

Und ich werde das sicher nicht machen. Ich werde mich nicht schon wieder hinsetzen und auf den Bildschirm starren, während andere sich unterhalten, Witze machen, flirten.

Nein, das werde ich nicht tun.

Lieber gehe ich eine Runde in die Küche und hole mir etwas Milch mit Honig und drei bis fünf Kekse als Gute-Nacht-Häppchen.

Dass die Milch sauer ist und in der Keksdose irgendein Käferweibchen Nachwuchs produziert hat, muss nun wirklich kein Zeichen sein. Aber ich bin gewillt, es als ein solches zu betrachten.

Der Computer fährt hoch.

Ich knabbere dazu ein bisschen an meinen Fingernägeln.

Loulou reckt sich auf dem Sofa und gähnt quietschend. Wenn sie wüsste, dass ich ihren Namen benutze, während ich durch die virtuelle Welt sause und am möglicherweise ja auch fiktiven Leben fremder Menschen teilnehme, die sich immer schöner, größer, besser, erfolgreicher und beliebter geben, als sie es wahrscheinlich wirklich sind.

Ich platze mitten hinein in eine Eifersuchtsszene.

Jannette23: du hast nicht NUR geguckt! oder denkst du, ich bin blind?

Supermaid: aber da ist doch nun wirklich nichts dabei ... ich hab doch nichts schlimmes getan

Grinsnichso: und ich auch nicht

Supermaid: halt dich mal kurz da raus, grinsi, wir müssen das in ruhe klären

Jannette23: lass sie ruhig ihren brei dazu abgeben. interessiert mich wirklich, wie ihr zwei euch gemeinsam da rausreden wollt.

Grinsnichso: wieso rausreden? du bist ja echt psycho!

Supermaid: ey! schluss jetzt mal. komm, janni, lass uns pvt gehen!

Grinsnichso: dann krieg ich doch gar nichts mehr mit!

Supermaid: das geht jetzt auch nur uns was an

Jannette23: jetzt geht dir echt die düse, wie? bisschen spät, findest du nicht?

Grinsnichso: man, seid ihr blöd ... ☹

Grinsnichso: dann fahrt doch demnächst nicht aufs chatter-treffen, wenn ihr euch gegenseitig nicht traut

Grinsnichso: ne beziehung über 500 kilometer und nur durchs chatten funktioniert doch eh nich ...

SILBERMONDAUGE: du bist allein ... hast du's noch nicht gemerkt? die beiden haben sich zurückgezogen

Da ist sie wieder!

Grinsnichso: boooah! du schon wieder! kannst du deine kommentare bitte ausnahmsweise mal zurückhalten?
SILBERMONDAUGE: zurückhaltung ist eine tugend, die nur diejenigen besitzen, die ihre weisheit eifersüchtig bewachen
Grinsnichso: ist das jetzt wieder so ein chinesisches sprichwort, odda was?!
SILBERMONDAUGE: das war original silbermond

Ich muss lächeln.

Wir sind uns ein bisschen ähnlich, denke ich manchmal.

Auch ihr Name steht meist nur am Rand in der Liste derer, die im Raum angemeldet sind. Weil sie sich aber nicht am allgemeinen Gespräch beteiligte, dachte ich anfangs, sie unterhalte sich gerade per Telegramm mit einer anderen. Ich dachte tatsächlich, ich sei die Einzige, die sich hier rumdrückt und einfach nur mitliest, was die anderen dort schreiben.

Aber dann, irgendwann, mischte sie sich plötzlich ein in ein Gespräch. Und zwar so, dass alles in Aufruhr geriet. Nur weil sie ein paar Sätze von sich gab und dazu noch in Form eines Gedichtes.

Und als alle anderen sich die Köpfe heiß redeten, die Finger wund tippten, die Zeilen über meinen Bildschirm rasten, da zog sie sich wieder zurück. Nur ihr Name lauerte am Rande und ließ uns andere wissen, dass sie noch da war.

Seitdem achte ich darauf, ob sie online ist, wenn ich es bin.

Seitdem fahre ich meinen Computer gerne spät abends hoch. Denn die Wahrscheinlichkeit, dass sie hier ist, ist dann größer.

Ich stelle sie mir vor als eine Filmfigur in einer Tragikomödie. Eine, die gern in Reimen und Zitaten spricht.

Eine, die sich immer nur für einen Augenblick ins Leben einmischt und sich dann wieder davonmacht auf leisen Sohlen, verstohlen lächelnd. O.k., ich gebe es zu: Ich stelle sie mir so vor, wie ich selbst gern sein würde.

In ihrem Profil findet jede, die sich dafür interessiert, als Heimatort das Ruhrgebiet angegeben. Ich hatte mich dafür interessiert. Und dieses simple Wort ›Ruhrgebiet‹ verstärkte mein Gefühl, etwas gemeinsam mit ihr zu haben. Das Bewusstsein für diese aneinander geklebten Städte, in denen Lokalpatriotismus zur Tradition und Pommes-rot-weiß von der Bude an der Ecke zum guten Ton gehören.

»Silbermondauge. Silbermond«, hatte Michelin gemurmelt, als ich ihr von meinen Beobachtungen erzählt hatte. Immerhin stammt der Tipp mit dem ›netten Lesben-chatroom‹ von ihr. »Nein, an die kann ich mich nicht erinnern. Aber das muss auch nichts heißen. Ich chatte ja schon lange nicht mehr. Seit ich nicht mehr solo bin, hab ich ja viel zu viel zu tun mit dem wirklichen Leben ...« Damit hatte sie ihren Redefluss gestoppt und mich bestürzt angesehen.

Aber es braucht ja nicht den entschuldigenden Blick einer guten Freundin, um zu erkennen, was ich tue: Ich vergrabe mich in einer lebensfremden und fiktiven Welt. Und das nur, weil es mir leichter scheint, für mich selbst Personen zu erfinden, als mich mit meiner Realität auseinander zu setzen.

Ich lasse ja nicht einmal zu, dass die Personen, die ich dort treffe – na ja, zumindest theoretisch treffen könnte –, irgendetwas über mich wissen. Nur ganz zu Anfang, bei meinem zweiten Chat-Anlauf, hatte ich so einen Versuch unternommen. Im Gespräch mit einer anderen Hundebesitzerin aus der Nachbarstadt hatte ich erwähnt, wo man hier im Umkreis gut spazieren gehen kann und wo ich täglich meine Runden drehe. Sofort hatten sich alle darauf gestürzt wie die Aasgeier und mir in dem hier üblichen flirrenden Ton erklärt, wie viel Besuch ich demnächst auf meinen Hundegängen erwarten dürfte. Getroffen habe ich nie eine von ihnen, obwohl ich die ersten Tage mächtig Schiss davor hatte. Aber seitdem bin ich vorsichtig und halt mich lieber zurück. Und bin damit uninteressant für die anderen.

»Wenigstens kann ich mich im Lesbenchat nicht in irgendeinen Blödmann einsamkeitsverlieben«, hatte ich mit einem schiefen Grinsen zu Michelin gesagt. Ihr Blick war verstohlen von meinem Gesicht fortgehuscht in eine Zimmerecke, und ich musste noch lange an den Ausdruck darin denken.

Silbermondauge. Nun, Silbermondauge ist meine Heldin. Sie ist meine Protagonistin in diesen nächtlichen Geschichten. Auch wenn sie häufig schweigt. Wann immer sie etwas zu sagen hat, legt sich ein weiteres Puzzlestückchen zu den anderen und formt mit ihnen das Bild einer bemerkenswerten Individualität.

So wie ich früher die »Fünf Freunde« las und »Geheimagent Lennet« und wie ich heute Kriminalgeschichten mit klugen weiblichen Detektivinnen verschlinge, so lese ich jetzt diese Dialoge, die um Liebe und um viele andere, manchmal auch weniger massive Themen kreisen. Ich wäre gerne wie Silbermondauge und würde zu manchen Gesprächen meinen schlauen Beitrag leisten. Aber wenn mir einmal eine funkelnde Idee kommt, beschleicht mich gleich wieder dieses beklemmende Gefühl, als gehörte ich nicht hierher. Als hätte ich mich mit einer Tarnkappe eingeschlichen in ihre Gemeinschaft. Als stehe es mir nicht wirklich zu, eine Meinung abzugeben zu dem, was das Leben von ihnen ausmacht. Das Leben von Lesben.

Wenn ich an dieser Stelle meiner Überlegungen angekommen bin, fühle ich mich noch leerer und tauber als tagsüber.

Silbermondauge wartet am Rand. Genau wie ich. Nicht genau wie ich.

Die anderen – die bestimmt für sie auch »die anderen« sind, und das allein macht uns zu einer Art Verbündeten, auch wenn sie es sicher noch nicht bemerkt hat – plaudern miteinander über eine lesbische TV-Serie, die sie *drehen* würden, wenn sie die Chefinnen bei einem privaten Sender wären.

Produzieren, denke ich. In diesem Falle heißt es *produzieren*. Denke an meinen aktuellen Auftrag, zu dem ich noch in der Recherche stecke. Denke an meinen letzten Auftrag, zu dem ich vorige Woche die Abnahme am Sender hatte. Der dunkle Vorführraum, in dem echte Kinosessel stehen. Die beiden Produktionsleiter, die in ihren teuren, leger sitzenden Anzügen auf den Lehnen hockten, um sportlich und dynamisch zu wirken. Die Zigarillos, die einer von ihnen rauchte. Meine Kopfschmerzen, höllisch, über dem rechten Auge, als ich heimfuhr, später, nach endlosen um ihrer selbst willen geführten Diskussionen um Einstellungsgrößen und raschere Montage. Kopfschmerzen von der Gesellschaft dieser Macher. Daheim die Wohnung kalt, weil ich vergessen hatte, das Fenster zu schließen. Ein sperrangelweit offenes Fenster und noch nicht einmal ein griesgrämig dreinblickender Hund, weil Lothar Loulou für einen Spaziergang abgeholt hatte.

Lange hatte ich auf meinem Bett gesessen und den Baum vor dem Fenster angeschaut. Wieso passiert mir so etwas?, hatte ich ihn gefragt. Wieso passiert es mir, dass ich plötzlich allein bin?

Eine Träne tropft auf die Tastatur, und ich fummele die Spitze eines Taschentuches so hin, dass ich damit die Flüssigkeit aus den Ritzen saugen kann.

Pling macht es.

Ich sehe hin.

Telegramm von SILBERMONDAUGE: Und in den Nächten fällt die schwarze Erde aus allen Sternen in die Einsamkeit.

Ich schaue auf die Worte.

Starre.

SILBERMONDAUGE: wenn du dich jetzt wieder abmeldest, entgeht dir eine tolle unterhaltung...

Noch nie hat sie ein Wort an mich gerichtet.

Immer hat sie, ebenso wie ich, dort am Rande gelauert und hat teilgenommen und, anders als ich, hin und wieder etwas beigesteuert, wenn es ihr wichtig genug erschien.

Aber an mich nie ein Wort.

Mein Kopf ist sich noch gar nicht klar darüber, ob ich antworten soll, geschweige denn was, da bewegen sich meine Finger ganz von allein über die Tastatur. Nachts um eins.

LOULOUZAUBER: und war das gerade auch original silbermond?

SILBERMONDAUGE: :-))))))) nein, das ist aus einem gedicht von rilke

LOULOUZAUBER: der mit dem panther?

SILBERMONDAUGE: genau der

LOULOUZAUBER: soviel ich weiß, war der depressiv

SILBERMONDAUGE: damit weißt du schon eine ganze menge mehr als die meisten, die hier mitten in der nacht herumgeistern. fragst du dich auch manchmal, womit die anderen hier sich beschäftigen, wenn sie nicht auf ihren computerbildschirm glotzen?

Ich habe mich schon ein paarmal gefragt, was sie macht, wenn *sie* nicht hier ist. Oder auch, wo sie sich überhaupt befindet. Ob an einem ordentlichen Computertisch mitsamt rückenfreundlichem Schreibtischstuhl. Oder vielleicht halb auf dem Boden liegend in einem chaotischen WG-Haushalt, in dem alle sieben Bewohnerinnen den Computer gemeinsam nutzen und neben ihm Unmengen von Schokoriegelverpackungen liegen lassen.

LOULOUZAUBER: wir selbst sind es doch, die diese leeren hüllen mit leben füllen, meinst du nicht?

Ach, ich liebe mich! Das war ein wundervoller Satz! Und ich habe ihn zu meiner Heldin gesagt. Na ja, nicht ganz gesagt. Getippt.

SILBERMONDAUGE: du schreibst nie ein wort. wieso nicht?

Das ist ihr aufgefallen.

Sie hat mich gesehen. Öfter schon. Und es ist ihr aufgefallen, dass ich nie was sage.

LOULOUZAUBER: ich hab nicht viel zu sagen.

SILBERMONDAUGE: o je! das klingt ja jämmerlich ...

LOULOUZAUBER: soll es gar nicht. ich meine damit nur, dass ich lieber mitlese, als selbst etwas zu sagen. das ist doch besser als fernsehen.

SILBERMONDAUGE: nicht, wenn man auf die nullhundertneunziger-reklame steht ...

Ich grinse. Dass sie Humor hat, das hat sie schon in den vergangenen Wochen bewiesen.

LOULOUZAUBER: weißt du was? du könntest eine von meinen lieblings-krimiheldinnen sein. die haben auch deine art von humor

SILBERMONDAUGE: leider bin ich keine detektivin

LOULOUZAUBER: ich könnte dich zu einer machen. das ist doch ganz einfach, hier in dieser virtuellen welt.

Ich bin gespannt, wie sie auf diese These reagiert. So wie ich sie einschätze, wird es sie zu einer scharfsinnigen Bemerkung reizen. Doch dann sind ihre nächsten Worte fast eine Enttäuschung für mich, denn sie geht gar nicht auf meine hingeworfene Provokation ein.

SILBERMONDAUGE: du liest also gern krimis?

Ich bin so etwas wie desillusioniert durch diesen Satz. Denn jede andere hätte wahrscheinlich etwas Ähnliches gefragt. Von Silbermond aber hätte ich erwartet ... ja, das ist so eine Sache mit den Erwartungen. Auch an Lothar habe ich immer eine Menge Erwartungen gehabt.

LOULOUZAUBER: ja, tue ich ... aber sie müssen wirklich schwer zu lösen sein

SILBERMONDAUGE: du stehst auf geheimnisse?!

LOULOUZAUBER: auf schwer lösbare geheimnisse

Pause.

SILBERMONDAUGE: das ist nun wirklich eine herausforderung

LOULOUZAUBER: das habe ich nicht beabsichtigt

SILBERMONDAUGE: schade

Flirtet sie mit mir? Ich merke, wie allein diese vage gedachte Frage eine feine Röte in meine Wangen steigen lässt. Das werde ich nie los. Dieses Wechseln der Gesichtsfarbe, selbst wenn mich niemand sehen kann.

SILBERMONDAUGE: wer jetzt allein ist, wird es lange bleiben

Ich hebe den Kopf, wie alarmiert. Aber so lange ich auch starre, sie erklärt nichts von selbst. Was für eine verrückte Begegnung in einer Welt, die nicht wirklich existiert.

LOULOUZAUBER: wieso schreibst du das?

SILBERMONDAUGE: so gern wie du krimis liest, lese ich gedichte

Ich schreibe: dachte ich mir schon. manchmal, wenn du den anderen geantwortet hast, klang das so poetisch. so wie ich mir dich vorstelle, passt es zu dir, gedichte zu mögen ...

Dann lese ich alles noch einmal durch. Das klingt, als ob ich auch flirten will. Das klingt, als hätte ich seit Wochen beim Chatten immer ganz besonders darauf geachtet, was *sie* schreibt und wie *sie* antwortet. Ich lösche es, ohne es abgeschickt zu haben. Schreibe:

LOULOUZAUBER: schau an! und wie geht das da oben weiter?

SILBERMONDAUGE: wird wachen, lesen, lange briefe schreiben und wird in den alleen unruhig hin und her wandern, wenn die blätter treiben

Kloß im Hals. *Wachen. Lesen. In den Alleen unruhig wandern.*

Unruhig.

Ich schweige.

Natürlich schweige ich.

Wir reden ja gar nicht miteinander.

Mein Schweigen wird auf dem Monitor deutlich durch ein lang andauerndes flirrendes Nichts. Leere.

SILBERMONDAUGE: du hast nachtangst, wie?!

Ich bekomme eine Gänsehaut. Es ist das erste Mal, dass ich dieses Wort geschrieben sehe, von seiner Existenz erfahre. Aber mir ist, als würde ich es schon lange kennen.

»Nachtangst«, wiederhole ich dumpf und schreibe: was ist das?

SILBERMONDAUGE: das ist, wenn alle schlafen, nur du kannst es nicht. wenn alle glücklich oder zumindest leidlich zufrieden sind, nur du wirst es nie wieder sein. wenn alle ihre ohren verschließen gegen die stimmen der nacht, nur du hörst sie alle auf einmal und durcheinander und kannst keine einzige wirklich verstehen

Ich schaue mich um.

Mein Bücherregal, das sich über die ganze Wand des Wohnzimmers zieht. Meinen Schreibtisch mit dem Computer darauf. Den alten, blauen Sessel in der Ecke, auf dem Loulou einen angekauten Büffelhautknochen hat liegen lassen, wie ich gerade sehe. Meine Sachen umgeben mich wie eine Schar von Getreuen. Trotzdem ...

LOULOUZAUBER: es ist wahrscheinlich, weil ich noch nicht lange hier wohne. ich bin erst vor ein paar wochen hier eingezogen und hab mich noch nicht richtig eingelebt

SILBERMONDAUGE: für nachtangst muss man wirklich keine erklärung parat haben

LOULOUZAUBER: sollte auch keine sein

SILBERMONDAUGE: oh ... klang aber so

LOULOUZAUBER: nein nein

SILBERMONDAUGE: na, dann ... mein erster gedanke war, dass du ein gegenüber brauchst ... aber wer weiß ... vielleicht brauchst du ein zuhause noch mehr als ein gegenüber

Ich frage mich, wer sie ist.

Wer ist sie wohl?

Starre auf die letzten Zeilen auf meinem Monitor und frage mich, wie sie aussieht und wo sie sitzt jetzt gerade. Wir könnten Nachbarinnen sein. Oder Kilometer voneinander entfernt.

SILBERMONDAUGE: ich muss jetzt aufhören. wir sehen uns ja sicher wieder ...

Tun wir das? Uns wiedersehen? Wieder sehen?

LOULOUZAUBER: wenn es so sein soll

SILBERMONDAUGE: fatalismus ist der kern allen übels

Ehm, denke ich. Oder so etwas Ähnliches. Zumindest nichts wesentlich Bedeutungsvolleres. Da kommen schon ihre nächsten Worte.

SILBERMONDAUGE: nur eins noch ... du liegst falsch, wenn du behauptest, dass du hier nur leeren hüllen begegnest, die du beliebig füllen kannst. du begegnest hier menschen. und ich wette, du wirst es bald schon merken

Ich schweige und starre auf den Bildschirm. Bin viel zu langsam mit meinen Gedanken. Und meine Finger erst! Als ich sie gerade mal anhebe, um sie auf die Tasten zu senken, verschwindet der Name *Silbermondauge* von der Liste derer, die im Chat-Room angemeldet sind. Stehen gelassen, ohne noch eine Antwort geben zu können.

Na, das hab ich gern!

2. Wir haben die Wahl, wen wir lieben

Nichts war schöner als ihr zuzusehen, wie sie immer mehr sie selbst wurde. Sie brauchte ihr Gegenüber, um hineinzuschauen als einen Spiegel, und rahmte ihn dabei mit ihrem Lachen. Sie zu lieben das Einfachste von der Welt. Denn es hieß, sich selbst zu lieben. Die Erfüllung der Wünsche war nah.
(Seite 23 des Romans »Von der Umkehr der Endgültigkeit«, Patricia Stracciatella)

Um halb neun.
Jeden Morgen gehe ich mit Loulou auf den Berg.

Ich könnte sie auch in den Park am Ende der Straße lassen, um den Gassigang zu erledigen. Aber das käme mir zu pragmatisch vor.

Es gehört schon etwas dazu, jeden Morgen auf diesen Berg zu steigen und sich weder von Dunkelheit noch Kälte abschrecken zu lassen.

Heute Morgen stelle ich mir die ganze Zeit vor, es sei schon Winter. Ich stelle mir vor, es liegt Schnee, und der Weg ist vereist, und Loulou und ich kämpfen uns dennoch im Dusteren dort hinauf, um dort oben gehend, rund um den schönsten Aussichtsturm der Stadt, die ersten Lichtstrahlen der Morgendämmerung zu betrachten. Mir gefällt der Gedanke, ich und mein Hund, den Naturgewalten zum Trotz.

Aber der Oktober zeigt sich heute Morgen ausgesprochen freundlich. Es ist schon morgens um halb neun sehr mild. Der Himmel ist klarblau und verspricht einen von den goldenen Tagen, die sogar mir die Herbstdepression vermiesen können.

Ich liebe unsere Morgenspaziergänge deswegen so, weil ich auf ihnen den vor mir liegenden Tag planen kann und somit immer das Gefühl habe zu wissen, was mich erwartet. So in etwa zumindest.

Als ich noch mit Lothar zusammen wohnte, in seiner schönen großen Altbauwohnung, in der Stuck die Decken verziert, in der das Schlafzimmer mit seinen bodenlangen seidenen Vorhängen den Anschein erweckt, als stamme es aus einer Geschichte aus »Tausendundeine Nacht«, in der Behaglichkeit und das Gefühl des ›Zuhause‹ in jedem Winkel wohnt und ... o.k., o.k., also, als ich noch mit Lothar zusammen wohnte, da waren Loulou und ich morgens um die Häuserblocks gestreift. Denn der einzige Nachteil, den diese wunderbare Wohnung hat, ist ihre Innenstadtnähe. Im Sommer stöberten wir sonntagmorgens manchmal Liebespärchen auf, die sich nach einer durchtanzten Nacht in Hauseingängen herumdrückten und mit dem Knutschen einfach kein Ende fanden.

Loulou las ihre Zeitung, indem sie, die Nase dicht am Boden, dahintrabte mit dem schneidigen Gang derjenigen, die sich permanent in freudiger Erwartung befinden.

Und ich ließ meine Gedanken schweifen, sortierte in meinem Kopf die Dinge, die tagsüber erledigt werden mussten, und die, die getan werden sollten, und jene, die genossen werden durften.

Als ich vor ein paar Wochen hierher zog, ließ ich diese liebe Angewohnheit nicht fallen, sondern begab mich am ersten Tag auf die Suche nach einer geeigneten Morgenrunde.

Der gepflegte Park, tagsüber stark von Rentnern frequentiert, reizte Loulou und mich nicht besonders. Der Wald, obwohl zu Fuß zu erreichen, war für unsere morgendliche Tradition zu weit entfernt. Aber dann entdeckte ich den Weg auf den Berg. Und hier stehe ich nun jeden Morgen und betrachte die Welt wie von ihrem Dach aus.

Das Schöne ist, wenn ich von hier oben die Häuser der Stadt unter mir liegen sehe, der Lärm des Straßenverkehrs leise zu uns heraufweht, dann kann ich mich vollkommen entspannen und auf den neuen Tag einlassen. Ich gehöre ganz ihnen, diesen Stunden, die mich bereits erwarten. Das Gestern schert mich nicht mehr.

Außer heute.

Heute steh ich jetzt bereits fünfundzwanzig Minuten hier herum.

Loulou wundert sich, trabt hierhin und dorthin, bedenkt mich jedes Mal beim geschäftigen Vorübereilen mit einem ihrer unbestechlich forschenden Blicke aus braunen Augen.

Was gibt es heute zu tun?

Da ist dieser neue Auftrag. Bei dem geht es um ... ein Vogel fliegt vorbei. Und einkaufen muss ich auch unbedingt. Ich muss ein paar Sachen für meine heiß geliebte Kühltruhe einkaufen. Tiefkühlgemüse und ... irgendwo hinter mir hupt ein Auto, weit entfernt. Vielleicht schaffe ich es auch noch, ein Geschenk für Katja zu besorgen. Meine liebe Cousine und gleichzeitig beste Freundin hat immerhin gerade ihre erste Tagung geleitet, und das sollte doch honoriert werden. Ich könnte ihr etwas besorgen, so in der Art von ... wonach riecht das hier?

Was ich heute auch noch machen könnte? Ich könnte mich heute Abend an den Computer setzen und ein bisschen diesen Chat besuchen. Wenn Silbermondauge da sein sollte, dann könnte ich ihr sagen ... ja, was denn?

Um ehrlich zu sein, ich denke den ganzen Morgen, an dem ich mir irrerweise wünsche, es möge doch verschneiter Winter sein, an nichts anderes als daran, was ich abends durch meine Tastatur hindurch zu ihr sagen könnte.

So was ist doch albern.

Das ist wie eine Jungmädchenschwärmerei für den Reitlehrer. *Und wenn er mich anspricht und sagt, ich soll die Hufe auskratzen, dann sage ich ...*

Ja, genauso kindisch ist das. Ich werde nicht länger darüber grübeln.

Ich pfeife Loulou, die sich tatsächlich bequemt zu kommen, und schlage den Heimweg ein.

Abschiede fallen immer in den Herbst.

Der blaue Himmel kann mich nicht darüber hinwegtäuschen, dass die Bäume kahler und kahler werden, der Wind kälter, die Tage kürzer.

Meine Oma starb, während die Blätter sich bunt färbten.

Mein erster Hund wurde an einem Novembernachmittag vom Schulbus überfahren, von dem er mich abholen wollte.

Oliver verließ mich im Herbst wegen dieser aufgetakelten Nicole.

Immer Herbst.

Das hat Tradition in meinem Leben. Aber auch, dass ich wieder aufstehe und weitergehe und Neues entdecke. Auch nach sechs Jahren Beziehung kann ich das. Auch, wenn ich verlernt habe, allein zu schlafen. Auch, wenn die einzige Lichtquelle in der momentanen vorwinterlichen Düsternis eine wahrscheinlich lesbische Frau ist, von der ich nur den Chatnamen und ein paar poetische Sprüche kenne und die ich zudem wohl gerne selbst wäre.

Ich tue mir so unglaublich Leid.

»Ist das dein Hund?«

Die hab ich doch neulich schon hier getroffen.

Und schon da kam sie mir seltsam vor, weil sie so geschaut hat und gelacht, als amüsiere mein Anblick sie. Da hatte sie einen Schäferhund an der Leine, der Loulou schon auf zehn Meter Entfernung zerfleischen wollte. Sie nahm das nicht ernst, packte das Tier am Halsband und grinste mich beim Vorbeizerren viel sagend an. Jetzt laufen neben ihr zwei kleine Jack-Russell-Terrier.

Zu ihr gehören außerdem ein Paar Augen, deren Blick mich schon bei unserer ersten Begegnung irgendwie sonderbar berührt hat.

»Ja, das ist meine. Wieso?«

Sie streckt die Hand aus und tippelt Loulou mit flinken Fingern einmal über den gefleckten Rücken. Mein kleiner Charmebolzen hebt den Kopf und lacht die Fremde ungeniert an. Und die lacht zurück. Wie kann eine bloß schon so früh am Morgen die Atmosphäre eines Tischfeuerwerkes verbreiten? Ich bin um halb neun einfach nur froh, dass ich lebe.

»Ich dachte, ich kenn sie irgendwoher«, erklärt sie mir jetzt mit lebendiger Stimme. »Vielleicht aus der Praxis. Bist du mit ihr bei Dr. Greve?«

»Doktor ... äh ... wie?«

»Greve. Der Tierarzt. Unten auf der Ruhrstraße.«

»Nein.«

Sie schaut nur. Ihre kurz geschnittenen blonden Haare fallen ihr am Pony wirr in die Stirn. Darunter sehen ihre Augen aus wie das morgendliche Rätsel in der Tageszeitung. Ich habs noch nie lösen können.

»Noch nicht«, fahre ich fort, weil sie offenbar nichts weiter zu sagen gedenkt. »Aber ich such noch einen Tierarzt hier in der Gegend. Wohne noch nicht so lange hier. Und bald steht die Impfung an.«

»Ruhrstraße vierundsechzig, gegenüber von der Videothek.« Sie sieht sich nach den beiden kleinen Hunden um, klatscht ein paarmal aufmunternd in die Hände und geht an mir vorbei. »Ich arbeite da.«

Loulou hat bereits unseren Heimweg fortgesetzt und steht ungeduldig an der Treppe hinunter zur Straße. Sie kriegt ihr Frühstück immer *nach* unserem Morgenspaziergang.

Ich folge ihr rasch und nehme sie an die Leine.

Als ich mich noch einmal umschaue, ist von der blonden Frau mit den beiden kleinen Hunden nichts mehr zu sehen.

Meine Gedanken zum Trennungs-Herbst oder gar verschneiten Lebenswegen hat sie jedenfalls gründlich verscheucht. Eine einfache Begegnung. Mit profansten Themen. *Ist das dein Hund. Ich dachte, ich kenn sie irgendwoher. Tierarzt Dr. Greve. Ich arbeite da.*

Bei so was bleibt ja wohl niemandem die Herbstverstimmung erhalten.

Loulou und ich eilen nach Hause und schlingen beide unser Frühstück hinunter. Lothar hat sich sechs Jahre lang bemüht, mich von den Vorzügen eines ruhigen Frühstücks zu überzeugen. Mit allem, was der Kühlschrank hergibt, auf dem Tisch: Käse, Wurst, Quark, zusätzlich dazu noch eine Frühlingszwiebel, ein bisschen Obst, Tee oder Kaffee und Orangensaft.

Sitzen, auswählen, genießen.

Ich hab das mit ihm zusammen gemacht. Nicht nur, weil er es als dringend notwendig betrachtet, den Tag mit so einem Mahl zu beginnen, sondern auch, weil ich es selbst mag. Ja, ich finde es auch gemütlich und nett, sich diese Ruhe zu nehmen. Aber es liegt mir nun einmal nicht im Blut.

Solange Lothar und ich schon getrennt waren, aber noch

zusammen in seiner Wohnung wohnten, hatten wir dieses Ritual des gemeinsamen ausführlichen Frühstücks beibehalten. Aber jetzt, da ich mit Loulou allein bin, verfalle ich nach und nach in meine alten Gewohnheiten. Das heißt, morgens greife ich in den Kühlschrank und ziehe Frischkäse und Erdbeermarmelade hervor. Das verstreiche ich übereinander auf einer Scheibe Brot und esse die, während ich auf der Kante eines Küchenstuhls balanciere und nebenbei die Tageszeitung überfliege.

Genauso mache ich es heute Morgen auch.

Danach durchwühle ich noch schnell meinen Schreibtisch und finde, was ich suche: Loulous Impfpass weist aus, dass spätestens Anfang November die gängigen Schutzimpfungen fällig sind. Ich stecke den Ausweis schon mal in die Tasche. Vielleicht komm ich ja demnächst mal zufällig beim Tierarzt vorbei und kann mit Loulou schnell reinspringen.

Neunuhrfünfzehn.

Im Laufschritt zum Auto. Loulou schafft es gerade noch, auf die ihr typische, etwas wichtigtuerische Art ein paar Tropfen Pipi in den Vorgarten der Nachbarn fallen zu lassen. Und schon sind wir unterwegs zur Arbeit.

Das bedeutet: unterwegs in Michelins schöne große Wohnung, in der das Arbeitszimmer unserer kleinen Journalistinnen-GbR untergebracht ist.

Als ich den Schlüssel ins Schloss stecke, höre ich von drinnen leise Stimmen, deswegen klopfe ich vorsichtshalber noch einmal laut, bevor ich die Wohnung betrete.

Neunuhrdreißig.

Michelin steht mit ihrer Freundin Angela in der Küchentür. Angela mit einer unglaublich wichtig aussehenden Aktentasche unter dem Arm.

»Unterwegs ins Büro?«, frage ich und schaue einmal

demonstrativ an ihr hinunter und herauf, denn sie sieht in ihrem hellen Hosenanzug aus wie die Chefin persönlich. Dabei arbeitet sie als Sekretärin.

»Nix da.« Angela wackelt mit dem Zeigefinger. »Ich hab ein paar Tage Urlaub und bin jetzt sozusagen auf Promotion-Tour. Du kommst doch auch rum. Vielleicht kannst du ja irgendwo ein paar Flyer verlieren.« Damit greift sie in ihre Aktentasche und holt einen Stapel kleiner Zettel heraus, die sie mir in die Hand drückt.

Ich werfe einen Blick darauf. »Oh, für euer Stück! Ist es denn schon so weit?«

Angela sieht aus, als müsse sie sich Luft zufächeln. »In sechs Wochen genau! Macht euch auf was gefasst!«

Sie tätschelt Michelins Po, wirbelt einmal herum und verschwindet, über sich selbst lachend, aus der Tür.

»So ist sie schon seit Anfang des Monats«, sagt Michelin und geht zurück in die Küche, wo die Kaffeemaschine gurgelnde Geräusche von sich gibt, die mich magnetisch anziehen. »Seit feststeht, wann die Aufführung stattfindet, ist sie nicht mehr zu bremsen.«

Sie holt zwei Tassen aus dem Schrank und die Milch aus dem Kühlschrank.

»Das ist doch schön. Wenn sie schon nicht mehr vollprofimäßig schauspielern kann, dann ist so eine eigene Theatergruppe doch wohl die ideale Lösung.«

»Aber nur, solange sie und Jana sich nicht die Rollen des Liebespaares aussuchen«, grunzt Michelin. Im letzten Jahr ging es in ihrem Leben hoch her, weil sie sich mit Pauken und Trompeten in die neunzehnjährige Lena verknallt hatte. Als sie dann deren Mutter, nämlich Angela, kennen lernte, war es mit der Ruhe ganz aus. Aber Gott sei Dank sind diese hektischen Zeiten vorbei, und wenn Angela mit ihrer neu entdeckten Begeisterung fürs Theater auch Michelin in

Schwung hält, dann tut das ihrer jungen Beziehung bestimmt gut.

Ich ertappe mich dabei, wie ich Michelin versonnen anstarre, als sie den Kaffee in die Becher gießt. Als sie sich in Angela verliebte, dachte ich noch, ich sei mit Lothar in der Sicherheit einer allen Anfeindungen des Lebens gewachsenen Langzeitbeziehung angekommen. Und jetzt betrachte ich eine stinknormale Verabschiedungsszene am Morgen mit triefender Wehmut, weil ich niemanden mehr habe, von dem ich mich durch ein Potätscheln verabschieden kann.

Michelin reicht mir meine Tasse, und ihre Augen verengen sich kurz, während sie mir prüfend ins Gesicht sieht.

»Wie geht es dir?«, fragt sie.

Ich nippe an meinem Kaffee. »Wenn du so fragst, kann ich mal davon ausgehen, dass ich schlecht aussehe? Das kann ich damit entschuldigen, dass ich wenig geschlafen habe.«

Michelin schnalzt mit der Zunge. »Das Argument zählt nun wirklich nicht. Ich habe auch wenig geschlafen und sehe nicht so aus wie du«, sagt sie grinsend.

»Danke«, erwidere ich und wandere langsam durch den Flur Richtung Arbeitszimmer. »Dieser dezente Hinweis auf mein momentan nicht existentes Sexualleben trägt gewiss zur Erhellung meines Tages bei.«

»Ach, Frauke«, seufzt Michelin und versucht, mir mit der Schulter einen kleinen liebevollen Stups zu geben. Da sie aber einen halben Kopf kleiner ist als ich, geraten wir dadurch beide ein wenig ins Schwanken und umklammern unsere Kaffeebecher. »Was machst du denn nur die ganzen Nächte? Ich meine, du kannst doch nicht immer dasitzen und dem Baum zuhören!«

Sie weiß es nicht.

Ich habs ihr nicht erzählt.

Wieso auch? Wieso sollte ich davon erzählen, dass ich nachts am Computer sitze und auf dem Bildschirm den Chat-Namen einer fremden Frau anstarre?

Aber gestern Nacht hat diese Frau mich angesprochen. Sie ist herausgetreten aus der Anonymität der Cyberwelt und hat mit mir gesprochen. Und nicht einmal Unwichtiges.

»Du lachst dich bestimmt tot, wenn ich dir jetzt etwas erzähle«, beginne ich und setze mich an meinen Platz.

Unsere Schreibtische stehen sich im Büro gegenüber. So können wir uns auch beim Arbeiten ansehen, miteinander reden und hin und wieder eine kleine Pause verquatschen.

Michelin schaut mich unter den Schreibtischlampen hindurch gespannt an.

Ich mache es kurz und schmerzlos und erzähle ihr ohne größere Umschweife von meinen Ausflügen ins Chatternachtleben.

Ihr Gesichtsausdruck wechselt dabei von verwundert über amüsiert bis hin zu einem verklärten Ausdruck, der mir ein bisschen unheimlich wird, je länger er andauert.

Schließlich seufzt sie tief und rührt noch einmal ihren Kaffee um. »Ach, wenn ich das so höre, das klingt ja irgendwie echt aufregend. Da bekomme ich richtig Lust, mich auch mal wieder ...«

»Also bitte!«, unterbreche ich sie rüde. »So kurz nach meiner Trennung kann ich es gar nicht vertragen, wenn eine, die in einer noch recht frischen und glücklichen Beziehung steckt, solche Andeutungen macht! Wenn du Lust hast, dich auch mal wieder zu verlieben, dann verlieb dich doch noch mal in Angela. So was geht schließlich auch. Hab ich jedenfalls gehört.«

Michelins Blick nimmt den verschlagenen Ausdruck an,

den ich von Lothars Katze Gwynhyfer kenne, wenn sie im Innenhof eine Meise am Vogelhäuschen sitzen sieht.

»Wer sagt denn was von Verlieben?«, säuselt Michelin dazu und klimpert mit den Wimpern. »Wenn du mich hättest ausreden lassen, hätte ich meinen Satz zu Ende sprechen können. Und der hätte gelautet: Ich bekomme richtig Lust, mich auch mal wieder in die Cyberwelt zu werfen.«

Verdattert starre ich in meine Kaffeetasse. So.

»Sie hat dich also auch schon oft gesehen«, murmelt sie schließlich, als klar ist, dass ich nichts mehr von mir geben werde, weil alles gesagt ist. Und viel ist es ja nun wirklich nicht, was da zu sagen war, stelle ich mit einem Anflug von leisem Bedauern fest.

Jetzt lausche ich ihren Worten nach. Sie reizen mich zum Widerspruch.

»Sie hat mich *nicht* schon oft gesehen. Sie hat mich ja noch nie gesehen! Sie hat nur einen Namen *gesehen,* Loulous Namen. Sie hat den Namen eines albernen, verzogenen Hundes gesehen und sich gewundert, wieso die Besitzerin dieses Namens sich nicht am Gespräch beteiligt. Vielleicht hat sie gedacht, dass wir uns ähnlich sind, sie und ich. Ähnlich insofern, weil wir lieber dabeistehen und mitlesen, als uns rege zu beteiligen. Natürlich weiß sie nicht, dass ich schweige, weil ich im Grunde ja gar nicht dazugehöre.«

Hier zuckt Michelins Kopf hoch, und sie zischt einmal kurz wie eine gereizte Klapperschlange.

»Was meinst du damit?«

»Das weißt du doch genau.«

»Ja, ich denke, ich weiß es. Aber ich möchte gern, dass du es selbst ausprichst.«

Ich wedele ein bisschen mit der Hand, wie sie es auch manchmal macht, wenn sie glaubt, ihr Gegenüber stelle sich absichtlich dumm. Das haben wir uns alle von ihrer manchmal ein wenig distinguierten Angela abgeschaut. »Komm schon. Ich chatte mit lauter Lesben, die mich wahrscheinlich rauswerfen würden, wenn sie wüssten, dass ich gerade meiner Langzeitbeziehung mit einem Mann hinterhertrauere und sowieso noch nie eine Frau geküsst habe.«

Dieses fette Grinsen hab ich sonst richtig lieb an ihr. Aber es kann auch gewaltig an den Nerven zerren, stelle ich gerade fest.

»Was?«, sage ich deshalb gereizt, ohne jedoch meine Mundwinkel so weit unter Kontrolle behalten zu können, dass ich ihr verräterisches Zucken im Zaum halten könnte.

»Was?«, fragt Michelin zurück. »Ja, was? Was denkst du denn, mit wem du es da zu tun hast, in diesem Lesbenchat? Denkst du, das sind alles Frauen, die seit ihrem siebzehnten Lebensjahr keinen Umgang mehr mit Jungs hatten, die nur mit Frauen ins Bett gehen ... werd jetzt bloß nicht wieder rot! ... und die verächtlich auf alle hinabschauen, die diesem hehren Weg nicht folgen?«

Ich bin etwas irritiert. Aber das kenne ich. Und Michelin kennt es auch. Ich war schon immer etwas irritiert, wenn es darum geht, wie Lesben eigentlich so sind und wie Lesben eigentlich lesbisch werden und wann und vor allem warum. Das Ganze ist jetzt also wirklich kein Grund, um verdammt noch mal schon wieder anzulaufen wie ein Thanksgiving-Truthahn.

»Das denk ich ja gar nicht«, brumme ich deswegen verhalten. »Ich denke, es werden wohl so Frauen wie du sein.«

»Wie ich?«

»Ja. Eben Frauen, die vielleicht schon mal Beziehungen mit Männern hatten oder auch nur Abenteuer, die halt ihre Erfahrungen gesammelt haben ... guck nicht so scheel von unten rauf! ... die jedenfalls eine klare Definition von sich haben: lesbisch!«

Michelin trommelt tonlos mit ihren Fingern. Das hat sie sich angewöhnt, weil ich es nicht leiden kann, wenn sie diese Trommelgeräusche dazu macht. Mittlerweile würde ich ihr geräuschvolles Trommeln wohl vorziehen. Ihr tonloses Gefingere auf den Unterlagen für den neuen Auftrag bringt mich nämlich noch mehr in Rage. Es hat so etwas von nervöser Rücksichtnahme, was meinen Puls beschleunigt. Denn meistens folgt unmittelbar auf dieses geräuschlose Trommeln eine Bemerkung, die mir nicht immer angenehm ist. Und da kommt es schon: »Und was ist mit den Männern?«

Ich weiß natürlich sofort, worauf sie hinaus will.

»Männer? Du meinst ...? Ach so. Echt? Da schleusen sich Männer ein?«, versuche ich mich in Blasiertheit zu retten.

Aber dann kommt mir plötzlich, fast zeitgleich mit dem Ende dieses Satzes ein Gedanke, und ich verschlucke mich an meinem Kaffeerest.

»Ach du Scheiße!«, entfährt es mir, und mir wird ein bisschen schwindlig. »Michelin, könnte es nicht auch sein ...? Es könnte doch auch vielleicht sein, dass Silbermond ein Mann ist? Nein, das glaube ich nicht!«

Michelin macht ein wissendes Gesicht und gibt orakelhaft von sich: »Theoretisch kann alles sein.«

Silbermond ein Mann.

Ihre Worte. Ihre Poesie. Ihr Widerspruchsgeist. Also, nein, wirklich nicht. Das kann nicht sein.

»Das kann nicht sein!«, bringe ich mit dem Brustton der Überzeugung heraus und fiepe hinterher: »Gibt es eine Möglichkeit, das rauszufinden?«

Meine Kollegin und Freundin formt ihre Lippen zu einer Art Schnabel und fragt zurück: »Wieso ist das denn so wichtig? Ist es nicht vollkommen egal, ob Silbermond ein Mann oder eine Frau ist? Was würde es für dich denn für einen Unterschied machen?«

Die Vorstellung, ein fremder Mann rezitiert für mich Rilke-Gedichte, ist einfach absurd.

»Keinen.«

»Siehst du.«

»Nur einen.«

»Welchen?«

»Ich würde mich irgendwie ... betrogen fühlen.«

Jetzt ernte ich einen langen, forschenden Blick und ein frohlockendes Lächeln, das mir jedoch nicht erklärt wird.

Das kenne ich schon. Michelins Überheblichkeit in Sachen Ich-weiß-was-über-Lesben-was-du-nicht-weißt hat mich schon mehr als einmal zur Weißglut gebracht.

Ich beschließe, mich diesmal davon nicht beeindrucken zu lassen, stelle meine Kaffeetasse zur Seite und schlage den Ordner vor mir auf.

Zehnuhrsiebenunddreißig.

»Wie kommst du voran?«

»Bitte?« Ich schaue zu Michelin rüber, die ihre Ellenbogen auf die Tischplatte gestützt hat und mich nachdenklich ansieht. Macht den Eindruck, als hätte sie mich schon eine ganze Weile so betrachtet.

»Wie du vorankommst, wollte ich wissen. Hast du Probleme mit dem Konzept?«

Vor mir auf dem Tisch liegt der unberührte Konzept-Bogen, auf dem in der letzten Stunde schon die ersten Einstellungen zu meinem nächsten Dreh hätten verschriftlicht werden sollen.

Ich nicke langsam.

»Ja, ich habe ein Problem. Aber nicht mit dem Konzept. Ich habe irgendein Problem mit mir. Seit der Trennung ist irgendwie alles anders geworden.«

Meine Freundin, die mich jetzt schon über Jahre gut

kennt, räuspert sich auf genau diese Art, auf die sie sich immer räuspert, wenn sie mir in einem schwierigen Thema zu widersprechen gedenkt.

»Nicht erst seitdem«, hüstelt sie. »Ich habe es schließlich live mitbekommen. Das Problem tauchte auf und wurde größer und größer, als deine Zweifel an der Beziehung mit Lothar auftauchten und größer wurden. In genau der Zeit, als dir klar wurde, dass du mit Lothar nicht mehr die Zweisamkeit hast, die du dir ... ach was, die wir uns alle irgendwie wünschen.«

Ich lache vorsichtshalber ein bisschen. »Was? Das würde ja bedeuten, es geht mir jetzt schlecht, weil ich begreife, dass ich allein bin, und weil ich damit nicht zurechtkomme?«

»Ja, das ist es ganz sicher auch.«

Ich schüttele den Kopf. »Michelin, das kann doch nicht wahr sein! Ich habe immer auf eigenen Beinen gestanden, selbstbewusst, freiheitsliebend. Ich kann doch jetzt nicht in mich zusammenstürzen wie eine Sandburg – nur weil ich nicht mehr in einer Beziehung lebe. Brauche ich denn tatsächlich so dringend jemanden, der mir beim Frühstück gegenübersitzt?« Ich kann meiner Stimme den triefenden Sarkasmus anhören.

In Michelins Gesicht steht Mitleid geschrieben, und das macht alles für mich noch schlimmer.

»Was würde wohl Silbermond dazu sagen?«, fragt sie.

Wie sie jetzt darauf kommt, weiß ich wirklich nicht.

»Kann ich dir sagen. Sie hat gestern gemeint, dass ich vielleicht ein Zuhause noch mehr brauche als ein Gegenüber.«

Jetzt ist es leise Anerkennung, die ich in ihren Zügen lesen kann, und Neugierde.

»Echt nicht auf den Kopf gefallen, die Gute. Wundert

mich nur, wie sie dich so gut einschätzen kann, obwohl sie dich doch im Grunde gar nicht kennt. Triffst du sie heute Abend wieder?«

Keine Ahnung wieso, aber ich erschrecke ein bisschen. Mein Fuß rutscht mir aus, und ich trete Loulou, die sich unter den Schreibtischen lang gemacht hat, kurz und ruppig in ihr befelltes Hinterteil. Sie grunzt ungehalten und dreht sich auf die andere Seite.

»Wie kommst du darauf?«

Schulterzucken. Blickabwenden. »Dachte nur. Wenn ihr euch nett unterhalten habt. Vielleicht wäre das ja genau das, was dir gut tun würde ...«

Ich horche auf.

»Wie jetzt? Was jetzt genau?«

Michelin wackelt mit dem Kopf und erhebt sich. »Du auch noch einen Kaffee?«

Als sie zurückkommt, klebe ich über meinem Konzept-Bogen, und sie hat unser letztes Gesprächsthema wahrscheinlich bereits wieder vergessen.

»Michelin?«

Zwölfnachzwölf, genau.

»Michelin?«

»Hm?«

»Weißt du eigentlich, was Nachtangst ist?«

»Ja. Sicher.«

Ist das jetzt auch wieder so was Lesbisches?

Drei Minuten nach eins.

Gleich ist Loulous Mittagsrunde dran. Mein Konzept ist immer noch nicht fertig. Michelin recherchiert einen Beitrag für ein Gartenmagazin. In meinem Kopf gehen Worte spazieren, die ganze Zeit.

»Was wird sie damit gemeint haben? Dass ich es bald schon merken werde? Ob sie glaubt, dass ich Schiss davor habe zu entdecken, dass mir da wirkliche Menschen gegenübersitzen?«, überlege ich nun schon zum dritten Mal laut und unüberhörbar. Aber Michelin tut so, als spräche ich nicht mit ihr.

»Warum antwortest du nicht?«
»Ich will dich nicht durcheinander bringen.«
Damit bringt sie mich jetzt völlig durcheinander.
Und sie weiß das auch.

Ich sehe ihr zu, wie sie in einem Buch über exotische Fleisch fressende Pflanzen blättert und sich ein paar Notizen macht.

»Michelin?!«, knurre ich nach einer Weile, in der sie nicht ein einziges Mal den Kopf gehoben hat.

»War nur so ein Gedanke ...«, summt Michelin in sich hinein und beugt sich über ihre Aufzeichnungen.

»Ein Gedanke? Was für ein Gedanke?«

»Dass du vielleicht nicht davor Angst hast herauszufinden, dass dir da Menschen gegenübersitzen, sondern eher davor, dass die Menschen entdecken, dass du ein Mensch aus Fleisch und Blut bist.«

Das Telefon klingelt. Sie geht ran und ist sofort mit einem Botaniker in eine rege Unterhaltung über das Wunder der Aasgeruch verströmenden Wüstenblume verwickelt.

Ein Mensch aus Fleisch und Blut. Angst. Entdecken.

Um Viertel nach eins mache ich mich mit Loulou auf den Weg zum Bäcker, wo es hoffentlich noch belegte Brötchen gibt.

Das sind die Unterhaltungen, die mir nicht aus dem Kopf gehen. Lange nicht.

Und sie bringen mich so durcheinander, dass ich beim Bäcker mein Wechselgeld fast vergesse und beim Rausgehen »Guten Abend!« sage.

Gedankenversunken schlendere ich Loulou hinterher, knabbere an meinem Mittagessen und habe das Gefühl, immer, immer kurz an einer überraschenden Erkenntnis vorbeizuschrappen.

Mein Innenleben steht Kopf, und das hat nicht nur etwas mit der Trennung zu tun, die inzwischen ja schon mehr als drei Monate zurückliegt. Nein, besonders turbulent geht es zu, seit ich mich des Öfteren in diesem Chat herumtreibe. Und gestern Abend ... heute Nacht ... wieder habe ich den Eindruck, dass mir ein klärender Gedanke dazu nur haarscharf verwehrt wird.

Als ich um eine Ecke biege, schon wieder in Sichtweite des grün gestrichenen Altbaus, in dem Michelins Wohnung liegt, stoße ich fast mit zwei Mädchen zusammen. Sie tragen beide diese hippen Jacken, bei denen oben und unten zerrupftes Kunstfell rausguckt, und kichern hinter vorgehaltenen Händen.

Mich beachten sie wirklich gar nicht. Aber sie werfen beide noch einen Blick zurück, wo ein cooler Typ von wahrscheinlich sage und schreibe sechzehn Jahren auf seinem Mofa an der Hauswand lehnt und sich gerade eine Zigarette ansteckt.

Er tut so, als hätte er die beiden Mädels gar nicht bemerkt, und bläst gelassen den Rauch in die Luft.

Loulou niest demonstrativ, als sie an ihm vorbeitrabt.

Ich wende mich noch einmal um und schaue den Girlies hinterher, die eingehakt immer noch gackern und giggeln und dabei wirken, als hätten sie die gesamte sexuelle Energie von St. Pauli gepachtet.

Da lichten sich in mir plötzlich Nebel. Dunstschwaden ziehen ab, und ich erkenne klar, was das für ein Gefühl ist, das da in mir umgeht. Dieses Gefühl, das ich kenne, das mir vertraut schien, aber nicht mehr greifbar war.

Meine Hand zittert ein bisschen, als ich den Schlüssel rauskrame und die Haustür aufschließe. Loulou und ich beeilen uns, die Treppe hoch zu kommen. Sie, weil sie jetzt ihre Mittagsmahlzeit bekommen wird. Und ich?

»Gut, dass du grad eine Pause machst«, platze ich raus, als ich Michelin in der Küche vorfinde. Sie holt gerade eine Lasagne aus der Mikrowelle.

»Auch was davon?«

Ich halte mein halb aufgezehrtes Brötchen in die Höhe und lasse mich auf einen Stuhl plumpsen.

»Du wirst es nicht glauben, aber ich bin gerade dahinter gekommen, was es ist!«, teile ich ihr mit.

»Was was ist?«, forscht Michelin nach.

»Dieses Gefühl, du weißt schon.« Ich tippe auf meinen Magen. »Seit gestern Abend ... also, wie soll ich sagen ...«

»Sag es einfach, Frauke!« Michelin sticht mit der Gabel in die Lasagne, und ein kleines Wölkchen Tomatensoßennebel stiebt unter der Nudelschicht hervor.

»Also, die Sache ist die: Ich fühle mich wie ein Teenager!« Ich habe immer noch diese beiden Mädchen unten auf der Straße vor Augen. »Und zwar wie ein verknallter Teenager.«

Mehr sage ich nicht. Wahrscheinlich muss das jetzt erst mal sacken.

Aber Michelin pustet nur ungerührt auf ihre Gabel und meint: »Aber das ist doch super!«

»Super?«, wiederhole ich dumpf. »Du findest es super, dass ich Schmetterlinge im Bauch habe wegen einer Frau – wenn es überhaupt eine ist –, die im Internetchat Rilke-Gedichte rezitiert und ungefragte Ratschläge über Nachtangst und Alleinsein parat hat?«

»Wieso denn nicht?«, kontert Michelin scheinbar gelassen. Aber ich kann ihr ansehen, dass sie meine neue Er-

kenntnis auch spannend findet. Ich wette, dass sie sie nachher als Allererstes Angela berichtet.
Wieso denn nicht?
Weil Silbermond eine Frau ist?
Weil ich eine Frau bin?
Weil?
Ich so was nicht mehr erlebt habe, seit ich ... wie alt war ich da? ... dreizehn oder so war und für meine Schulfreundin Hetti gestorben wäre. Weil ihre Haare immer nach Vanille dufteten und sie die süßeste Nase der Klasse hatte (und wahrscheinlich noch darüber hinaus) und weil sie mit Wasserfarben Bilder malen konnte, die aussahen wie Fotos. Wann hat das eigentlich aufgehört? Als ich dann beim Judo Steffen kennen lernte? Aber könnte es nicht sein, dass das später, als ich mit sechzehn in diesen Gitarrenkurs ging, das mit Anne, dass das so in etwa das Gleiche war?

»Tu bloß nicht so abgeklärt«, meckere ich Michelin an. »Du kennst mich doch jetzt wirklich lange und gut. Du weißt doch bestimmt, wie mich so was aus dem Gleichgewicht wirft.«

Michelin legt ihre Gabel hin und sieht mich ernst an.

»Ich kanns mir zumindest vorstellen. Aber es würde für dich doch nicht leichter, wenn ich die Hände über dem Kopf zusammenschlage und rufe: ›Frauke, um Gottes willen, pass auf, was du tust!‹«

»Aber du kannst mir doch zumindest sagen, was du darüber denkst.«

»Du willst wissen, was ich darüber denke? Ich finde das klasse! Ich sehe, dass es dich in Schwung bringt. Es setzt dich in Bewegung, wo du vorher gelähmt dagehockt hast. Mach doch einfach mit! Was hält dich denn zurück?«

Ich sehe verlegen auf meine Hände. Meine Nägel sind

nicht besonders lang, aber immer gefeilt und meistens auch lackiert. Heute sind sie hellblau.

»Lackiert ihr euch eigentlich auch mal die Fingernägel?«, frage ich zögerlich.

Michelin sieht mich an, als seien etwaige Zweifel an meinem Verstand nun endgültig bestätigt.

»Wie meinen?«

»Die Fingernägel«, wiederhole ich dumpf. Jetzt hab ich mich wahrscheinlich ins Fettnäpfchen gesetzt. Ich habe da so eine Ahnung von einer kleinen Blamage, die begründet sein wird auf schrecklich dummen Vorurteilen. »Lackiert ihr sie euch auch manchmal? Deine Nägel sind immer ganz kurz, und du benutzt nie so was.«

»Wen meinst du denn in drei Teufels Namen mit ›ihr‹?«, erwidert Michelin.

Einen Augenblick sehen wir uns an, und in der Kluft, die in gewisser Hinsicht zwischen uns klafft, pfeift ein frisches Windchen.

»Lesben«, bringe ich schließlich raus.

Michelin reißt die Augen auf. Sie werden so groß, wie früher die Fünfmarkstücke waren. Und dann grölt sie los.

Weil sie eine unglaublich ansteckende Lache hat, muss ich mitlachen, und so prusten wir beide minutenlang hinter unseren Schreibtischen.

»Entschuldige«, gackert sie schließlich.

»Nee, schon okay«, kichere ich. Und da wird mir erst bewusst, dass ich gar nicht weiß, wieso Michelin in so einen Heiterkeitsanfall ausgebrochen ist. Das ernüchtert mich schlagartig.

»War das jetzt eine doofe Frage?«

Michelin seufzt. »Nein, aber ... doch ... eigentlich schon. Ich habe mich nur gerade gefragt, wie es kommt, dass du immer noch so viele Vorurteile im Kopf hast. Du kennst doch jetzt fast alle meine Freundinnen. Du weißt, wie unterschiedlich sie sind. Und trotzdem versuchst du immer noch, eine Schublade zu finden, in die wir alle reinpassen ...«

Das kann ich nicht auf mir sitzen lassen.

»Stimmt nicht! Von Schubladen bin ich weit entfernt. Ich möchte nur gern wissen, ob ich mit manchen Dingen, die zu mir gehören, gleich auffallen würde.«

»Frauke, jetzt mal ganz ehrlich. Ich finde, du hast da wirklich Fortschritte gemacht. Ich weiß noch, vor etwa einem Jahr, als Angela und ich uns kennen lernten, da bist du jedes Mal rot angelaufen, wenn ich das schlimme Wort in den Mund genommen habe. Und meine Freundinnen waren dir alle nicht geheuer, weil du dachtest, alle Lesben würden sich auf jede große, schlanke, blonde Frau mit kurzen Haaren gleich draufstürzen, um sie zu bekehren. Du hattest echt Schiss.«

»Jetzt ja nicht mehr. Aber trotzdem weiß ich, dass ich nicht dazugehöre. Ich bin eben keine von euch.«

Auf Michelins Stirn erscheint eine unliebsame Falte. »Ach, Frauke, hör doch auf mit so was. Es gibt sie nicht, *die* Lesben. Genauso wenig wie es *die* Heten gibt. Wenn du dich in eine Frau verlieben würdest, dann wärst du genauso eine von uns wie ich.«

Aber das wird natürlich nicht passieren.

Ich meine, es ist doch lachhaft, auch nur darüber nachzudenken. Niemand verliebt sich in einen Menschen, nur weil man ihm ein bisschen dabei zugeschaut hat, was er so an Kommentaren zu den Gesprächen anderer beizutragen hat. Schon gar nicht, wenn das Aussehen und möglicherweise das Geschlecht dieses Menschen doch sehr im Unklaren liegen.

Da kann man noch so sehr herumdeuteln, ob solch eine

Begegnung womöglich schlicht und ergreifend einfach Wünsche freisetzt und dann wiederum Projektionen ablaufen, die uns vorgaukeln, in dieser Person warte die Erfüllung all unserer Träume auf uns.

Herumdeuteln kann man viel. Will ich aber nicht.

Und deswegen schiele ich heute nicht zum Computer. Heute glotze ich ihn offen an.

Sie hat nichts davon gesagt, dass sie heute Abend wieder im Netz sein wird. Sie hat nichts gesagt davon, dass wir uns noch einmal unterhalten werden. Trotzdem stiere ich meinen Rechner an und werfe genervte Blicke auf die große Kaminuhr, die ich auf dem Flohmarkt erstanden habe und die in unserer Wohnung tatsächlich auf dem kleinen Kaminsims stand und nun in meinem selbst gezimmerten Bücherregal immer ein wenig deplatziert wirkt.

Lothar hatte nicht gewollt, dass ich sie bei ihm ließ. Mein Argument, dass eine Kaminuhr nun einmal einen Kaminsims braucht, hat nicht gezogen. Er hat einfach darauf geantwortet, dass er sicher ist, dass ich irgendwann einmal wieder genau den richtigen Platz für sie finden werde.

Silbermondauge kommt immer spät ins Netz.

Ich hänge seit neun Uhr hier herum und warte auf sie.

Warum kommt sie immer erst so spät? Jetzt haben wir fast elf.

Dabei könnte ich glatt die Nerven verlieren. Vor allem, weil die Mädels hier heute nur Unsinn erzählen. Es werden in erster Linie Cocktails erörtert. Beim Thema Alkohol trennt sich nämlich die Spreu vom Lesben-Weizen, wie ich in der letzten halben Stunde gelernt habe. Diejenigen, die am allerliebsten ein gepflegtes Bierchen trinken, stehen vollkommen außen vor. Das versteht sich von selbst.

Dann gibt es jedoch den gewaltigen Unterschied, der die Parteien der »Hochprozentigen« von denen der »Süßmäuler« trennt.

Die einen bestellen sich sieben Tequila auf einmal und schütten sie in zehn Minuten einen nach dem anderen runter. Oder sie schwören auf den klassischen Whiskey on the rocks.

Die anderen legen eher Wert auf die sündig hohen Preise, die ihre alkoholischen Getränke erst zu dem Luxus machen, als den sie ihn darstellen. Diese Fraktion sitzt gerne in lauschigen Cocktailbars, schlürft an ihrem scharfen »Hot Miss Marple« oder cremigen »Sugar babe« und sieht selbstverständlich verächtlich auf diejenigen herab, die den Alkohol ohne die Verzierung von Sahnehäubchen und bunten Schirmchen bevorzugen.

Ich weiß ja nicht, aber ich komme mir hier wirklich vor wie ein kleines grünes Männchen, weil ich niemals derart leidenschaftlich über solche Themen diskutieren könnte.

Wie einsam muss man eigentlich sein, um sich darauf einzulassen?, denke ich und erschrecke.

Könnte es sein? Könnte es wirklich und wahrhaftig sein, dass diese Frauen hier – sofern es wirklich alles Frauen sind – alle einsam sind und sich deswegen ihre Zeit mit diesem dummen Gequatsche vertreiben müssen?

Eine Notgemeinschaft von Einsamen, die durch ihre Lebensumstände gezwungen sind, sich in demütigend unwichtigen Themen zu ergehen – einfach weil sie keine andere Wahl haben?

Ich glaub, mir wird übel.

Da erscheint in der Liste der angemeldeten Chatter ein neuer Name:

SILBERMONDAUGE.

Und sofort regnet es Begrüßungsfloskeln auf sie ein.

Grunzi: hi silver!
Schnepfe53678: guckuck, holzauge – na, wieder wachsam heute?
Mississippy: oh, hallo goldsonnenmund!
Kissmekate: wird aber auch zeit, dass du kommst. die spinnen hier heute wieder rum!
Shakermaker27: da fällt mir wieder ein: was ist aus den dreien von gestern abend geworden? weiß das eine?
SILBERMONDAUGE: hi alle zusammen. und ein besonderes hallo an alle, die nachtangst haben!

Ich zucke fast zurück vom Bildschirm. Damit meint sie doch mich! Sie hat meinen Namen gesehen, und damit meint sie mich, ganz klar!

Ich lege meine Hände auf die Tastatur, antworte aber nicht.

Die anderen spekulieren darüber, ob Grinsnichso, Supermaid und Jannette23 wohl noch zu einer Einigung gekommen sind. Die einen scheinen sich völlig klar darüber, dass Grinsnichso sich besser nicht in die Beziehung gemischt hätte. Die anderen finden, dass Jannette23 es ganz faustdick hinter den entzückenden Öhrchen hat. Und noch jemand anderes wundert sich, warum die es nicht mit einem flotten Dreier versuchen.

Vielleicht ist das Chatten doch nicht so ganz meine Welt. Ich klicke Silbermondauge an und dann auf Telegramm und schreibe:

LOULOUZAUBER: wieso ist fatalismus der kern allen übels?
SILBERMONDAUGE: ☺ ich dachte schon, du sprichst mich nicht an.
LOULOUZAUBER: oh, war ICH dran mit ansprechen?
SILBERMONDAUGE: lese ich aus deinen zeilen etwa triefenden sarkasmus?

LOULOUZAUBER: na ja, weißt du, ich bin nicht so firm in diesen dingen. wer spricht wen wann an und warum nicht. so was interessiert mich nicht. und weil ich es mir nicht merke, kann ich mich auch nicht dran halten
SILBERMONDAUGE: ich hatte den richtigen riecher!
LOULOUZAUBER: wie meinst du das?
SILBERMONDAUGE: ich dachte, du bist irgendwie was besonderes unter den ganzen hühnern hier Was Besonderes sein. Wer will das nicht.
LOULOUZAUBER: und was bringt dich auf die idee, ich könnte anders sein als die anderen?
SILBERMONDAUGE: so allerlei bringt mich darauf. zum beispiel, dass du nie ein wort sagst. und dass du dich auf die spiele, wer spricht wen an, nicht einlässt. einfach so. das IST anders, glaub mir

Ich denke daran, wie schwierig es ist, jemanden zu finden, der mit ein paar Worten so ein Gefühl von Zufriedenheit in mir auszulösen vermag. Diese fast überraschende Grundstimmung von Selbstakzeptanz.

SILBERMONDAUGE: was beschäftigt dich? warum bist du allein, wenn du nicht allein sein willst?
LOULOUZAUBER: ich habe gerade eine trennung hinter mir. vor einem vierteljahr ungefähr ist meine beziehung auseinander gegangen, wir waren sechs jahre zusammen.
SILBERMONDAUGE: oh, das ist hart. tut mir leid.
LOULOUZAUBER: das muss dir nicht leid tun. ich war es, die gegangen ist
SILBERMONDAUGE: habt ihr miteinander gewohnt?
LOULOUZAUBER: ja, die letzten drei jahre
SILBERMONDAUGE: und bist du nur aus eurer gemein-

samen wohnung gegangen, oder hast du dich
wirklich auf einen neuen weg gemacht?

Sie stellt die richtigen Fragen.

Das ist eine echte Kunst. Herauszuspüren, was für die andere wichtig ist, und dann so zu fragen, dass es nicht zu viel und nicht zu wenig ist. Dass die Antwort nicht nur die eigene Neugier befriedigt, sondern auch in der anderen etwas auslöst. Ich glaube, Menschen, die so fragen können, sind selten.

Als ich mich gedanklich damit zu beschäftigen begann, dass ich meine veränderten Gefühle würde umsetzen müssen, dass ich Lothar würde verlassen müssen, hatte ich ständig komische Ideen. In meinen Tagvisionen sah ich Lothar zurückbleibend in der Wohnungstür stehen. Auf dem Arm mindestens eine der zwei Katzen. Vielleicht auch noch eine Träne im Auge – obwohl wir die schon lange geweint hatten, oft auch gemeinsam. In meiner Vorstellung blickte ich dann noch einmal zurück und sah ihn dort stehen, mein Herz krampfte sich zusammen. Trotzdem hatte ich gewusst, dass ich einfach gehen musste.

SILBERMONDAUGE: habt ihr noch kontakt?

LOULOUZAUBER: ja, wir sind beste freunde

SILBERMONDAUGE: oh, so was ist selten

LOULOUZAUBER: ich weiß ... das habe ich schon oft von anderen gehört. vielleicht ist es aber einfach das schlichteste zeichen dafür, dass wir auch schon vorher befreundet waren?

SILBERMONDAUGE: das ist ein guter spruch. den muss ich mir merken

Ehe ich mich versehe, bin ich mitten in einem sehr persönlichen Gespräch über ehemalige Beziehungen. Nicht nur meine. Nein, sie erzählt auch von sich. Von ihrer ersten

Freundin, die sie nach vier gemeinsamen Jahren von einem auf den anderen Tag verließ, weil ihre Gefühle sich geändert hatten.

SILBERMONDAUGE: ich dachte, die welt bricht zusammen. und sie konnte mir nichts erklären. konnte keine gründe nennen. es war, als hätte sie ihre liebe beim einkaufen irgendwo an der kasse liegen lassen. sie war einfach... fort

LOULOUZAUBER: du weißt es bis heute nicht?

SILBERMONDAUGE: sie selbst weiß es bis heute nicht. unsere freundinnen waren völlig von den socken und konnten es nicht fassen

Ich sehe die Gesichter vor mir. Unsere gemeinsamen Freunde. Michelin, die sich erst mal setzen musste. Katjas Augen, tellergroß, ihre Wangen hektisch gerötet. Wie sie hin und her rannte und mich gar nicht mehr zu Wort kommen ließ, bis sie am Ende regelrecht hysterisch wurde und mich ankreischte: »Ihr wart immer mein Traumpaar! Das wirft jetzt mein komplettes Wertesystem über den Haufen! So was kannst du doch mit deiner besten Freundin nicht machen. Ich meine, wenn *ihr* es nicht geschafft habt miteinander... *wer* soll es denn dann schaffen?«

SILBERMONDAUGE: auch traumpaare schlechthin haben probleme. die hat doch jeder. aber davon abgesehen sind wir allen so harmonisch und einander bejahend und einig erschienen, wie man sich ein glückliches paar nur vorstellen kann

LOULOUZAUBER: vielleicht liegt genau da der knackpunkt. bei uns herrschte auch weitestgehend immer harmonie. wir kannten uns eben und fanden uns gegenseitig wirklich in ordnung und waren uns in fast allem einig – bis auf die Frage, was die perfekten Haustiere sind, hunde oder katzen. und wahrscheinlich findest du mich ziemlich verrückt, aber während ich das schreibe, spüre ich es wieder, dieses verzehren nach einer möglichkeit

SILBERMONDAUGE: einer möglichkeit?

LOULOUZAUBER: ja, einer möglichkeit. es ist ja nicht besonders schwer, sich zu verlieben. aber eine möglichkeit zu finden, um die liebe dann auch festzuhalten, die habe ich noch nicht entdeckt. du vielleicht?

Sie antwortet nicht.

Sie antwortet lange nicht. Dann schreibt sie:

SILBERMONDAUGE: was passiert wohl mit all den großen gefühlen? der zuversicht, der hoffnung, den perspektiven? kann man sich eigentlich eines menschen und seiner liebe wirklich sicher sein?

LOULOUZAUBER: wir waren uns unser so sicher, dass unsere hände im berühmten feuer verschmort wären, in das wir sie ohne zögern gehalten hätten. ja, wir hätten geschworen, dass nichts uns je würde auseinander bringen können. und genau genommen hat uns auch nichts auseinander gebracht. wir sind nur einfach kein paar mehr, sondern beste freunde

SILBERMONDAUGE: entschuldige, aber das klingt trotzdem ziemlich tragisch. ich bin berührt davon, wie du das beschreibst. geht es ihr denn genauso? oder liebt sie dich noch?

Plötzlich begreife ich.

Ich tausche hier Vertraulichkeiten mit einer Fremden aus,

die nichts über mich weiß. Sie glaubt, dass Lothar eine Frau ist und ich lesbisch bin. Und ich würde mir wie eine gemeine Betrügerin vorkommen, ihr jetzt die Wahrheit zu sagen. Nach den drei Stunden, die wir uns jetzt gegenseitig von uns erzählt haben, wäre das für sie wahrscheinlich ein echter Schlag ins Gesicht.

Ich kann ihr das nicht sagen.

Und ich will auch nicht.

Es ist ja nichts Wirkliches. Es ist nur eine Unterhaltung über den Computer, nicht mal mit einem wirklichen Menschen.

Sie könnte eine Fiktion sein. Eine bloße Erfindung. Die mich tröstet.

LOULOUZAUBER: wir sind uns einig.

SILBERMONDAUGE: auch darin? das ist ja verblüffend. – übrigens bin ich dir noch eine antwort schuldig ...

LOULOUZAUBER: was meinst du?

SILBERMONDAUGE: menschen, die an fatalismus glauben, nehmen ihr leben nicht wirklich in die hand, sondern verlassen sich immer darauf, dass alles schon von einer höheren macht geleitet wird. das ist doch wohl ein echtes übel, findest du nicht?

LOULOUZAUBER: es wäre bequemer

SILBERMONDAUGE: das leben nach der idee eines anderen zu leben? bequem?

LOULOUZAUBER: sei doch mal ehrlich. wann geht es denn im leben schon so, wie wir es uns wünschen?

SILBERMONDAUGE: ich muss lachen. du wirkst wie eine frustrierte siebzigjährige, die auf viele bittere enttäuschungen zurückblickt

LOULOUZAUBER: ist doch wahr!

SILBERMONDAUGE: ach was! komm! wir nehmen unsere leben selbst in die hand! lass uns uns verabreden!

Was meint sie damit?

LOULOUZAUBER: was meinst du damit?

SILBERMONDAUGE: was ich mit verabreden meine? aber süße, das wirst du doch kennen. man verabredet einen treffpunkt, kommt möglichst fünf minuten zu spät, sieht zwar schick aus, aber nicht overdressed und geht zusammen einen kaffee trinken. während man den kaffee trinkt, zermartert man sein hirn nach angenehmen, aber unverfänglichen themen, man lacht immer etwas zu laut oder verschüttet die milch. und am ende geht man mit dem gefühl auseinander, sich komplett blamiert zu haben - ohne zu wissen, wozu man das ganze überhaupt veranstaltet hat

Ich ertappe mich bei einem merkwürdigen Gedanken.

Ich denke, wie wundervoll sie ist. Natürlich meine ich ihren Humor. Aber auch nicht nur ihren Humor. Einfach die Kombination, ganz ernst und beinahe weise, philosophisch über schwerwiegende Themen zu reden und dann plötzlich alles auf die Schippe zu nehmen. Das finde ich scharf, megaklasse und ... wundervoll. Und ich weiß nicht recht, ob sich dieser spontane Gedanke noch einfügen lässt in das Gefühl eines verknallten Teenagers.

In mir flattert und bebt jedenfalls alles.

LOULOUZAUBER: das ist wahnsinnig lange her, dass ich eine verabredung hatte

SILBERMONDAUGE: ich glaube, bei mir sind es jetzt drei jahre ...

LOULOUZAUBER: wie geht so was?

SILBERMONDAUGE: du musst einen vorschlag machen, und ich lehne ihn ab, weil ich einen besseren habe

LOULOUZAUBER: gut. dann schlage ich das yellow vor. kennst du das?

Ich hoffe inständig, dass ich damit nicht völlig falsch liege. Michelin geht manchmal dahin. Und früher hat Lothar da auch oft rumgehangen, weil es bei ihm um die Ecke liegt. Eigentlich ist es eine schwule Kneipe, aber es sind auch viele Frauen da. Ob die allerdings dann immer auch gleich lesbisch sind ...? Ach, woher soll ich denn das aber auch wissen?

SILBERMONDAUGE: wunderbarer vorschlag! jetzt kann ich widersprechen: viel zu kultig! außerdem werden wir da die halbe szene treffen ... wie wäre es, wenn wir uns tagsüber in der stadt treffen und dann ins café nepal schlendern? ich hätte zum beispiel übermorgen zeit. so um drei. ich komme mit dem bus, und wir könnten uns an der haltestelle vor der videothek auf der ruhrstraße treffen. kennst du die?

Meine Begegnung mit der jungen Frau heute Morgen oben am Berg fällt mir ein. Wie sie geschaut hat, ihre Augen. Die Farbe war wie Hingesehen-und-doch-nicht-erkennen-Können.

LOULOUZAUBER: die videothek gegenüber von diesem tierarzt?

SILBERMONDAUGE: genau!

Was für ein Zufall.

LOULOUZAUBER: was muss ich jetzt machen?

SILBERMONDAUGE: du musst annehmen und dich sehr

55

freuen. und dann muss uns noch einfallen, dass wir einander sagen müssen, wie wir aussehen ...

LOULOUZAUBER: aussehen. ach ja, richtig. wir SEHEN ja aus ...

SILBERMONDAUGE: ganz recht. und ich für meinen teil, ich bin groß, also, 1,76 um genau zu sein, habe dunkle lange locken und graue augen. und weiß leider noch nicht, was ich anziehen werde. denn das werde ich natürlich erst dann entscheiden, wenn ich zwei stunden vor unserem treffen meinen kleiderschrank durchwühle und hysterisch befinde, dass ich unbedingt mal wieder ein paar neue klamotten brauche

Muss sie das so sagen? Ich meine, wir könnten uns doch einfach so ganz locker verabreden. Ohne diese Anspielungen darauf, dass wir vorher nervös sein könnten. Du meine Güte, ich bin ja jetzt schon nervös.

LOULOUZAUBER: also, ich bin auch groß, fast so groß wie du oder vielleicht noch zwei zentimeter größer. keine ahnung, wann ich das letzte mal an einem maßband gestanden habe. außer langen beinen habe ich kurze blonde haare, und mich erkennst du immer an meinem getüpfelten hund, der mir wie ein schatten überallhin folgt

SILBERMONDAUGE: oh, ein treffen zu dritt! toll! wie heißt er denn?

Ich spüre, wie ich wieder ausatme. Hatte gar nicht gemerkt, dass ich die Luft angehalten hatte. Wichtig ist das. Bei allen Menschen, die ich kennen lerne, ist es wichtig, dass sie Loulou mögen, dass sie einen Hund im Café o.k.

finden und sich möglichst über Spaziergänge im Regen freuen.

LOULOUZAUBER: du wirst lachen, aber es ist eine SIE, und sie heißt »Loulou«.

SILBERMONDAUGE: hat loulou nichts dagegen, dass du ihr incognito lüftest, indem du hier ihren namen spazieren trägst?

LOULOUZAUBER: sie darf dafür meinen benutzen, wenn sie in den hundechat geht

SILBERMONDAUGE: rofl ... aber das bringt mich noch auf etwas: wie heißt du denn eigentlich?

Der Cursor blinkt mich an.

Ich bin Loulou. Anonym. Ohne einen Namen, einen anderen als den meiner verwöhnten, verzogenen Hündin, die gerade in der Küche um den Abfalleimer schleicht.

Ich bin Loulou für sie. Und ohne ein Gesicht. Ich habe seit Tagen ein Gefühl wie ein Teenager. Wie ein verknallter Teenager. Was mache ich hier bloß um Himmels willen?

LOULOUZAUBER: ich heiße FRAUKE.

SILBERMONDAUGE: und ich EMMA. Puh, das wäre geklärt ...

LOULOUZAUBER: ja, nur leider eines noch nicht. ich kann nämlich übermorgen nicht. wie wäre es dann am Freitag?

SILBERMONDAUGE: ☺ so ein pech! nein, dann kann ich nicht

LOULOUZAUBER: und am wochenende ...

SILBERMONDAUGE: da ist es ja immer ganz schlecht mit verabreden, wegen der anderen sozialen kontakte, nicht?

LOULOUZAUBER: ja, ganz ganz schlecht

beeile ich mich zu tippen. Eigentlich hatte ich gerade

schreiben wollen, dass ich samstags wie sonntags noch nichts vorhabe. Plötzlich fühle ich mich wie eine Aussätzige. Ich habe am Wochenende Zeit, um mich mit einer Internet-Bekanntschaft zu treffen!

SILBERMONDAUGE: vielleicht sollten wir es dann ganz einfach auf übermorgen in einer woche verschieben?

LOULOUZAUBER: donnerstag nächste woche? warte, ich schau noch mal in meinen terminplaner ... ja! das passt mir prima.

SILBERMONDAUGE: das mit dem planer hast du nicht wirklich gemacht!?

LOULOUZAUBER: das bleibt jetzt mein geheimnis!

Und dann melde ich mich ab, rasend schnell, bevor sie noch etwas antworten kann.

Mein Herz rast dabei wie eine Dampflok, und bestimmt schnaube ich auch so.

Erst als ich den Computer herunterfahre, lässt meine Aufregung langsam nach, und ich kann wieder klar denken.

Ich werde sie treffen. Ich werde ihr die Wahrheit sagen müssen. Ich werde ihr sagen müssen, dass ich nicht lesbisch ... dass ich hetero ... dass ich jedenfalls nicht das bin, was sie glaubt, dass ich es bin.

Es wird wahrscheinlich unglaublich peinlich. Keine Ahnung, wieso ich dem zugestimmt habe. Keinen blassen Schimmer, was ich mir davon erhoffe. Denn natürlich wird sie, sobald ich alles geklärt habe, mich nur noch verächtlich anschauen und davongehen. Dunkle Locken und graue Augen.

Dann werde ich ihr nachsehen und mich heimlich verabschieden von dem neu erwachten, von dem ganz neuen Flattern in meinem Bauch. Ganz schnell verabschieden von den wirren Ideen in meinem verhunzten Ich-weiß-nun-wirklichnicht-was-das-alles-bedeutet-Kopf. Mehr wird nicht passieren bei diesem Treffen. Und ich hoffe, dass mir das wirklich klar ist.

Von der Frontseite der aktuellen Fernsehzeitung lächelt mir eine junge Bikini-Schönheit entgegen. Bestenfalls achtzehn, grinst sie mich blöde an und raunt mir zwischen ihren strahlend weißen Zähnen hindurch zu, dass ich, in meinem Alter!, sicher nur noch schwer jemanden zum Verlieben finden werde. Und schon gar niemanden, mit dem ich ein Zuhause haben kann. Jemanden, mit dem ich es schaffe, die Liebe festzuhalten. Ich gebe der Zeitschrift einen Stoß, und sie fällt vom Tisch, bleibt aufgeschlagen liegen, und ich blicke dumpf auf eine dort abgebildete Werbung für eine Rentenversicherung.

Da steht: *Gestalten Sie Ihre Zukunft! Jetzt!*

3. Wer keine Erwartungen hat, kann nicht enttäuscht werden

Miteinander zu leben war ein Genuss. Im Alltag Abenteuer entdecken. Ein Neuanstrich für jede alte Gewohnheit. Der Wechsel der Jahreszeiten ein bisher noch nicht gekanntes Wunder, das sie gemeinsam bestaunten, während die Zeit verging. Das Versprechen der Endgültigkeit lag so nahe. Immer öfter gingen sie Hand in Hand. Und merkten lange Zeit nicht, dass sie dadurch begannen, nebeneinander zu gehen.
(Seite 37 des Romans »Von der Umkehr der Endgültigkeit«, Patricia Stracciatella)

Und wie genau willst du ihr das erklären?«

Katja sitzt auf meinem Bett und sieht mir dabei zu, wie ich systematisch meinen Kleiderschrank entleere und seinen Inhalt quer durchs ganze Zimmer verstreue.

Sie hat ein Bein über das andere geschlagen und feilt an ihren Nägeln herum.

»Ich meine, wirst du sie erst mal ein bisschen zappeln lassen, dann über ein paar Umwege hier und da Lothars Namen fallen lassen, und wenn sie nachfragt, große Augen machen: ›Wie? Hatte ich das nicht erwähnt? Meine langjährige Beziehung, das war ein Mann!‹? Oder wirst du gleich mit der Tür ins Haus fallen? So frei nach dem Motto: ›Was ich noch schnell klären muss, bevor wir unseren Kaffee bestellen!‹?«

Ich halte mir vor dem Spiegel meinen grauen Hosenanzug an und betrachte mich einen Augenblick kritisch.

»Eigentlich typisch für dich«, meint Katja dazu. »So was Antiquiertes, mein ich, in all deinem Technik-Kram. Bei dir passt nichts zueinander. Aber vielleicht eben deswegen gerade doch ...«

Ich werfe ihr einen entnervten Blick zu, hänge den Anzug aber gleich wieder an die Schranktür. Nach dieser Bemerkung werde ich heute an ihm bestimmt keinen Spaß mehr haben können.

Stattdessen probiere ich es mal mit der dunkelgrünen Cordhose und dem beigefarbenen Rolli.

»Ist das vielleicht besser?«

»Besser?«

»Als der antiquierte Anzug ...«

»Ma-han! Ich meinte damit doch nicht dein schickes Teil da, sondern den Spiegel.«

»Oh.« Der von Oma geerbte Spiegel, in einem schnörkeligen goldbepinselten Rahmen.

»Bist ein bisschen durch den Wind heute, hm?!« Katja hat eine Unmenge von Sommersprossen, die ihrem Gesicht etwas Niedliches geben und von denen sie genau deswegen immer behauptet hat, dass sie ihrer Beförderung zur Abteilungsleiterin jahrelang im Weg standen. Seit sie aber die Stelle nun endlich hat, leistet sie es sich endlich mal wieder, diesen naturgegebenen Charme mit einem provozierend frechen Krausen ihrer Nase zu kombinieren. Das sieht zum Schenkelklopfen aus. Aber ich kann es mir wirklich gerade noch verkneifen. Lachen ist heute nicht angesagt. Heute ist nämlich der Tag.

Michelin hat nicht schlecht gestaunt, als ich ihr davon erzählte.

Und Katja hat behauptet, dass sie das schon gewusst hätte, als ich das erste Mal ihr gegenüber Silbermond, ich meine Emma, erwähnt habe. Ich glaube, sie findet es irgendwie faszinierend, dass ich mich mit einer Lesbe treffe, die glaubt, dass ich auch eine bin.

»Gender trouble ist doch in«, hat sie erst gestern noch am Telefon behauptet.

Gestern, bevor ich mich wieder einmal, wie jeden Abend der vergangenen Woche, ins Internet einwählte, um dort Emma zu treffen.

Inzwischen kennen wir uns schon ein ganzes Stück weit.

»Umso schwerer für dich«, hat Michelin nur gemurmelt.

Und sie hat ja Recht. Ja, sie hat Recht. Katja hat auch Recht – obwohl sie meine missliche Lage eher spannend zu finden scheint. Aber ihr habe ich es auch nicht erzählt. Das mit dem Teenager-Gefühl.

Ich bin mir nicht sicher, ob sie es verstehen würde.

Meine Cousine ist zurzeit nämlich ein wenig skeptisch, was derartige Empfindungen angeht. Sie ist durch elementare Feldforschung eine echte Expertin in Sachen Trennungen geworden und war diejenige, die direkt hinter Lothar und mir über unser Beziehungsende die meisten Tränen vergossen hat. ›Wenn *ihr* es nicht miteinander geschafft habt, wie soll *ich* es denn dann jemals hinbekommen?‹, hatte sie geheult.

Das Ganze war etwas viel für sie, wie sie behauptete. Denn sie hatte erst wenige Wochen vorher die Scheidung von ihrem Mann Bernie ›überlebt‹. Meiner Ansicht nach hat sie aber auch die Auflösung ihrer kurzen Ehe – abgesehen von einem kleinen Küchengeräte-Aufteiltrauma – ohne großen Schaden ganz gut hinbekommen.

»Emma hat es vorausgesagt!«, jammere ich und wühle in meinen Sommer-T-Shirts herum, die ich zu dieser Jahreszeit aber auf keinen Fall werde zur Geltung bringen können.

»Was denn?«

»Dass wir hysterisch vor unseren Kleiderschränken stehen und zu der Ansicht kommen werden, dass wir dringend neue Klamotten brauchen.«

»Wir?«, grinst Katja.

Ich halte kurz in meiner Inventur inne und schaue sie etwas kariert an.

»Du meinst, sie wird das Problem nicht haben?«

Katja zuckt die Achseln und feilt ungerührt weiter am Nagel ihres linken Daumens herum.

Ich seufze. »Albern ist das, nicht? Vielleicht ist das ja nur schwer zu verstehen, aber ich möchte nicht, dass ich gleich beim ersten Eindruck danebenhaue. Alles andere wird schon schwer genug ...« Vor allem, weil ich noch nicht einmal einen blassen Schimmer davon habe, wie ich es bloß anstellen soll, ihr die Wahrheit über mich zu sagen.

Katja wippt mit dem übergeschlagenen Fuß, was ein Zeichen für ihre gehobene Laune ist und was mich noch zusätzlich zappelig macht. »Tja, Frauke, ich kenne mich mit Lesben nicht so gut aus wie du. Aber weißt du was, ich wette, es stellt sich raus, sie kennen die gleiche Mode wie wir. Spendierst du mir etwas von deinem Glitzerlack?«, fragt sie, während sie ihre Nägel noch einmal überpoliert.

»Steht im Badezimmerschrank«, erwidere ich einsilbig. Der Gedanke an Nagellack macht mich heute aus irgendeinem Grund nervös.

Alles an diesem Tag trägt dazu bei, dass ich mich beunruhigt fühle.

Zuerst heute Morgen Michelin mit ihren zwei bis drei gemurmelten Bemerkungen und den unzähligen scheelen Blicken. Immer hatte ich das Gefühl, ich müsste mich rechtfertigen. Aber Aussagen wie *Hör auf so zu gucken, als sei ich verknallt und würde es nicht zugeben wollen!* oder *Ich habe immer auf Männer gestanden, und das wird sich auch jetzt nicht ändern!* erschienen mir einfach demütigend. Deswegen habe ich sie mir verkniffen. Schließlich bin ich niemandem Rechenschaft schuldig oder auch nur eine Erklärung. Aber der bloße Gedanke an diese Sätze hat schon ausgereicht. Dieses Flattern im Bauch ist seitdem nicht mehr weggegangen.

Dann kam ein Anruf von Lothar. Er wollte gar nicht viel, und wir sprachen nicht lange. Aber er hatte seine Frühlingstigerstimme. Die hat er sonst nur kurz vor Ostern, wenn selbst bei einem Kuschelmonster wie ihm die Hormone fast aus den Ohren rausschießen. Das beunruhigte mich irgendwie. Ich meine, wir haben schließlich Oktober. Was hat seine Frühlingstigerstimme mitten im Oktober zu suchen – und zudem, wenn wir getrennt sind?!

Und letztendlich konnte ich auch Katja nicht daran hindern, an ihrem freien Tag hier vorbeizuschneien und mir ein paar unangenehme Fragen zu stellen.

Da gab mir die Postkarte, die sie auf der Treppe liegend fand und mit hochbrachte, nur noch den Rest. Meine Mutter. Die mir eine philosophisch anmutende Gedichtkarte schickt, auf der sie sich nach mir erkundigt und mit den Worten schließt: »*Ich würde mich so sehr freuen, wenn du mich bald anrufst und mir erzählst, dass du endlich den Richtigen kennen gelernt hast. Mama.*«

Wahrscheinlich ist die Kombination kakigrüner Cord und beigefarbener Strickpulli in Ordnung. Ich probiere die Hose noch mal schnell an und dreh mich mit dem Po zum Spiegel, um zu sehen, ob sie noch sitzt. Ich habe etwas abgenommen. Aber es sieht passabel aus. Na, also gut, es sieht klasse aus. Ich hab eben einen süßen Hintern. Bei dem Gedanken muss ich jetzt doch grinsen.

Da erscheint Katja mit dem Nagellackfläschchen wieder

im Türrahmen und pustet sich eine Ponyfranse aus dem Gesicht.

»Du-hu«, sagt sie, und ihre Sommersprossen setzen bereits an zu einem echten Veitstanz.

»Hm?«, erwidere ich und betrachte auch meine Front noch einmal in Omas Spiegel. Der erste Eindruck ist hoffentlich gerettet. Jetzt kommt es nur noch drauf an, dass ich das andere auch noch geregelt bekomme ...

»Du, was machst du eigentlich, wenn sie versucht, dich zu küssen?«

Sie hatte etwas davon geschrieben, dass man versucht, ungefähr fünf Minuten zu spät zu kommen. Aber ich bin fünf Minuten zu früh da.

Fünf lange, quälende Minuten. Die auch zu zehn noch längeren, geradezu höllischen Minuten werden können, denn sie wird sich wahrscheinlich an die Verspätungs-Regel halten.

Jedenfalls dämmert mir das, als sie nicht pünktlich am Treffpunkt erscheint.

Auf meiner Armbanduhr schleichen die Sekunden im Zuckeltrab dahin. Loulou setzt sich neben mir bequemer hin und glotzt eine Frau mit für ihre sonstige Erscheinung eindeutig viel zu peppigem Lackmantel an. Aber wohl weniger wegen des Lackmantels als wegen des kleines Beutelchens, das aus ihrer Handtasche guckt und auf dem ich gerade noch das Logo des ortsansässigen Metzgers erkennen kann.

Ich glaube, die Frau ist heilfroh, als ihr Bus kommt und sie den gierigen Blicken der Tüpfelhyäne entkommen kann.

Der Bus schließt seine Türen wieder und fährt davon. Ein paar Leute sind ausgestiegen und verlaufen sich aus ihrem Knäuel gerade in verschiedene Richtungen. Eine junge

Frau mit Pferdeschwanz bleibt stehen und sieht sich fragend um. Mein Herz. Gott, mein Herz! Als sie sich an mich wendet, explodiert in meinem Bauch ein dutzend Handgranaten.

»Entschuldigung, hast du mal Feuer?«, fragt sie und hält mir ihre Zigarette hin.

Keine grauen Augen.

Ich schüttele den Kopf. Und bin froh. Ja, echt froh. Denn sympathisch ist sie mir nicht. Viel zu aufgebrezelt. Künstlich. Nein. So sieht Emma nicht aus. Wie hatte ich auch nur für einen Augenblick denken können ...?

Aber da! Die da kommt! Noch schnell einen Blick in die Schaufensterscheibe tut. Sie beeilt sich. Ihre offene Jacke flattert hinter ihr her. Ihre Haare wehen. Sie sieht mir entgegen. Sie kommt näher. Noch näher. Ich lächele. Das ist sie. Sie kommt noch näher, wird nicht langsamer.

Keine grauen Augen.

Sie ist vorbei.

Langsam füllt sich der Streifen Bürgersteig vor der Bushaltestelle wieder mit Menschen. Die auf den nächsten Bus warten. Sie stehen, sehen auf ihre Armbanduhren oder starren auf die gegenüberliegende Straßenseite. Oder auf ihre Schuhe. Oder auf Loulou. Die gähnt mittlerweile schon.

Seit einer halben Stunde stehen wir schon hier.

Eine Menge junger Frauen gehen vorbei. Große, kleine, dicke, dünne, schüchtern wirkende, bebrillte, hochtoupierte, gelangweilte, eilige, lächelnde, mies gelaunte ...

Keine grauen Augen.

Ich habe mich ganz sicher nicht in der Uhrzeit vertan.

Wie lange wartet man in so einer Situation?

Eine halbe Stunde? Die ist dicke um!

Eine Stunde? Dann komme ich mir blöd vor.

Ich beschließe, noch genau drei Minuten zu warten, dann werde ich gehen.

Ins Büro.

Dann kann ich noch ein paar Telefonate erledigen oder das Material sichten, das ich in den neuen Beitrag schneiden will.

Michelin wird da sein.

Ich sehe mich ins Büro gehen, Michelin an ihrem Schreibtisch und die Augen rund vor Verwunderung. *Schon zurück? Ich meine, ... das war ja kein besonders langes Treffen,* wird sie sagen oder so etwas Ähnliches. Und wahrscheinlich wird sie noch etwas in dieser Art anschließen: *Ach, mach dir nichts draus! Bei uns Lesben ist das manchmal so, wir machen so was. Ja, echt. Wir Lesben, wir chatten einfach mit wildfremden Leuten ... na ja, natürlich besonders gerne mit Frauen ... und dass da eine Art Vertrauensverhältnis entsteht, das bilden sich die anderen ja nun echt nur ein. Ich meine, wie soll denn über ein Medium wie das Internet so etwas wie Nähe entstehen, also, ich bitte dich, Frauke. Und wen wundert es da, wenn eine dann eine Verabredung vorschlägt und ausmacht und dann einfach nicht kommt?! So was passiert eben in unseren Kreisen. Ja, genau genommen hätte ich dir das ja auch vorher schon sagen können, damit du Bescheid weißt.*

Nein, danke, auf so eine Unterhaltung kann ich echt verzichten.

Habe keine Lust, mich schon wieder darüber belehren zu lassen, was Lesben tun und was Lesben lassen. Ehrlich gesagt, möchte ich diese Pleite am liebsten vergessen.

Mein Blick fällt auf die Toreinfahrt gegenüber, an der ein großes Schild hängt: Veterinär.

Das muss der Tierarzt sein, von dem die Blonde neulich Morgen gesprochen hat.

Ein Blick in meine Immer-dabei-Umhängetasche. Der Impfpass ist drin. Also nehme ich Loulous Leine kürzer und überquere mit ihr die Straße.

Ich gehe einfach so plötzlich los, als hätte ich die ganze Zeit nur hier gestanden, um jetzt plötzlich auf die Eingangstür eines Tierarztes zuzusteuern.

Als hätte ich nicht mehr als dreißig Minuten auf einem Fleck verharrt, mir das erste Treffen ausmalend, nervös, mit schweißnassen Händen.

Einfach so losgehen und mich wieder einreihen in den Strom der eilenden, schlendernden Menschen der Stadt, die alle nicht warten. Auf niemanden.

Ich auch nicht mehr.

Ich schätze mal, das war es dann auch.

Betäubt melde ich Loulou und mich an der Theke an und fülle eine Karte aus, auf der oben steht: Neue Patientin / neuer Patient.

So abwesend bin ich noch, dass ich dorthin, wo Loulous Name und Rassezugehörigkeit hingehört, meinen Namen und Adresse aufschreibe.

Die dicke Frau hinter der Theke macht mich lächelnd darauf aufmerksam und beugt sich über ihren gewaltigen Busen und die breite Absperrung hinweg in Richtung Loulou.

»So, so, du wohnst also auf der Schützenstraße«, sagt sie zu meiner Kleinen mit einer Stimme, die auch einer Mensch gewordenen Maus hätte gehören können und die von mindestens drei Kilo Leckerchen erzählt, die diese Piepsstimmenfrau selbstverständlich immer mit sich in den Taschen ihres zeltgroßen Kittels herumträgt.

Und Loulou, die Opportunistin, hat nichts Eiligeres zu tun, als sich auf die Hinterbeine zu setzen und mit der einen Vorderpfote ›Winke, winke‹ zu zelebrieren. Das hat Lothar ihr eher unabsichtlich beigebracht, während er die beiden Katzen auf der Küchenfensterbank fütterte.

Alle Umstehenden brechen in Entzückenslaute aus, und Loulou sonnt sich in der ungeteilten Aufmerksamkeit.

Nachdem wir dem dankbaren Publikum, nämlich den älteren Besitzern eines Wellensittichs, einer Dame mit zwei Perserkatzen, einem Mann mit zitterndem Dobermann und einem Mädchen mit zerzaust wirkendem Meerschweinchen, noch ›Peng, tot ist der Hund!‹ und ›Schäm dich, Loulou!‹ präsentiert haben, sitze ich in null Komma nichts in eine angeregte Unterhaltung vertieft inmitten der Wartenden.

Trotzdem bessert sich meine Laune nur unwesentlich, während ich mit der Perserkatzendame darüber spreche, wie unterschiedlich Hunde und Katzen sind und wieso Tiere die besseren Menschen sein könnten, wenn wir sie nur ließen.

Die letzte Woche war für mich einfach ein bisschen zu sehr durch Warten geprägt.

Warten, bis es Donnerstag wurde. Warten, bis es Zeit war, sich umzuziehen. Bis es Zeit war, loszugehen. Warten am Treffpunkt, der ausgerechnet eine Bushaltestelle war, ein Ort, der vor lauter Warten nur so trieft. Und nun das Warten darauf, dass der eigene Name aufgerufen wird.

Wenigstens wissen wir hier, worauf wir warten. Eine Überraschung wird es höchstwahrscheinlich nicht geben. Und es ist tröstlich zu wissen, dass dieses Warten von Erfolg gekrönt sein wird.

Es ist ganz sicher davon auszugehen, dass ich irgendwann an die Reihe kommen werde und Loulou ihre notwendigen Spritzen verpasst bekommt. Der Tierarzt wird sich nicht zur Hintertür rausstehlen und heimlich davonmachen.

Da öffnet sich die Tür eines der Behandlungszimmer, und ein Mann mit einem steifbeinigen Dackel kommt heraus. Der Hund hat ein Pflaster über den kompletten Rücken. Der Mann verabschiedet sich noch nach hinten in den Raum hinein und schlurft dann mit seinem Kameraden zur Theke, um zu zahlen.

»Schäferhund«, knurrt er in meine Richtung und wirft dem zitternden Dobermann einen misstrauischen Blick zu. »Einfach zugepackt.«

»Für Kramer?!«, ertönt eine helle Stimme von der offen stehenden Tür her, und der Dobermann-Besitzer springt aus seinem Schalensitz. Ich wette, wenn er nur halb so nervös wäre, ginge es seinem Hund doppelt so gut.

Als ich aufschaue, sehe ich im Türrahmen meine Bekanntschaft von neulich Morgen stehen.

In dem weißen Kittel, den sie trägt, sieht sie älter und förmlicher aus, als ich sie in Erinnerung hatte.

Aber ihr Blick ist der Gleiche. Er saugt sich wie ein Gumminoppen an mir fest. Sie lächelt.

»Oh, hallo«, formen ihre Lippen eher, als dass sie es sagt. Dann hilft sie Herrn Kramer, den am ganzen Körper bebenden Dobermann ins Behandlungszimmer zu schleifen.

Sie kommt immer raus aus dem Raum und sieht mich an, wenn sie jemand Neuen aufruft. Vielleicht bilde ich mir das nur ein? Aber ich habe den Eindruck, sie sieht nur mich an. Speziell mich.

Schon bald bin ich nicht mehr die Letzte in der Reihe der Wartenden. Es kommen auf einen Schlag drei Leute mit Hunden, und dann kleckern zwei Katzenbesitzer hinterher und ein verrückt aussehender Typ, der in einer – wie er uns beruhigend mitteilt – ausbruchsicheren Transportbox ein Frettchenpaar mitbringt.

Kurz bevor ich dran bin, stürzt eine Frau in die Praxis und eilt im Laufschritt direkt durch die Tür neben der Theke, an der dick NUR FÜR TIERISCHE PATIENTEN UND PERSONAL! steht.

»Antonie schon sauer?«, wirft sie im Vorbeirennen der dicken Frau zu. Doch die grinst nur.

Da öffnet sich wieder die Behandlungszimmertür und die inzwischen schon vertraute Stimme ruft: »Für Mönning?!«

Ich stehe auf, und Loulou folgt mir willig und ohne Scheu hinein in den Raum, den die meisten Patienten dort draußen meiden wie die Pest.

Der Tierarzt, Dr. Greve, steht mit dem Rücken zu mir und schreibt gerade noch etwas in eine Karteikarte.

»Schön, dass wir uns hier wiedersehen«, sagt die Blonde zu mir und tätschelt Loulous Kopf.

»Tja, wie gesagt ... die Impfung stand an«, murmele ich.

»Und was meint Loulou dazu?« Sie kniet sich hin, um meinem Goldstück ins haarige Gesicht zu schauen. »Hm, Loulou, was hältst du davon, einen Pikser in den Nacken zu bekommen und dafür eine Menge leckerer Hundeschmackos von vorn?«

Loulou gibt ihr Einverständnis, indem ihre Zunge ausfährt und einmal quer übers Gesicht flitscht.

»Iiiih, bäh!«, spuckt die so Geherzte und richtet sich vorsichtshalber wieder auf.

Ich lache. Sie auch.

Unsere Augen begegnen sich.

Keine Ahnung, was das nun für eine Farbe sein soll. Können sich die Menschen nicht für eine bestimmte Farbe entscheiden? Ein eindeutiges Blau oder Braun oder Grün oder ... jedenfalls eindeutig! Nicht so etwas, wo man immer hingucken muss. Weil es irritiert.

Die Tür wird aufgerissen, und die eilige Frau von gerade schlüpft herein. Ihr weißer Kittel ist falsch zugeknöpft, und dieser Anblick verstärkt ihren gehetzten Eindruck.

»Bin da«, flüstert sie der Blonden zu. »Sorry.«

Die Blonde nickt. Allerdings hat ihr Gesicht sich zusehends verfinstert.

»Du kannst also gehen«, schlägt die Gehetzte vor.

»Nett von dir, Britta, aber ich bleibe für diese Patientin noch hier«, erwidert die Blonde betont ruhig, streichelt Loulous Kopf und sieht mich dabei an.

Britta wechselt einen Blick mit mir. Ihrer ist unruhig und misstrauisch.

Da dreht sich Dr. Greve herum und lächelt mich durch seinen dichten grauschwarzen Bart freundlich an.

»Und wen haben wir da?«

»Loulou«, erwidere ich rasch, irritiert durch die nunmehr drei Augenpaare, die auf mich gerichtet sind. »Ich meine, Mönning ist mein Name. Und ihr Name ist Loulou. Wir sind zur Impfung hier.«

»Antonie, machen Sie mir bitte die Fünffach fertig?«

»Und bitte eine leichte Betäubung!«, werfe ich rasch hinterher in die Richtung der Blonden, die wohl Antonie ist, denn sie wendet sich zum Arzneischrank um. »Loulou ist nämlich eine Künstlerin im Vom-Tisch-Springen, wenn es um die Impfung geht.«

Sie lächelt mich kurz überlegen an und wendet sich wieder zum Schrank, wo sie rasch und zielstrebig mit ein paar Fläschchen und einer Spritze hantiert. Ihre Bewegungen sind so routiniert, dass sie in null Komma nichts fertig ist und der Untersuchung zuschauen kann.

Loulou wird auf den Tisch gehoben und von Dr. Greve eingehend untersucht. Er schaut ihr in die Ohren, kontrolliert die Zähne und den Herzschlag, tastet ihren Bauch ab und sieht sich alle vier Pfoten an.

»Top-Zustand«, kommentiert er anschließend und nimmt die Spritze.

Loulou macht schon einen langen Hals, weil Antonie –

was für ein Name – eine ganze Hand voll leckerster Futterbrocken vor ihre Nase hält.

Davon kriegt sie eins nach dem anderen, während Dr. Greve das Nackenfell hochzieht und mit einer gezielten Bewegung die Spritze setzt.

Loulou zuckt nicht einmal kurz zusammen.

Mann, wenn ich daran denke, wie wir bei meinem alten Tierarzt diese gefleckte Ausgeburt der Hölle mit drei Helferinnen festhalten mussten, damit die Impfung möglich war ... Auf diese Leckerchenidee hätte ich auch schon früher kommen können.

»Positive Bestärkung.« Antonie, die mein ungläubiges Staunen bemerkt hat, grinst mich an. »Man könnte es aber auch ganz einfach Ablenkung für Halbverhungerte nennen. Noch nicht ausprobiert?«

Ich erwidere ihren Blick, und da passiert es.

In meinem Bauch kippt ein Gefäß um, und aus ihm heraus strömt eine heiße Flüssigkeit in alle Winkel. Meine Nackenhaare richten sich auf, und ich kann nur mit äußerster Konzentration ein Schaudern unterdrücken.

Warum fallen mir in diesem Augenblick plötzlich The Teens ein? Aber bevor mir auch nur ein blasser Schimmer kommt, wieso ich ausgerechnet jetzt an die Lieblingsgruppe meiner frühen Teenagerzeit denken muss, werden wir bereits wieder entlassen.

Loulou hüpft fröhlich vom Tisch, und ich bekomme den frisch bestempelten Pass zurück.

»Das ging ja schnell«, sage ich etwas benommen, immer noch mit Gänsehaut.

»Ich komm mit raus«, antwortet Antonie und schiebt mich fast zur Tür raus, während Britta zaghaft murmelt: »Ich komm morgen 'ne halbe Stunde früher, damit wir meine Verspätung ausgleichen, ja?«

»Okay.«

Au, ich glaube, Antonie ist ziemlich sauer wegen dieser Verspätung.

Mich aber grinst sie noch einmal nett an und verschwindet mit wehendem Kittel hinter der Tür neben der Theke. Es gibt einfach Menschen, die strahlen so viel Elan aus, dass sie hinter sich einen Wirbel aus Staubflocken, Sonnenstrahlen und sich überschlagenden Gefühlen zurücklassen.

Ich warte, bis die dicke Frau ein Telefonat beendet hat, und schaue zu, wie ein Mann mit Cockerspaniel ins Behandlungszimmer schleicht. Kurz bevor da drinnen das große wehleidige Geschrei losgeht, sehe ich noch ein Paar Augen, das mich feindselig fixiert. Dann schließt Britta von innen die Tür.

Das kann ich Michelin unmöglich erzählen.

Und Katja schon gar nicht.

Ich meine ... was war das gerade?

In meinem Kopf plärren immer noch gut gelaunt die Teens ihren Megahit »Gimme gimme gimme gimme gimme your love«, und ich fühle mich tatsächlich wieder wie zwölf. Bei einem Blind date versetzt und sofort hineinstolpernd in die nächsten Gefühlsschwulitäten.

Mein Magen fühlt sich an, als schwappe darin immer noch diese warme Flüssigkeit hin und her.

Vielleicht liegt es aber auch daran, dass ich heute kaum etwas gegessen habe. Na, dann weiß ich wenigstens, was ich jetzt zu tun habe.

Nachdem ich Loulous Rundumschutz bezahlt habe, verlasse ich die Praxis und schlendere durch den Innenhof des Gebäudes Richtung Straße.

Loulou, noch ohne Leine, schnuppert interessiert mal hier und mal da. Anscheinend haben viele ihrer Kollegen in

Angst und Erleichterung hier ihre Nachrichten für die anderen Leidtragenden hinterlassen.

Ich denke an die Undefinierbarkeit einer bestimmten Augenfarbe.

So was ist mir noch nie passiert.

Vielleicht nur ein ganz klitzekleines bisschen, als ich damals Michelins Freundin Frederike kennen gelernt habe. Da haben sich auch vor meinen Augen so bunte Spiralen gedreht, weil ich sie einfach ... ja, ich mochte sie. Und ich glaube, das ist gar nicht mal so selten. Frauen fühlen sich ständig auch von anderen Frauen angezogen. Sie registrieren es nur nicht so als dieses gewisse Gefühl. Vielmehr bewerten sie es als schlichte Sympathie oder als Ausdruck von Gemeinsamkeit. Dabei ist es doch völlig normal, dass Frauen so was auch für Frauen empfinden. Das hat gar nichts zu bedeuten. Bei Frederike war es nur ein bisschen kribbeliger, weil ich wusste, dass sie lesbisch ist. Das war alles. Und natürlich hatte sie eine Freundin, Karolin. Und außerdem waren Lothar und ich da ja noch ...

Aber diese Frau. Diese Antonie. Taucht einfach so auf meinem Berg auf, mitten in einer wunderbaren Herbstdepression, und guckt mich an. Das tut sie sowieso in erster Linie, habe ich jetzt im Nachhinein den Eindruck. Mich angucken. Irgendwie anders als andere Frauen gucken. Vielleicht irritiert mich das einfach. Oder vielleicht ist es auch ihre Art, alles schneller zu tun, als ich es tun würde. Sie wirkt einfach so, als hätte jemand ihren Plattenspieler auf 75 gestellt. Ich seufze. Sicherlich kennt im Zeitalter der CDs kaum noch jemand die verschiedenen Einstellmöglichkeiten eines Plattenspielers.

Von hinten durch die Toreinfahrt nähern sich eilige Schritte.

»Na, dann bis irgendwann morgens auf dem Berg«, flötet

Antonie, wahrscheinlich gut gelaunt vom Feierabend. Ihre Stimme ist mir schon beinahe vertraut, vom Aufrufen der Tierbesitzer und dem Geplänkel über vor Angst geschüttelte Patienten.

»Ja, bis dann«, erwidere ich etwas lahm.

In Gedanken noch bei jemandem verblieben zu sein und dann ihn plötzlich vor Augen zu haben, unerwartet noch einmal, das gibt mir immer das Gefühl, bei etwas ertappt worden zu sein.

Loulou fühlt sich von Antonies schnellem Schritt offenbar eher angesprochen als von meinem nachdenklichen Schleichen. Sie legt ein bisschen Tempo zu und trabt Antonie hinterher.

»Loulou!«, rufe ich und beide drehen sich um.

Als Antonie jetzt bemerkt, dass sie Begleitung bekommen hat, grinst sie und bleibt stehen, um auf mich zu warten.

Es sind nur ein paar Meter.

Nur ein paar Meter, die ich zu ihr hingehe und die sie mir entgegensieht. Augenfarbe absolut unergründlich. Und erst recht dann nicht zu erkennen, wenn ich mich nicht traue, richtig hinzuschauen.

»Was habt ihr jetzt vor, ihr beiden?!« Sie lächelt mich an. Einfach so. Als würden wir uns schon lange kennen. Als hätte sie nicht gerade noch drinnen einen weißen Kittel getragen. Und als wäre es nicht auszuschließen, dass wir zufällig den gleichen Weg haben, den wir gemeinsam tun könnten.

Ich weiß nicht. Irgendwie ist sie mir unheimlich. Obwohl nichts Morbides an ihr ist. Eher im Gegenteil. Sie ist eine sehr helle Erscheinung. Nicht nur weil sie blond ist und eine beigefarbene Jacke und hellblaue Jeans trägt. Sondern weil sie irgendwie strahlt. Sie ist anders als die Menschen, die ich sonst so kenne. Als würde sie einer anderen Art angehören.

»Wir?«, piepse ich und räuspere mich. »Ich glaube, wir werden uns jetzt etwas ganz Ungesundes antun und zum Griechen gehen, um da eine Riesenportion Fritierfett mit Mayo zu verdrücken.«

Ihr Gesicht leuchtet auf. Kaum zu glauben, dass darin gerade noch eine ärgerliche Stirnfalte Platz gehabt hat, die sie der verspäteten Britta gezeigt hat.

»Super Idee! Ich hab zu Hause bestimmt nichts im Kühlschrank. Ich glaube, das mach ich auch.«

Also gehen wir zu dritt weiter. In ihrem Tempo, versteht sich.

Ich glaube, ich habe verpasst, dass sie gefragt hat, ob sie sich uns anschließen darf. Oder ich hab verpasst, dass ich sie eingeladen habe, das zu tun. Oder ich habe nichts verpasst, und sie biegt gleich abrupt ab in eine Grillstube, mir noch einmal kurz zuwinkend. Aber Letzteres passiert nicht. Wir eilen nebeneinander her, Loulou zwischen uns, als hätten wir das schon viele Male getan.

»Sie kommt häufig zu spät«, erklärt Antonie mir da plötzlich ungefragt. »Ich bin nicht pingelig. Aber was zu viel ist, ist zu viel.«

Da kann ich nichts Gegenteiliges behaupten.

»Machst du was mit ihr?« Damit meint sie Loulou.

»Machen?«, echoe ich.

»Ja. Sport oder Ausbildung oder sonst was.«

»Nein. Eigentlich ... nein.« Ich sehe auf meine getüpfelte Hündin hinunter. »Manchmal joggen wir zusammen.«

Antonie lacht, als hätte ich einen netten Witz gemacht.

»Waren das deine Hunde, neulich Morgen?«, erkundige ich mich schnell und nehme mir heimlich vor, mich über mögliche Hundesportarten zu informieren. Nicht etwa, weil ich mit Loulou einem Verein beitreten möchte, sondern einfach, damit ich wenigstens weiß, was wir alles *nicht* machen.

Antonie schüttelt im Laufen den Kopf. Wenn ich nur wüsste, wieso sie so ein Tempo vorlegt. Nein, noch wichtiger: Wenn ich wüsste, ob sie tatsächlich davon ausgeht, dass ich ihr so selbstverständlich folge.

»Zur Praxis gehört auch eine Tier-Pension. Wusstest du das nicht? Die Frau vom Greve macht das. Direkt oben am Berg. Und da helfe ich öfter mal aus, wenn es knapp wird mit Leuten, die die Hunde ausführen. Ich hatte bis vor zwei Jahren einen Hund. Und bekomme auch sicher wieder einen, wenn ich mein Studium in der Tasche habe.«

»Du studierst auch noch?«, keuche ich, mittlerweile schon etwas außer Atem von ihrem Tempo.

»Ab nächstem Semester dann Vollzeit. Momentan bin ich es eher lässig angegangen, wegen der Arbeit in der Praxis. Der Greve musste sich erst 'ne Neue ranziehen.«

»Und was studierst du so?«

Sie sieht zu alt aus, um gerade erst ihr Abi in der Tasche zu haben. Vielleicht ist sie Ende zwanzig. Da mit einem Studium anzufangen, das ist schon mutig.

»Auf Veterinär natürlich.«

Natürlich! Wie konnte ich fragen!?

»Mann, ich hab echt einen Riesenhunger!«, verkündet sie.

»Wieso nehmen wir dann nicht den hier?«, will ich von ihr wissen und verlangsame meinen Schritt, denn wir sind gerade an einem griechischen Grill vorbeigehechtet. Sowieso ist nicht wirklich einzusehen, wieso ich wie von einem Magneten angezogen mit ihr mitrase. Nichts spricht dagegen, dass ich mich kurz und höflich verabschiede und meiner eigenen Wege gehe. Immerhin kennen wir uns gar nicht, haben keine Verabredung und noch nicht einmal miteinander ausgemacht, unser Essen gemeinsam einzunehmen. Aber statt mich einfach abzusetzen, laufe ich im Eilschritt neben ihr her, als sei es so abgesprochen.

»Bei dem dauert es immer so lange, bis das Essen kommt«, erklärt Antonie, während sie die nächste Querstraße nimmt und Loulou und mich wie in einem Sog mitzieht. »Ich bin lieber aktiv, als einfach so dumm in der Gegend rumzusitzen und zu warten. Da lauf ich lieber ein Stückchen.«

»Gegen Warten habe ich auch was«, gebe ich zu.

Außerdem sehe ich vor uns schon unser Ziel, auf das sie zusteuert. Seltsam, dieses kleine Restaurant hier in der Nebenstraße habe ich auf meinen Gängen durch die Stadt noch nie wahrgenommen.

Antonie bremst hart ab und reißt dann die Tür auf.

Ein paar vereinzelte Gäste sehen von ihren Tellern auf, und der Mann am Grill hebt grüßend die Hand, in der er ein Gyros-Messer hält.

»Ich hab alle im Umkreis von einem Kilometer ausprobiert«, teilt Antonie mir mit und nimmt Kurs auf einen Tisch in der hinteren Ecke. »Der hier ist einfach der Beste und Schnellste.«

Und tatsächlich steht der Gyros-Mann schon nach einer Minute an unserem Tisch.

»Doppelte Portion Pommes mit doppelter Portion Jägersoße«, schießt Antonie heraus.

»Doppelt Pommes sowieso doppelt Soße«, nuschelt der Mann.

»Dann eben dreifach Soße«, entgegnet Antonie freundlich. »Ich meinte damit: Ganz ganz viel von dieser ganz ganz leckeren Soße!«

Jetzt grinst er und nickt ihr gutmütig zu.

»Ich nehm den Gyros-Teller mit gemischtem Salat«, bestelle ich.

Er beugt sich unter den Tisch zu Loulou: »Und für dich eine Schale Ouzo oder Wasser?«

»Wasser reicht, danke. Sie muss gleich noch fahren«, antworte ich.

Wir sehen ihm alle drei nach, wie er zwischen den Tischen wieder davonwatschelt.

Ich bin benommen.

Unser Eilschritt hierher. Ihre Blicke, die etwas auslösen, das im Prinzip jeder Frau ständig mit jeder Frau passieren kann. Glaube ich jedenfalls.

Und jetzt sitzt sie einfach da, atmet tief ein und aus, spielt mit der Serviette und sieht mich hin und wieder an.

Plötzlich geht ein Ruck durch sie, und sie ruft durch das kleine Restaurant hinüber zu unserem Koch: »Ich hab das Getränk vergessen! Bringen Sie mir bitte eine Fanta mit?!« Alle Gäste sehen wieder auf und zu uns hin. Loulou unter dem Tisch gähnt laut. Und ich tue so, als fielen mir all die Blicke nicht auf. Vor allem da nicht, als Antonie sich jetzt ein wenig vorbeugt und mir genau ins Gesicht schaut. Sie sucht meinen Blick, und erst als ich ihren erwidere, lächelt sie.

»Nett, dass wir uns heute getroffen haben«, meint sie da mit leiser Stimme. »Ich meine, ich bin nicht jeden Tag in der Praxis und dann auch nur im Schichteinsatz. Ist nicht gesagt, dass man mich da immer antrifft. Eine halbe Stunde später, und ich wäre weg gewesen.«

Ich habe für eine einzige Sekunde eine Ahnung, dass sie ein Mensch der Wechselbäder ist. Der lauten Quer-durch-den-Raum-Bestellungen und der leise gesprochenen Freundlichkeiten. Beides ganz und gar ehrlich und wahrhaftig.

Wieder dieses warme Fließen in mir. Sie würde einer Marlowe auf jeden Fall Rätsel aufgeben, da wette ich.

Und jetzt fällt es mir auch ein. Das, was ich vorhin nicht wirklich greifen konnte. Als ich elf Jahre alt war, schwärmte ich für den Schlagzeuger der Gruppe The Teens. Das war lange, bevor sich der Begriff Boygroup prägte. Für mich waren es einfach fünf fantastisch aussehende Sechzehnjährige, bei denen jedes Mädchen sich die Finger ablecken wollte. Ich kannte alle ihre Lieder, und ihre Texte beflügelten mich, im Englischunterricht besser aufzupassen.

Als ich dann eines schrecklichen Tages in der BRAVO las, dass mein Schwarm, der Schlagzeuger Michael, eine feste Freundin hatte, brach mir das Herz. Ungefähr für zwei Tage war ich am Boden zerschmettert. Aber dann sah ich einen Fernsehauftritt von ihnen und stellte fest, dass der Bassist Alexander wirklich auch nicht zu verachten war. Fortan schwärmte ich für den Single Alexander.

Teenagergefühle scheinen nicht besonders standhaft zu sein, was ihr Ziel angeht.

»Wieso grinst du so?«, unterbricht Antonie mich in meinen Gedanken, und ich zucke ein bisschen zusammen.

Wie sie da so sitzt und aus den Bierdeckeln eine windschiefe Hütte gebaut hat, tut sie mir fast ein bisschen Leid. Sie hat nicht den geringsten Schimmer davon, in welchem Zustand ich mich derzeit befinde. Sie weiß nicht, dass sie hier mit einer tickenden Zeitbombe am Tisch sitzt.

Sie weiß überhaupt gar nichts. Nichts von Michelin und Angela. Nichts von deren lesbischen Freundinnenkreis. Nichts von Emma und dem Chat. Nichts von dem bis zum Rand gefüllten Gefäß in meinem Bauch, das sie mit einem ihrer unergründlich bunten Blicke einfach so umgestoßen hat.

Wenn ich sie vor ein paar Monaten getroffen hätte, vor einem halben Jahr, dann hätten wir jetzt sicher hier lustig plaudernd gesessen und uns zu einem gemeinsamen Spaziergang am Helenenberg verabredet. Und beim Spaziergang hätten wir uns von unseren Freunden erzählt, die ja alle gleich sind, weil eben Männer.

Ja, so wäre es.

Aber seit ein paar Wochen ist in meinem Leben irgendwie etwas ins Ungleichgewicht geraten. Nichts läuft mehr so, wie es früher gelaufen wäre. Ich verabrede mich mit einer charmanten Gedichte-Zitiererin, die durch ihre poetischen Sprüche mein Herz zum Klopfen bringt, und werde dumm stehen gelassen. Und jetzt sitze ich mit einer wildfremden Tierarzthelferin in einem griechischen Restaurant und denke darüber nach, wie weich ihre Hände aussehen.

»Ich dachte grad so darüber nach, wie absurd das Leben manchmal sein kann«, bringe ich endlich heraus und schaffe es sogar noch, dazu ein Lächeln zu Stande zu bringen.

»C'est la vie«, gibt sie grinsend zur Antwort und wippt kokett mit den Augenbrauen. »Das denke ich bestimmt mehrmals täglich.«

»Oh«, sage ich und sehe mich um. »Da fällt mir was ein.« Tatsächlich, da vorn hinter der Eingangstür ist ein Zeitschriftenständer, auf dem auch diverse Prospekte ausliegen. Ich krame in meiner Tasche und hole ein paar Flyer von Angelas Stück heraus.

»Hinweis auf ein Laien-Theaterstück«, erkläre ich Antonie. »Ob ich die wohl gleich hier auslegen kann, was meinst du?«

Sie fragt nicht einmal, sondern greift danach und liest die Überschrift.

»Klar, wieso nicht. Was ist denn das für ein Stück?«

Da überschüttet es mich eiskalt, und ich strecke reflexartig die Hand aus, um das Papier zurückzufordern. Bin ich noch von allen guten Geistern verlassen? Ihr einen Prospekt in die Hand zu drücken, das von einem Theaterstück handelt, in dem sich eine verheiratete, an ihren Rollstuhl gefesselte Frau in ihre Pflegerin verliebt.

Antonie will zunächst meiner auffordernden Geste nachgeben, aber die Bewegung ihrer Hand meiner Hand entgegen ist so widerstrebend, dass es mich nicht wundert, als sie sie plötzlich doch zurückzieht.

»Ich kann ja auch ein bisschen Werbung machen. In der Praxis seh ich jeden Tag viele Leute, die sich auch für so was interessieren würden.« Und schon passiert es, und sie überfliegt den Text.

Ich schaue panisch Hilfe suchend zur Theke hinüber, wo gerade unsere Teller auf die Glasplatte gestellt werden, fertig zum Servieren.

»Da kommt unser Essen!«, versuche ich sie abzulenken. Doch sie nickt nur knapp, ohne sich in ihrer Lektüre stören zu lassen. Auf ihrem Gesicht ist nichts außer freundlichem Interesse zu erkennen. Gleich wird sie aufschauen, mich auf eine merkwürdige und für mich ganz ungewohnte Art mustern und dann rasch ihr Essen hinunterschlingen, bevor sie sich unter einem Vorwand schnell verabschiedet.

Aber stattdessen legt sie den Flyer erst zur Seite, als der freundlich grinsende Grieche an unserem Tisch erscheint und unsere Teller und ihr Getränk vor uns abstellt.

»Mmmmh, ich hab aber auch einen Kohldampf«, posaunt sie dann und stürzt sich auf ihre Pommes. »Ach so ... guten Appetit!« Und zwinkert mir zu. Ich muss schlucken, obwohl ich noch keinen Bissen im Mund habe.

»Und was machst du so?«, möchte sie von mir wissen.

Mich fürchten, denke ich. *Wenn ich aber doch nur wüsste, wovor genau.*

»Ich bin Fernsehjournalistin«, antworte ich schlicht. Und sie reagiert genauso wie alle: reißt die Augen auf und sieht beeindruckt aus. Das Wort ›Fernsehen‹ haut wirklich so gut wie jeden Normalbürger vom Hocker. Als wäre man automatisch ein besserer Mensch, ein interessantes Individuum, oder würde zu einer intelligenteren, mächtigen Spezies gehören.

»Nichts Besonderes«, schiebe ich daher hinterher. Auch wenn ich diese Blicke kenne, ist mir ihrer einfach ein bisschen zu intensiv. »Ich arbeite für verschiedene Magazine, ganz unterschiedliche Sachen. Meistens kleine Beiträge von ein paar Minuten. Keine wirklich großen Fische, weißt du.«

Ich glaube, Antonie weiß nicht. Denn sie sieht mich immer noch auf diese gewisse Art an, die mein Blut hektischer fließen lässt.

»Erzähl doch mal! Wie sieht das denn aus, wenn du so einen Beitrag machst. Ich hab ja keine Ahnung davon. Wenn du es wissen willst, kann ich dir dann auch erzählen, was genau passiert, wenn man eine Hündin kastriert.«

Wir lachen uns an.

Und ich erzähle ihr ein bisschen. Nur das Gröbste. Wie meine Arbeit aussieht, was das Schöne und was das Leidvolle daran ist – denn das gibt es ja bestimmt in jedem Beruf, aber ganz besonders beim Fernsehen.

»Es gibt nun mal die Pflicht und die Kür. Und das Wichtige ist, dass man an der Pflicht auch ein bisschen Spaß entwickelt«, schließe ich meinen kleinen Monolog und pikse ein weiteres Stück Gurke auf die Gabel.

»Meine Ex hat das auch immer gesagt«, erzählt Antonie ganz nebensächlich, und ich habe auf einen Schlag so ein merkwürdiges Klingeln in meinen Ohren.

»Deine ...?«

»Meine Ex.« Sie sieht nur kurz von ihrem Teller auf und mustert mich knapp und abschätzend. Dann widmet sie sich wieder ihren verbliebenen Pommes, die wahrscheinlich in Bälde in einem Sturzbach aus Jägersoße von ihrem Teller rutschen werden.

Was so ein ›e‹ am Ende eines Wortes doch ausmacht.

Dieser eine Buchstabe verändert so einiges. Zum Beispiel wird es mir plötzlich ziemlich heiß, und ich sehe zwischen den Resten auf meinem leckeren Gyros-Teller lauter kleine violette und grüne Punkte. So als hätte ich lange in die Sonne geguckt und mir dann kräftig die Augen gerieben.

Ich blinzele ein bisschen und lege die Gabel beiseite.

Wenn ich jetzt den Rest noch aufesse, werde ich daran wahrscheinlich ersticken. Denn an dem merkwürdigen Kloß in meinem Hals wird kein Bissen vorbeikommen.

Also krame ich die Packung Kaugummi aus meiner Tasche und stecke mir drei auf einmal in den Mund. Vorsichtshalber. Damit mir nicht eine voreilige Bemerkung einfach so von der Zunge fällt.

Du bist also ...? oder *Was für ein Zufall!* oder *Das hätte ich ja nicht gedacht!* bieten sich da besonders an, um mich gründlich zu blamieren.

Au weia, plötzlich stellt sich mir die Situation hier ganz neu dar. Ich, allein mit einer wildfremden Tierarzthelferin, angehende Tierärztin und auf alle Fälle zumindest phasenweise lesbisch lebenden Frau, die mich beinahe unentwegt aus ihren seetiefen Augen interessiert betrachtet und deren Stimme – jetzt bin ich mir ganz sicher – ab und zu einen gurrenden Unterton annimmt.

Antonie nickt in Richtung der Theater-Flyer, die noch neben mir auf dem Tisch liegen. »Das scheint ein wirklich interessantes Stück zu sein. Spielst du da mit?«

Ich habe mit den drei Kaugummis zu kämpfen und bringe nur ein gedämpftes »Nö«, kombiniert mit einem Kopfschütteln und abwehrendem Grinsen zu Stande.

Sie lächelt.

»Dann spielt aber bestimmt deine Freundin da mit?«

Jetzt lacht sie sogar. Sie lacht. Wie macht sie das wohl? Über so ein Thema zu reden und einfach zu lachen. Ich merke doch, dass sie auf keinen Fall nichts sagenden Smalltalk betreibt. Sie versucht hier ganz offenbar, die Lage zu checken. Und ich bin mit einem Mal derart störrisch, dass ich auf ihr Zaunpfahlgeschwenke noch nicht einmal ansatzweise eingehe. *Sag doch was!* fauche ich mich in Gedanken selbst an. *Sag doch, dass du gerade von Lothar getrennt bist und Michelin deine Arbeitskollegin ist und deren Lebensgefährtin ...*

»Hast du überhaupt eine Freundin?«, fährt sie da fort, und ihre Stimme klingt tatsächlich so, als sei ihre Frage geprägt von zwischenmenschlichem Interesse, das nichts damit zu tun hat, dass sie eindeutig mit mir flirtet.

»Nein«, sage ich schlicht und komme mir vor wie eine Hochstaplerin.

Aber täusche ich mich, oder ist da in Antonies Augen so etwas wie Befriedigung zu lesen?

Ich täusche mich wahrscheinlich. Mein Gott, ich werde mich doch wohl hoffentlich täuschen! Hoffentlich?

»Ich muss ...« *hier raus!,* verschlucke ich zum Glück gerade noch.

Antonie schaut auf die Uhr und reckt sich einmal genüsslich.

»Ja, für mich wird es auch Zeit.«

Wir erheben uns von unseren Stühlen und gehen zur Kasse, um dort zu zahlen. Antonie vor mir. Eine schlanke, sportliche Gestalt mit hübschem Nacken.

Ich versenke meinen Blick in mein Portemonnaie.

Aus lauter Verwirrung gebe ich viel zu viel Trinkgeld und bekomme zusammen mit einem fröhlichen Grinsen ein verschnürtes Päckchen über die Glastheke geschoben, in dem sich »paar Knochen« für Loulou befinden.

An der Tür lege ich die Flyer in den Ständer und muss dann zu meiner unglaublichen Verlegenheit feststellen, dass Antonie auf mich wartet und mir die Tür aufhält.

Dabei ist das so ungewöhnlich gar nicht. Ich halte auch oft anderen die Tür auf. Ich habe Lothar hin und wieder die Tür aufgehalten. Ich halte Michelin die Tür auf oder auch anderen Frauen. Ja, auch ich halte hin und wieder anderen Frauen Türen auf. Warum also bekomme ich jetzt einen Kopf wie ein amerikanischer Wasserhydrant?

Antonie wendet sich im Gehen noch einmal zurück zu mir und schaut mich an. Es ist ein Blick ohne Frage. Wie ein Ausrufezeichen hinter einem Satz. *Grau.* Denke ich. *Ihre Augen könnten grau sein.*

Weil ich Angelas Wagen vor der Tür sehe, schelle ich lieber und benutze nicht meinen Schlüssel. Immerhin ist die Bürozeit schon um. Und nach fünf ist diese Wohnungstür nicht mehr der Eingang zum Arbeitszimmer, sondern die Tür zu Michelins Privatsphäre.

Angela öffnet mir und zwinkert mir verschwörerisch zu.

»Falls es Frauke ist, sie soll reinkommen und auspacken!«, höre ich Michelin aus dem Bad rufen. »Aber nicht bevor ich da bin, bitte!«

Ich komme also rein und stakse unter lustigem Geplänkel mit Angela in die Küche. Der große, behaglich eingerichtete Raum ist das Herz der Wohnung. Hier versammeln wir uns immer, wenn es etwas zu besprechen gibt, etwas zu feiern oder zu diskutieren.

Loulou schreitet würdevoll ins Wohnzimmer und streckt sich auf dem Teppich aus, mit dem Hinterteil in meine Richtung – um mir so richtig zu zeigen, was sie von Tagen wie diesem hält.

Es dauert keine zwei Minuten, da fegt Michelin um die Ecke und prallt fast gegen mich, so schwungvoll ist sie.

Sie strahlt übers ganze Gesicht in froher Erwartung auf die spannende Geschichte, die sie sich offenbar von mir erhofft.

»Boah!«, bricht es aus ihr heraus. »Du riechst ja wie in der Friteuse gesessen. Wart ihr etwa in einer Pommesbude zum Essen?«

»Ja«, antworte ich, schief grinsend.

»Na, und? Erzähl mal! Wie ist sie so!«

»Das weiß ich leider nicht«, presse ich heraus. Es fällt mir wirklich unglaublich schwer.

Michelin schaut verwundert. Nicht zu verdenken.

»Wie jetzt?«, tastet sie sich heran. Angela macht das dazu passende forschende Gesicht.

»Sie ist nicht gekommen.«

»Was?«, wispert Michelin stimmlos. Sie sieht von einer Sekunde zur nächsten richtig geschockt aus. »Was? Aber ... das kann doch nicht sein! Ich meine, nach allem, was du erzählt hast ...« Sie setzt sich auf den nächststehenden Stuhl und sieht mich entsetzt an. Ich denke daran, wie diese Szene vor ein paar Stunden noch in meiner Fantasie ausgesehen hat und bekomme vor Scham einen roten Kopf.

Sie weiß ja Gott sei Dank nicht, welch wenig freundschaftliche Reaktion ich mir ausgemalt hatte. Dennoch erzähle ich »zur Entschädigung« meinen Nachmittag in allen Details.

Michelin und Angela sitzen andächtig mir gegenüber und lauschen mit großem Interesse.

Bei der Schilderung meiner langen Wartezeit und der erniedrigenden Gedanken, die mir dabei so durch den Kopf gegangen sind, geben sie abwechselnd empörte oder beruhigende Töne von sich, die mich zum Weitererzählen ermuntern sollen.

»Wie kann man so einen Aufstand machen um ein Kennenlern-Treffen und dann ganz einfach nicht auftauchen?!«, grübelt Michelin laut, als ich schließlich geendet habe.

»Sie hat jeden Abend davon gesprochen ... ehm ... geschrieben, wie sehr sie sich darauf freut. Sie hat es immer erwähnt.«

Michelin verzieht den Mund. »Das finde ich verdächtig.«

»Wieso? Meinst du, so ein auffälliges Interesse ist auf jeden Fall ein Hinweis auf die Absicht, mich stehen zu lassen?«

»Vielleicht ist es bei ihr eher unterbewusst abgelaufen? Vielleicht hat sie gar nicht wirklich dich gemeint, sondern hat dich mit irgendwem assoziiert?«

»Du meinst, so eine Projektionsscheiße?« Wozu habe ich zwei Jahre Therapie gemacht? Da kenn ich mich aus!

»Wer weiß?«

»Aber wenn reges Interesse ein Zeichen dafür sein soll, dass das Ganze wahrscheinlich in die Hose geht ... ich meine, worauf ist denn dann noch Verlass?«, klage ich genervt.

Michelin wendet sich an ihre still dabeisitzende Freundin.

»Angela, was meinst du?«

Angela nippt verträumt an ihrer Teetasse und lässt ihren grünen Blick noch einmal abwägend zum Kandis spazieren.

»Dass sie so direkt gefragt hat, ob du eine Freundin hast, *das* ist ein eindeutiges Zeichen«, tut sie ihre Meinung in meine Richtung kund.

Mein Mund ist auf einen Schlag ganz trocken.

»Nein, nein.« Michelin seufzt. »Das hast du falsch verstanden. Wir sprechen von Emma, der aus dem Internet.«

Angelas Lider senken sich für einen kurzen Moment in einer Geste des Verzeihens, dass Michelin mit ihr wie mit einer schwerhörigen Oma gesprochen hat.

»Ich weiß, worüber ihr gesprochen habt. Ihr habt über eine Frau gesprochen, die nicht zu einem fest vereinbarten Treffen gekommen ist, obwohl sie so darauf gedrängt hat. Eine Frau, deren Charakter also ebenso wie ihr Aussehen ein wenig zweifelhaft zu sein scheint. Und ich fragte mich gerade, wieso ihr nicht über diejenige sprecht, die nicht nur hübsch ist, sympathisch und tierlieb, sondern außerdem auch tatsächliches, deutliches Interesse signalisiert.«

Ich werfe Michelin einen Blick zu, der fleht: *Bitte, mach, dass sie aufhört, so was zu sagen!* Wieso genau ich diese, exakt diese Worte jetzt nicht hören will, kann ich selbst nicht sagen. Michelin schnalzt nur ratlos mit der Zunge.

»Sich bei dem aufzuhalten, was ideal scheint, aber nicht greifbar ist, ist meiner Meinung nach Zeitverschwendung«, fährt Angela erbarmungslos fort.

»Vielleicht betrachtest du das von einem anderen Standpunkt aus?«, wagt Michelin einzuwerfen.

Für ein paar Sekunden blitzt ein Funkeln in Angelas Augen, das mich zurückschrecken lässt. »Komm mir bloß nicht mit der Du-bist-zehn-Jahre-älter-und-siehst-deswegen-alles-anders-Masche. Glaub mir, gerade deswegen weiß ich allmählich, worauf es ankommt.«

»Ich wollte wirklich nicht ...«, bricht Michelin kläglich ab und zuckt die Achseln.

Das Ganze ist mir grässlich unangenehm. Wenn ich eines nicht will, dann ist es das, durch mein Handeln eine wie auch immer geartete Auseinandersetzung zwischen zwei Freundinnen vom Zaun zu brechen. Daher stürze ich mich auf die Fotohüllen, die auf dem Küchentisch liegen.

»Was sind das denn für Bilder? Gibt es was zu sehen?«

Angela und Michelin wechseln einen Blick, der besagt, dass sie meinen plumpen Ablenkungsversuch irgendwie niedlich finden.

»Das sind Probenfotos«, wirft Angela mir den Köder hin. Und ich beiße gern an. Denn als wir dann ins Wohnzimmer aufs große, bequeme Sofa wechseln und uns mit viel amüsiertem Gelächter die Fotos von den Proben zu »C'est la vie« anschauen, verblassen die dramatischen Aussagen und Erlebnisse der letzten Stunden allmählich.

Michelin schleppt Knabberzeugs an, und ich beginne gerade, es richtig gemütlich zu finden, als Angela auf die Uhr schaut und sich erhebt.

»So, ihr zwei, jetzt muss ich los. Die Probe heute wird besonders hart.« Sie steckt die Fotos in ihre Tasche und wirft sich im Flur ihre Jacke über.

»Ich geh dann auch mal«, brumme ich undeutlich und will mich erheben, aber Michelins Hand drückt mich unnachgiebig zurück in die Kissen.

»Du willst gehen? Und zu Hause Trübsal blasen? Oder, noch schlimmer, dich lächerlich machen, indem du die halbe Nacht im Netz rumhängst und auf eine wartest, die unter einem anderen Namen schon wieder eine Neue am Haken hat? Nix da! Ich sag dir, was du machen wirst: Du wirst hier mit mir auf meinem Sofa sitzen und dir ein paar gute Videos reinziehen.«

»Gute Videos?«, wiederhole ich stumpf. Ausnahmsweise tut es mir mal richtig gut, dass sie mich durchschaut und das so schonungslos ausspricht.

»Keine Angst! Kein neumodischer Kram! Wie wäre es

mit ein paar guten Stücken aus meiner Hitchcock-Sammlung? ›Vertigo‹ zum Beispiel?«

»Du hast nicht zufällig einen guten Krimi? Aus der schwarzen Serie?« Ich versuche, das Beste rauszuschlagen.

Michelin grinst. Weil sie gewonnen hat und ich mich nicht einmal zur Wehr gesetzt habe. Sie mag es, wenn ihr das Siegen leicht gemacht wird. Ich glaube, sie zwingt andere Menschen gerne zu ihrem Glück.

»Du suchst aus, versprochen. Wir kuscheln uns unter eine Decke und gucken uns einen echten Schwarzweiß-Schocker an.«

Warum muss mir diese Bemerkung mit dem Kuscheln unter einer Decke nur wieder so grenzenlos unangenehm sein? Ich schaff es einfach nicht, dazu ganz schlicht den Mund zu halten und wende mich mit einem übertriebenen Grinsen an Angela, die gerade im Türrahmen erschienen ist: »Keine Angst. Was das Kuscheln angeht, besteht bei mir ja keine Gefahr.«

Angela lächelt amüsiert, und Michelin macht ihr Jetzt-ist-ihr-dieser-Lesben-Kram-wieder-peinlich-Gesicht.

»Und wieso nicht, wenn ich fragen darf?«, möchte Angela gelassen wissen.

»Weil ich ...«, beginne ich und finde das Wort ›heterosexuell‹ plötzlich vollkommen fehl am Platz. Damit scheine ich in letzter Zeit ganz allgemein und heute ganz im Speziellen Probleme zu haben. »Weil ich nicht ...«, versuche ich es deshalb von der anderen Seite. Aber auch das ist unpassend. Ich kann doch zu einem Frauenpaar nicht sagen: ›Weil ich nicht lesbisch bin!‹ Das wäre pure Diskriminierung. Oder?

Ich bekomme also mal wieder einen roten Kopf und sehe beide ratlos an.

»Pass nur auf, wenn du dich so in Sicherheit wiegst«, rät mir Angela und schultert ihre Tasche. »Das hätte ich vor einem Jahr wohl auch noch getan.« Dann gibt sie Michelin noch einen Kuss, winkt kurz und ist zur Wohnungstür hinaus verschwunden.

Michelin grinst von einem Ohr zum anderen, während ich betreten die Schalen mit den Erdnüssen und den Kräckern auf dem Tisch herumschiebe.

»Ich hol noch die Getränke«, teilt Michelin mir mit und ist gleich darauf schon wieder mit zwei Bierflaschen und einer Colabottle zurück. »Bock auf Mix?«

»Gerne.«

Wir gießen Bier und Cola in die Gläser und sehen dem Schaum beim Wachsen und Zusammenfallen zu.

»Was meinte sie denn mit der ›Sicherheit‹, in der ich mich angeblich wiege?«, will ich schließlich wissen, als Michelin den Wunschfilm eingelegt hat und nun tatsächlich eine Decke über uns ausbreitet.

Meine Freundin und Arbeitskollegin stutzt einen Augenblick, und wieder zittern ihre Mundwinkel verdächtig. Doch sie kann sich zusammenreißen.

»Was fragst du *mich* das?«, antwortet sie schlicht und greift nach der Fernbedienung.

4. Beim Verlieben versteht sich Ausschließlichkeit wie von selbst

*Einander ganz und gar kennen. Die
Gedanken des anderen erraten war ihr
Lieblingsspiel. Ihr Gelächter ließ sie die
feine Bitternis vergessen, die sie so
erfuhren. Denn lange schon sprachen
sie es nicht mehr aus, wenn der
andere falsch geraten hatte.
(Seite 52 des Romans »Von der Umkehr der
Endgültigkeit«, Patricia Stracciatella)*

Der Baum vor meinem Fenster regt sich mächtig auf. Das liegt, so sage ich mir ständig selbst, an den Herbststürmen. Die rütteln auch an anderen Bäumen und an Hausdächern und Regenschirmen und wahrscheinlich auch an meiner Standhaftigkeit.

Sich etwas fest vorzunehmen ist das eine. Es einzuhalten, obwohl man vor unterdrückter Neugierde eigentlich unter ein Sauerstoffzelt gehört, ist etwas ganz anderes.

Eine Woche.

Eine Woche hatte ich mir vorgenommen. Und die ersten zwei Abende war es auch nicht besonders schwer. Weil ich anderes zu tun hatte.

Gestern Abend hätte ich schon fast kapituliert. Aber ich bekam gerade noch die Kurve. Mit einer langweiligen Gewerkschaftszeitung, in der ich ausgiebig die Stellenangebote studierte, obwohl ich nicht im Traum daran denke, meine

Selbstständigkeit aufzugeben zu Gunsten einer Festanstellung bei irgendeinem Medienhai.

Aber dann ging ich heute Morgen etwas später als sonst mit Loulou rauf auf den Berg. Ich hatte verpennt, weil die Ablenkung von Dingen, die man eigentlich tun möchte, doch ungeahnt viele Energien abzapft.

Und so konnte es passieren, dass ich in der Gasse, die zum Berg hinaufführt, eine junge, blonde Frau mit Hund traf.

Loulou war von dem Pudelmix mehr als angetan, und die beiden tobten derart ausgelassen miteinander, dass wir »Erwachsenen« beschlossen, die Runde um den Berg gemeinsam zu machen.

Ich erfuhr, dass sie den Hund Oscar mit der Flasche aufgezogen hat und er am liebsten mit blauen Bällen spielt. Sie erfuhr, dass Loulou Rollerfahrer nicht ausstehen kann und dass ich mich neuerdings für Hundesportarten interessiere, obwohl ich mir nicht vorstellen kann, über einen Hindernisparcour zu rennen. Das konnte sie sich auch nicht vorstellen. Wir stellten fest, dass Oscar und Loulou eine besondere Schwäche für dieselben billigen Leckerchen hegen. Und wir zeigten uns vom besten Aussichtspunkt dort oben gegenseitig markante Punkte in der Umgebung.

Als wir uns schließlich verabschiedeten, sah ich ihr genau in die Augen, die zweifellos braun waren, und war auf eine unbekannte Art ein wenig enttäuscht.

Es war ein netter, unverbindlicher Spaziergang gewesen mit einer sympathischen Frau, die Humor hatte und eine angenehme Stimme. Es war genau so ein Spaziergang gewesen, wie ich ihn mir neulich Nachmittag, in der griechischen Grillstube sitzend, ausgemalt hatte. Zwei ganz normale Frauen treffen sich zufällig, werden durch die Willkür der gegenseitigen Sympathie ihrer Hunde für eine halbe Stunde zueinander gebracht und gehen dann wieder auseinander, ohne auch nur die Spur verwirrt zu sein. Ohne feuchte Hände und Magengrummeln. Ohne sich zu fragen, welche Augenfarbe die andere denn nun hat.

Ich denke ganz gewiss nicht mehr an die Frau selbst. Ich weiß nicht einmal mehr, wie sie genau aussah. Und trotzdem hat diese Begegnung irgendetwas in mir losgetreten, das ich die letzten drei Tage mühsam angekettet hatte.

Und jetzt sitze ich hier auf meinem Sofa, ein Hund, ein Buch, sogar noch eine Zeitschrift und ein guter Film im Fernsehen, und der Baum regt sich auf.

Jedenfalls hört es sich für mich so an.

Besonders laut wird er, wenn ich offensiv zum Computer rübersehe. Dabei überlege ich nur, ob ich heute Abend noch einmal meine E-Mails kontrollieren sollte. Es könnte sein, dass ich geschäftliche Neuigkeiten im Postkasten habe.

Als ich mich selbst von dieser Möglichkeit überzeugt habe, verschließe ich meine Ohren gegen das Stöhnen und Ächzen da draußen und bin mit drei großen Schritten – ich habe ja lange Beine – am Schreibtisch.

Das Einwählen geht schnell.

Und dann öffne ich mein Postfach.

Es sind zwei neue Nachrichten da.

Eine stammt von Lothar und die andere ...

Silbermondauge hat geschrieben.

Ich schlucke.

Meine Hand bewegt die Mouse wie von selbst, doch ich gewinne kurz vor dem Klick die Kontrolle über sie zurück.

Lothar schreibt: He, Kleene, ich hab 'ne Weile nichts gehört von dir. Geht es dir gut? Was macht der gefleckte Blitz (so nennt er Loulou manchmal)? Tante Hanne hat uns eine gemeinsame Einladung zu ihrem Geburtstag am 25. geschickt, soll eine Riesensause werden, so wie es klingt.

Sie weiß ja, dass wir kein Paar mehr sind, aber ich glaube, sie hätte trotzdem ganz gerne, dass du kommst. Ich hab sie gestern angerufen und sie gebeten, dass sie dir doch auch eine Einladung schicken möge. Na ja, was soll ich sagen. Ich glaube, bei ihr setzt langsam der Altersstarrsinn ein. Könntest du dir also vorstellen, schick angezogen mit mir auf diese kreuzlangweilige Feier zu gehen? Ich wette, es gibt eine Menge dick machender Sachen zu essen, an denen wir unsere helle Freude hätten. Auf alle Fälle meld dich doch mal wieder. Du weißt doch, dass ich immer gleich einen auf Papa mache, wenn ich mich sorge. Bussi Lothar.

Einen auf Papa machen. Wie er schon Witze machen kann über etwas, das uns so zu schaffen gemacht hat. Seine Fürsorge. Sein Bemuttern. Mein Freiheitsdrang. Mein Rückzug. Mein Gefühl, manchmal beinahe zu ersticken in der Enge, die mir so viel Geborgenheit gegeben hat.

Was muss man tun?

Was müssen wir tun, damit die Liebe bleibt?

Damit die Liebe bleibt und kein Knebel uns am Atmen hindert.

Ich war so sicher.

Gewesen.

Stehe plötzlich da mit leeren Händen. Und der Furcht, dass jede neue Liebe den gleichen Verlauf nehmen wird.

Ich denke an seine Frühlingstigerstimme am Telefon neulich. Das war am Tag, als ich Antonie traf und Emma fast getroffen hätte. Plötzlich wird mir klar, dass ich keine Ahnung habe, ob auch Lothar diese Angst kennt.

Denn auch wenn ich nicht darüber nachdenken will, wenn ich nicht will, dass dieser Gedanke in meinem Kopf mehr

Substanz als nur eine vage Nebelform annimmt, im Grunde weiß ich doch, was seine Frühlingstigerstimme bedeutet.

Vielleicht wird er einen neuen Anfang erleben.

Bald.

Oder schon jetzt. Wer weiß.

Über so etwas spricht man nicht, wenn man erst seit drei Monaten getrennt ist.

Der Cursor blinkt lange auf ›Beantworten‹, doch dann klicke ich die Mail fort. Eine Antwort werde ich morgen schreiben.

Und nun?

Was mache ich nun mit dem hier?

Silbermondauge hat geschrieben.

Und ich werde nicht erfahren, was sie geschrieben hat, wenn ich die Mail nicht anklicke.

Ich tus.

Jetzt. Nein.

Jetzt. Oder?

Ach, komm schon! Jetzt!

Eine Entschuldigung habe ich nicht wirklich. Habe lange überlegt, ob ich mir eine ausdenken soll. Vielleicht dass mein Chef mich doch nicht weglassen wollte. Oder dass ich den Bus verpasst hatte. Dass ich ganz plötzlich schreckliches Bauchweh hatte – obwohl das nicht einmal so ganz und gar gelogen gewesen wäre. Es gibt unendlich viele Ausreden, wenn man nicht zu einer Verabredung geht. Die Sache ist die: Ich glaube, du würdest sie durchschauen.

Deswegen kann ich keine wirkliche Entschuldigung vorbringen. Außer der, dass ich mich nicht traute. Dass ich auf dem Weg war, aber

umdrehte. Lange zu Hause saß und wartete, bis es so spät war, dass du ganz sicher nicht mehr am Treffpunkt sein würdest. Dann ging ich hin. Und du warst natürlich nicht mehr da. Ein Grund ist das wohl nicht wirklich. Und erst recht keine gute Entschuldigung. Zu sagen, ich habe mich nicht getraut. Weil die andere dann fragen wird: Warum nicht? Und ich keine Antwort darauf habe.
Ich hoffe, du kommst zurück.
Emma

Meine Augen fühlen sich an wie zwei blanke Flächen. Etwas Spiegelglattes, auf dem sich Wörter einbrennen und kratzige Spuren hinterlassen.

Der Baum tobt.

In mir pocht etwas großes Wildes, das ich, glaube ich, noch nicht kenne.

Es ist ein Kampf von Erleichterung mit Wut. Zorn hebt prügelnd die Fäuste gegen ein seliges Gefühl von warmem Verständnis. Irgendwann merke ich, dass ich ihre Sätze schon zum wiederholten Mal lese und dabei immer wieder den Kopf schüttele.

Wie kann sie nur?!

Wie kann sie nur so ehrlich sein?!

Sie nimmt mir damit allen Wind aus den Segeln! Und ich wette, sie weiß das! Sie ist berechnend! Sie ist ehrlich und offen aus reiner Berechnung. Damit ich sie verstehe. Damit ich ihr sofort verzeihe, dass ich demütigende fünfunddreißig Minuten an einer Bushaltestelle ausgeharrt habe. Damit ich wieder in den Chat komme und wir uns weiter voneinander erzählen können.

Wie kann sie mir nur so etwas schreiben?! Mir sogar meine Frage nach dem ›Warum‹ vorwegnehmen. Mir nicht einmal die Möglichkeit geben, empört zu sein über eine dumme Ausrede.

Ich drucke die Mail aus und schließe den Computer, ohne zu antworten.

Vielleicht antworte ich morgen.

Lothar antworte ich morgen ganz sicher.

Emma antworte ich morgen vielleicht.

Jetzt setze ich mich aufs Sofa und lese noch ein bisschen. Ich habe jahrelang nur Krimis gelesen. Weil ich Geheimnisse mag. Jetzt gerade lese ich zum ersten Mal nach langer Zeit mal wieder ein anderes Buch. Es ist ein etwas sonderbares Buch, ein Roman, der eine Liebesgeschichte sein soll. Aber irgendwie ist er das nicht wirklich. Denn er beginnt nicht so wie Liebesgeschichten normalerweise beginnen. Eigentlich beginnt er da, wo ich glaube, dass an dieser Stelle Liebesgeschichten eher enden. Momentan weiß ich noch nicht genau, was ich von diesem Buch halten soll. Und zwar nicht nur, weil die Autorin einen Namen hat, der Assoziationen von ausgefahrenen Zungen, die Eis schlecken, auslöst.

Ich brühe mir einen Karamell-Tee auf und beschließe, mich so richtig wohl zu fühlen.

Seite 57 im Buch. Seite 59 im Buch.

Ich sehe auf die Uhr. Es sind mehr als zehn Minuten vergangen.

Keine Frage. Ich habe ungewöhnlich lange für zwei Seiten Taschenbuch gebraucht.

Umso verwunderlicher, dass ich kaum noch wiedergeben könnte, welcher Inhalt auf diesen beiden Seiten verzeichnet ist.

Lothar sagt immer, wenn er ein gutes Buch hat und dennoch nicht vorwärts kommt, dann gibt er dem Buch eine Chance und legt es zur Seite, bis er wieder einen klaren

Kopf hat. Er findet es unfair, ein gutes Buch nur halbherzig zu lesen, weil der Kopf mit anderem beschäftigt ist.

Ich lege das Buch fort, greife zum Telefon und drücke die Kurzwahltaste 1.

»Katzenauffangstation Köberstraße, Oberkatzenfänger Lothar am Apparat?!«, meldet er sich.

Schlucken muss ich.

»Deine blöde Ex ist hier, die wissen will, was es denn bei Tante Hanne alles Leckeres zu essen geben wird«, sage ich.

»Frauke!«, antwortet er nur. Ich falle in seine Stimme hinein wie in ausgebreitete Arme im Pulli aus weichem Fleece.

Und sofort fühle ich mich nicht mehr wie unter einer Glasglocke, die den Rest der Welt ausschließt. Mit Lothar über Tante Hannes Mann Berti und die ganze verschrobene Sippe zu lachen, ihm zuzuhören, wie er seinen Chef in der Lohnerhöhungsdiskussion imitiert, das alles bringt mich auf den Teppich.

In diesen Gesprächen war ich so lange zu Hause, dass sie mir ganz automatisch ein Gefühl von Ruhe vermitteln.

So alltäglich ist unsere Unterhaltung, dass ich nicht mehr an Emma denke. Fort die Gedanken an ihr Ausbleiben, an ihre Mail. Für die Stunde des Telefonats gibt es Emma nicht in meinem Leben. Alles ist im Lot.

Erst als wir uns verabschiedet haben und ich das Lächeln auf meinem Gesicht liegen spüre wie ein Seidentuch, leicht, frisch und bunt, fällt mein Blick wieder auf den Mail-Ausdruck auf dem Tisch. Und seltsamerweise zögere ich keine Sekunde.

Ich gehe zum Computer, fahre ihn hoch und melde mich an.

Ich bin eine erwachsene Frau und habe keinen Grund, um mich vor einer Fremden zu fürchten, nur weil sie nicht zu einer Kennenlern-Verabredung gekommen ist. Ich werde mir nicht irgendwelche Dinge einreden, von wegen es könnte an mir liegen. Von wegen irgendetwas könnte mit mir doch nicht in Ordnung sein.

Ich werde ihre Worte so nehmen, wie sie dort stehen, und das tun, was ich will: sie wiedertreffen.

Als ich den Chatraum betrete, ist sie nicht dort. Aber die Suche nach ihrem Namen ergibt, dass sie angemeldet ist. Ich überlege gerade noch, ob ich ihr ein Telegramm schicken soll, da gibt mein Lautsprecher dieses metallische PLING! von sich.

SILBERMONDAUGE: da bist du wieder!
LOULOUZAUBER: ja, da bin ich wieder

Es wird anders.

Zwischen uns wird es irgendwie anders.

»Ist doch klar«, sagt Michelin dazu. »Sie war so ehrlich, wie sie nur konnte. Und du hast dich ihres Vertrauens als würdig erwiesen. Das schafft eine Basis. Das ist wie eine Ausgangssituation, die ...« Sie verstummt und sieht plötzlich aus dem Fenster, als habe sie dort unten auf der Straße etwas sehr Interessantes entdeckt. Etwas, das es wert ist, nicht weiterzusprechen.

Ich weise sie nicht darauf hin, dass ihr Satz noch nicht beendet ist. Weil ich eine vage Ahnung davon habe, wie er weitergehen würde.

Katja bekommt diesen gewissen verklärten Glanz in die Augen, als sie murmelt: »Ihr muss ja unheimlich viel an dir liegen, wenn sie solche Angst vor einer Desillusionierung hat.«

Ich übergehe großzügig ihr Aufseufzen und bleibe gedanklich bei der Formulierung ›Desillusionierung‹ stehen.

Ist es tatsächlich das, was Emma fürchtet?

Hat sie Angst davor, dass der unverstellte Blick auf sie meiner Vorstellung von ihr nicht gerecht werden könnte?

Oder ängstigt sie nicht vielleicht auch der Gedanke, dass *ich* so ganz anders, also enttäuschend, sein könnte, als *sie* es sich ausmalt?

Manchmal fluche ich jetzt.

Wenn ich mich eingewählt habe und sie ist nicht da.

Wenn wir uns unterhalten und meine Finger sich sperren und nicht schnell genug die Tasten finden können.

Wenn sie auf eine Frage manchmal nicht gleich reagiert, sondern ich minutenlang hier sitze und warte. Ihr Schweigen ein leerer Bildschirm.

Dann fluche ich und schaue mich erschrocken um. Aber es ist nie jemand anderer im Raum als meine gefleckte Hündin, die sich an meine Selbstgespräche sowieso längst gewöhnt hat.

Niemand ist da.

Nur ein unbekanntes, sonderbares, verklärt gesehenes Gegenüber, das alle Macht hat. Mich durcheinander zu bringen. Mich lachen zu machen. Und für wenige Augenblicke sogar glücklich.

Dann werde ich manchmal richtig sauer. Ich habe mich doch nicht aus einer langjährigen Beziehung gelöst, um jetzt in einer verwirrenden Sackgasse der Fantasie zu landen.

Aber ich schaffe es nicht, dort hinauszufinden.

Nicht einmal im Traum denke ich daran, die abendlichen Unterhaltungen einmal ausfallen zu lassen. Weil ich nicht will.

`Das Schlimmste, was uns angetan werden kann, das tun wir uns selbst an,` hat Emma neulich einmal geschrieben. Ich denke, sie hat Recht. Ich tue mir etwas an, indem ich nichts einfach so lassen kann, wie es ist. Ich muss nachdenken und grübeln und möchte zu einem Fazit gelangen. Was ist das hier, was ich gerade erlebe? Welche Überschrift hat dieses Kapitel meines Lebens?

Dass ich das nicht weiß, ist mir unangenehm. Deswegen spreche ich mit niemandem darüber. Auch mit Emma nicht. Natürlich nicht. Denn sie glaubt ja immer noch, dass meine beendete Beziehung die mit einer Frau war.

Ja, ich habe es ihr immer noch nicht gebeichtet.

Nachdem Michelin mich dreimal danach gefragt hatte, habe ich ihr völlig angenervt versprochen, ihr sofort von Emmas Reaktion auf eine derartige Eröffnung zu berichten, falls ich es jemals über mich bringen sollte.

Seitdem begegnet mir jeden Morgen im Büro Michelins zaghaft fragender Blick. Aber sie verdrückt sich Gott sei Dank jeden Kommentar.

Gestern schrieb Emma: mein coming-out war grässlich. es war nicht so, dass ich mich geschämt hätte oder so. aber ich hatte furchtbare angst, dass ich alle meine freundinnen verlieren würde. ich hatte sogar angst, dass meine eltern mich verstoßen würden. scheine wohl insgesamt ein ziemlich hasenhafter typ zu sein ... ggg ...

Das klang in meinen Ohren recht vertraut. Tatsächlich ist es genau das, was ich auch fühle in Bezug auf meine Lothar-Beichte bei ihr. Ich war heilfroh, dass sie mich nicht fragte, wie mein Coming-out gewesen sei. Dann hätte ich ihr wohl antworten müssen, dass es noch aussteht. Und dass es sich dabei um ein Coming-out als »eher Heterosexuelle« handeln würde.

Zweifellos wäre sie zu Recht empört darüber, dass ich sie so lange im Unklaren gelassen habe.

Zweifellos macht jeder weitere Abend, an dem wir uns auf unseren Computerbildschirmen treffen, alles nur noch schlimmer.

Tatsache ist, dass ich selbst nicht mehr so genau weiß, was ich eigentlich bin.

Ich stelle mir vor, dass ich ihr die Wahrheit sage und sie dann antwortet: ach so! du stehst also auf männer!

Und dann würde ich ziemlich belämmert hier sitzen.

»Ich meine, ich kann doch jetzt nicht einfach so tun, als sei sie mir nicht begegnet. Oder als wäre es einfach nur so eine ›stinknormale Frauen-Kumpelschaft‹«, erkläre ich Loulou, die dem Ganzen sehr gelassen gegenübersteht.

Das Telefon klingelt. Ich sehe auf die Uhr. Es ist kurz nach sieben. Niemand ruft mich um kurz nach sieben an. Höchstens meine Mutter, die wissen möchte, ob ich inzwischen »den Richtigen« kennen gelernt habe.

»Hm?«, melde ich mich daher nicht besonders engagiert.

»Hi«, sagt eine mir leicht vertraute Frauenstimme. »Ich hoffe es ist okay, wenn ich mir die Telefonnummer aus der Kartei gemopst habe. Ich dacht, es interessiert dich vielleicht, dass da am Wochenende ein kleiner Kurs läuft, an dem Loulou bestimmt Spaß hätte. Ich werd auch hingehen, mit einem Dauergast der Hundepension. Und heut habe ich erfahren, dass noch ein Platz frei ist ... Oh, hier ist übrigens Antonie.«

Telefonnummer aus der Kartei gemopst.

Mein Lachen klingt eindeutig wie eine Alarmsirene. Hoch, schrill, aufgeregt. An sie habe ich gerade nicht gedacht. Schon länger nicht. Logisch, ich bin ja die ganze Zeit nur mit Emma beschäftigt. Aber trotzdem ist es keine alltägliche Form der Überraschung, die ich spüre.

»Hallo! Na, das ist ja eine Überraschung.«

Antonie lässt hörbar Luft ab. »Jetzt hab ich dich überrumpelt, was? Willst du trotzdem hören, worum es geht?«

»Sicher. Ich meine, wenn du schon mal anrufst«, setze

ich hinzu und stelle erschrocken fest, dass das so klingt, als hätte ich sagen wollen: *Warum hast du nicht schon früher angerufen?*

Ich glaube, Antonie hat das auch so empfunden, denn sie stutzt für einen Augenblick, bevor sie mir sturzbachartig von einem Hundesport-Schnupper-Kurs am Samstag berichtet.

Wie sie das erzählt und mit welcher Begeisterung, steckt sie mich glatt an. Vielleicht ist es auch der Adrenalinschub, der mich überschwemmt hat, als ich ihre Stimme erkannte. Ich werde nicht ununterbrochen von tendenziell lesbischen Frauen angerufen, die ich zufällig auf Bergen oder beim Tierarzt treffe. Und sie ist so ... ich hatte es schon fast wieder vergessen, wie sie war, beim Griechen. Sie ist nämlich wirklich irgendwie unbeschreiblich, und damit meine ich nicht nur ihre Augenfarbe. In ihr ist so ein Brausen und Rumoren, das mich mitreißt, wenn ich mich nur einen Schritt darauf einlasse. Ich glaube, mir ist noch nie ein so aufrührender Mensch begegnet, bei dem ich fortwährend das Gefühl habe, ich müsse mich in Sicherheit bringen. Bevor ich mich aber fragen kann, wovor ich denn Schutz suchen möchte, schreibe ich mir bereits die Telefonnummer der Trainerin auf, die den Kurs durchführt, und verspreche, Loulou und mich noch an diesem Abend anzumelden.

»Cool!« Dass sie gar nichts dafür tut, um ihre unverhohlene Freude etwas zu vertuschen! »Das wird witzig, wirst sehen. Ist doch nett, dass wir uns dann wiedersehen. Ach, ich hab mir übrigens im Vorverkauf eine Karte für das Stück besorgt. Wenn, dann soll es ja auch die Premiere sein, nicht?«

»Oh, wirklich?«, quietsche ich unkontrolliert. »Die Premiere seh ich mir natürlich auch an.«

»Dann sehen wir uns da ja schooon wieder«, meint Antonie lachend.

»Ach, es gibt doch Schlimmeres«, gebe ich zurück. Hat meine Stimme da gerade gegurrt?

»Das höre ich gern«, erwidert sie, und ich stelle fest, dass wir flirten.

Und nicht nur das! Ich stelle außerdem fest, dass es mir unglaublichen Spaß macht.

Als ich aufgelegt habe, drehe ich mich um und schaue direkt in Loulous braune Hundeaugen, die unverwandt auf mir ruhen.

»Guck mich bloß nicht so an!«, sage ich zu ihr. »Ich weiß, was du denkst. Aber eins sag ich dir: *Eine* Frau, die mich alte Hete verwirrt, reicht aus. Also hör auf, so zu gucken!«

Warum sollte ich ihr davon erzählen?

Ich fummele den Schlüssel in meine Wohnungstür und lasse Loulou kurz draußen warten, bis ich mich meiner Jacke und der Schuhe entledigt habe.

Dann lotse ich sie ins Bad, in die Wanne, wo sie eine ordentliche Unterbodenwäsche bekommt.

Es besteht wirklich kein Grund, wieso ich davon erzählen sollte, überlege ich wieder, während ich Loulou die Füße abtrockne.

Emma ist nicht mehr als eine Internet-Bekanntschaft, mit der mich lediglich der gleiche Hang zu Barbra Streisand, italienischen Antipasti und Duftlampen verbindet. Sie mag noch nicht einmal Krimis. Und wer sich wo meine Telefonnummer stiehlt, um sich mit mir auf einem Hundesportplatz zu verabreden, geht sie nichts an. So!

Loulou lässt beim Abfrottieren den Kopf hängen. Ich lache sie ein bisschen aus.

Sich nette Bücher anzuschauen, in denen auf farbigen Bildern sportliche Hunde über hübsche Hindernisse springen, ist eine tolle Sache. Die Frauchen auf diesen bunten Fotos sehen engagiert, ehrgeizig, erfolgreich und selbstbewusst aus.

Ich glaube, das ist auch ein Grund, wieso ich heute Nachmittag zu diesem Verein gefahren bin. Ich wollte mich gerne so fühlen, wie die Frauen auf diesen Bildern aussehen.

Und es hat tatsächlich auch geklappt. Loulou stellte sich prima an, und wenn ich mit ihr rannte, fühlte ich mich so, wie jeder sich wohl gern fühlen möchte: eins mit mir.

Meine Gedanken kamen zur Ruhe, und ich brachte es fertig, eine halbe Stunde und länger an nichts anderes zu denken als nur an die Hindernisse, die richtige Führhand und Loulous Hechtsprung nach dem Schleuderball.

Nur hat mir niemand vorher gesagt, dass ich nach diesen Stunden derartig platt sein würde. Ich habe das Gefühl, unter einer Tür durchzupassen.

Loulou schießt aus dem Bad mit dem letzten Rest ihrer üblichen Energie zum Fressnapf, inhaliert die komplette Trockenfuttermahlzeit in drei Sekunden und schleppt sich dann zum Sofa, vor dem sie mit einem Aufstöhnen zusammenbricht.

Ich selbst schaffe es gerade noch, eine Tiefkühl-Pizza in den Ofen zu werfen und mit einer Tasse Kaffee auf den Küchenstuhl zu sinken.

Hier sitze ich nun.

Verfroren. Erschöpft. Aber irgendwie ... ja, glücklich. Ich bin friedlich in mir. Ein Zustand, der mir mittlerweile schon beinahe fremd ist.

Hier sitzen. Kleine Schlucke Kaffee nehmen. Den Moment auskosten, in dem er heiß und würzig im Hals hinunterrinnt.

Draußen der Wind in den Zweigen. Der Baum singt leise.

Ich sehe ein Bild vor mir.

Von einer blonden Strähne gegen das strahlende Blau des Herbstnachmittags. Wie sie weht.

Wir haben nur hin und wieder miteinander geredet. Es war alles so spannend, was da passierte. Keine Zeit, um sich großartige Gedanken zu machen, wer mit wem und warum flirtet oder warum nicht. Antonie hatte alle Hände voll zu tun mit dem Pensionshund, der »einfach mal ein bisschen raus« sollte, wie sie sich ausdrückte. Ein Riesenschnauzermix mit Kräften wie ein Bär und Blicken wie ein geschlagenes Kind.

Antonie war ganz und gar damit beschäftigt, sich um ihn zu kümmern. Sie bekam seine anfängliche Ängstlichkeit in den Griff, indem sie seinen Mut bestärkte, wann immer er sich an ein Hindernis heranwagte. Und am Ende der Stunde sprang er mit Feuereifer über die Hürden und preschte so wild durch den Tunnel, dass alle über ihn lachten.

Also im Grunde nicht sehr viel Zeit und Muße, um einander genau anzuschauen und im Blick zu behalten. Aber trotzdem. Ist da dieses Bild von ihrer Ponysträhne, die über die Augen fällt. Wie der Wind hineinfährt und sie hochweht, und ich erkenne, dass Antonie meinen Blick erwidert.

Das war ein schöner Nachmittag. So viel steht fest.

Einmal, in einer der kleinen Pausen, kam mir ein merkwürdiger Gedanke, als ich Antonie dort stehen sah, den großen schwarzen Hund hinter den Ohren kraulend und in ein intensives Gespräch mit der Trainerin vertieft.

Mir kam der Gedanke, dass Antonie vielleicht gar keine Möchtegern-Verabredung mit mir arrangieren wollte, indem sie mich anrief. Vielleicht wollte sie einfach nur nett sein zu einer Tierarztkundin. Oder sie wollte ihrer offenbar guten Bekannten hier zu einem vollen Kurs verhelfen.

Dieser Gedanke kam mir, weil sie heute, außer einem strahlenden Lächeln zu Beginn, mit keiner Geste erahnen ließ, dass wir vorgestern am Telefon geflirtet hatten. Wenn wir es denn tatsächlich getan hatten. Denn daran kamen mir auch mit einem Male erhebliche Zweifel.

Wahrscheinlich, so lautete mein Gedanke dann ganz konkret, *habe ich mir in meinem derzeit so verwirrten Kopf etwas eingebildet, das in Wahrheit gar nicht existiert.*

Doch das Schöne war: Genau in diesem Augenblick wandte Antonie den Kopf und sah zu mir her. Eine Windböe fuhr ihr durchs kurze Haar, zerwühlte ihren Pony und ließ sie auflachen. Sie hob die Hand und strich die Strähnen zurück, aus dem Gesicht. Ihr Blick aber blieb bei mir und wurde weich.

In diesem Moment verwarf ich den gerade gefassten merkwürdigen Gedanken rasch wieder.

Jetzt stelle ich gerade fest, dass ich schon seit geraumer Zeit auf den Boden meiner inzwischen leeren Kaffeetasse starre und dass die Pizza im Ofen verdächtig nach angekokeltem Käse riecht.

Ich kann sie gerade noch vor dem Verbrennungstod retten und schaffe es, mir trotz aller Gier nicht den Gaumen zu verbrennen.

Schließlich liege ich mehr, als dass ich sitze mit vollem Bauch und zufriedener Grundstimmung auf dem Sofa, vor dem Loulou mittlerweile laut schnarcht.

Meine Blicke wandern wieder einmal hinüber zum Computer. Doch die Kaminuhr sagt, dass es noch viel zu früh ist. Viel zu früh, um dort auf der glatten Fläche Emma zu treffen.

Wenn ich sie wirklich einmal persönlich kennen lerne, dann wahrscheinlich nicht an einem Samstag. Denn da ist sie kurz angebunden. Natürlich. Alle haben samstags etwas vor. Alle gehen samstags raus. Freunde treffen. Tanzen. Essen. Kino. Theater. Aber wer um diese Uhrzeit noch keinen

Plan für den Abend hat, der wird wohl gemütlich zu Hause bleiben. Längst auf dem Sofa. Eingekuschelt. Bereit für ein entspannendes Nickerchen.

Als ich aufwache, ist es vor dem großen Fenster, das zum Balkon raus geht, längst dunkel.

Nur schemenhaft sind die Bäume zu erkennen, die sich hin und her wiegen, weil der Wind gegen Abend wieder an Stärke zugenommen hat.

Loulou hat sich vor dem Sofa auf den Rücken gedreht und streckt alle vier Beine in grotesken Verrenkungen in die Luft. Ich betrachte sie ein paar Minuten schmunzelnd.

Wir zwei Mädels. Pech und Schwefel. Wir gehören wirklich zusammen.

Das war immer so. Natürlich war es mit Lothar auch wie in einer Familie. Mit Gwynhyfer und Lanzelot, den beiden pingeligen Katzen. Aber im Grunde waren wir doch zwei Parteien. Die beiden Samtpfoten gehören selbstredend zu Lothar, während Loulou schon immer mein Schatten war und es sicher auch bleiben wird.

Egal, wer irgendwann unser Leben teilt.

Ich setze mich auf dem Sofa auf und sehe mich in der Fensterscheibe an.

Unser Leben teilen.

Da ist die Vorstellung von einem anderen Mann. Sagen wir mal, ein Radrennfahrer oder ein Abwasserfachmann. Auf alle Fälle würde er blond sein, heller noch als ich selbst. Und im Sommer würde er tiefbraun, so wie die Dänen, die alle aussehen, als bestünden sie aus Porzellan. Aber nur solange man sie nicht in die Sonne stellt. Denn dort nehmen sie sofort eine Farbe an, die von Lebendigkeit spricht und von der ich nur träumen kann. Vielleicht hätte dieser Typ auch ungewöhnlich strahlende Augen. Nicht so blassblau, das mag ich nicht, weil es verwaschen aussieht, wie aufgebraucht. Nein, eher ... grau vielleicht. So eine seltsame Mischung, bei der man nicht sofort erkennen kann, was das überhaupt für eine Farbe sein soll. Andererseits könnte er auch dunkle Haare haben. Dunkle Haare zu grauen Augen. Das stelle ich mir apart vor.

Aber als ich versuche, ihn vor meinem geistigen Auge hier neben mir auf dem Sofa zu sehen, verschwimmt alles. Vielleicht zu nah? Auch der Versuch, ihn durch den Raum gehen zu lassen, in die Küche, wo er etwas Tolles für uns zubereiten will, scheitert.

Also, wenn ich mir schon nicht vorstellen kann, dass ein spitzenmäßig aussehender Typ für mich etwas sensationell Leckeres kochen will, dann kann mit mir was nicht stimmen.

Ich habe auch so eine ungewisse Vorstellung davon, was das sein könnte.

Testhalber stelle ich mir etwas anderes vor: Ich schaue auf den Durchgang zur Küche, der mit zwei Schiebetüren zu verschließen ist. Im Moment sind die Türen offen. Ich sehe auf den Durchgang und stehe im Geiste auf. In meiner Pfanne brutzelt Gemüse, und in einem Topf duftet herrlich Basmati-Reis. Ich gehe die wenigen Schritte zum Durchgang und sehe um die Ecke. Dort steht, mit dem Rücken zu mir, eine Frau und rührt in der Pfanne. Sie trägt ihre Jeans so auf den schmalen Hüften, dass zwischen dem Hosenstoff und dem kurzen T-Shirt darüber ein bisschen Haut zu sehen ist. Ihre dunklen, langen Locken werden von einem abgenutzten Frotteehaarband zusammengehalten, das farblich gar nicht zum T-Shirt passt. Vielleicht ist es rosa. Lange stehe ich in Gedanken da, an die Schiebetür gelehnt, und betrachte die Frau, wie sie mit den Gewürzen hantiert und den Reis beaufsichtigt. Immer wenn ich denke, jetzt könnte sie sich umdrehen, tut sie es nicht. Sie dreht sich nicht um zu mir.

Das Telefon schellt, und das Bild vor meinen Augen zerplatzt. Kein Duft nach liebevoll zubereitetem Essen bleibt zurück.

Sieh mal einer an, denke ich, als ich zum Telefon hinübergehe. *Ken hat keine Chance gehabt, aber eine dunkelhaarige ...*

»Hier Barbie?«, flöte ich in den Hörer.

Am Lachen erkenne ich sofort Michelin. Und ihre gute Laune.

»Das klingt ja viel versprechend!«, beginnt sie glucksend. »Hast du vielleicht Lust, heute Abend mal deine unnatürlich langen Tanzbeine zu schwingen?«

Ich muss auch grinsen. »Süß von dir, an mich zu denken. Aber ich bin so was von total kaputt. Ich fürchte, ich werd keinen Schritt tun können.«

»Och!«, quängelt sie. »Dabei wäre das heute so prima! Angela kommt sogar auch mit. Und alle anderen sind auch da. Frederike bestimmt auch.«

Weil ich Michelins Freundin Frederike besonders gern mag, versucht Michelin immer wieder, mich mit einer weiteren Begegnung mit ihr zu ködern. Am besten gar nicht drauf eingehen.

»Ich hatte doch diesen Agility-Kurs. Loulou und ich sind wirklich völlig erschlagen«, leiere ich herunter.

»War Antonie auch da?«, hakt Michelin sofort interessiert nach. Natürlich habe ich ihr von dem Anruf erzählt. Allerdings nicht von dem kleinen Flirt.

»Sicher war sie da.« Ich schweige verstockt, obwohl ich es in der Leitung knistern hören kann.

»Und?«

»Nichts und. Sie war da. Und ich war da. Das ist alles. Aber der Kurs war super interessant. Weißt du, die haben uns erst mal alle Hindernisse vorgestellt, damit die Hunde sich damit vertraut machen können. Und dann hat die Trainerin ...«

»Frauke, ich will nicht drängeln. Aber ich bin auf dem Sprung. Angela hat was gekocht und wartet auf mich. Ich wollte nur noch schnell bei dir nachfragen, ob du Lust hast, mitzukommen. Vielleicht kannst du mir von dem Kurs dann gleich erzählen?«, unterbricht meine reizende Kollegin und Freundin mich.

»Du bist wirklich hartnäckig.« Ich grinse nicht ohne Achtung. »Aber ich werde heute Abend ganz sicher nicht mit zum Tanzen gehen.«

»Aber es ist ja auch nicht einfach so eine blöde Disco oder so. Es ist der Frauenschwof. Ich dachte, das wäre nett für dich«, argumentiert sie weiter.

»Was willst du denn damit sagen?«, rutscht es mir ein bisschen zu laut heraus.

»Was ich damit ...? Nichts! Nichts will ich damit sagen. Ich dachte nur, dass es dir gefallen würde, mal unter Frauen auszugehen, wenn du schon in der letzten Zeit so ...« Ich merke richtig, wie es mich reizt. Es reizt mich, wie Michelin diesen Satz abbricht und dann seine Vollendung so in der Luft schweben lässt.

»Nein, Michelin, ehrlich. Nur weil ich mit Emma ... also ... wirklich nicht. Das bedeutet doch nichts«, erwidere ich mit betont ruhiger Stimme. Ich frage mich, wen ich damit denn eigentlich überzeugen will. Michelins Antwort kommt mit ein wenig Verzögerung. Ich kenn sie. Sie hat sich jetzt genau überlegt, was sie sagen wird. Vielleicht wähnt sie, dass ich mich durch ihre Mutmaßungen verletzt fühlen könnte.

»Es bedeutet auch nichts, wenn du mit mir und Angela zusammen tanzen gehst. Die Frauenschwofs sind nun mal die einzige Gelegenheit dazu. Ich geh doch sonst in keine Disco, das weißt du.«

»Ich weiß, ja. Aber bitte versteh doch ...«

»Du warst doch auch schon mal mit. Weißt du noch?« Sie kann es sich nicht verkneifen, das noch schnell nachzuschieben.

Sicher kann ich mich daran lebhaft erinnern. Es war die Zeit, zu der sie Lena und dann auch deren Mutter Angela kennen lernte, vor rund einem Jahr. Ich hatte ihr in dieser Krisensituation treu zur Seite gestanden und auf dem Frauenschwof Mund und Augen aufgesperrt.

»Ich dachte, es hätte dir gefallen?!«

Ich räuspere mich kurz. »Ja. Natürlich. Sicher. Es hat mir ja auch gefallen. Aber jetzt gerade ... ich weiß nicht, ob du das verstehst, Michelin, aber ... es wäre mir einfach zu viel.«

Für einen Moment ist es still in der Leitung.

Dann höre ich sie lächeln.

Michelin hat so eine Art, durchs Telefon zu lächeln, dass man es förmlich hören kann, wie sich ihr Mund liebevoll verzieht und ihre Augen einen warmen Freundinnen-Ausdruck bekommen.

Sie versteht mich, weiß ich da. Keine Frage, sie versteht mich.

»Wenn du dich mal auskotzen willst – über Frauen im Internet oder sonst wo, du weißt ja, wo du mich finden kannst.«

Ich gebe ihr einen Gruß an Angela mit auf den Weg, und wir legen auf.

Ein- und ausatmen. Als hätte ich die Luft angehalten. Oder als hätte ich eine von diesen widerlichen Konfirmantinnenblusen getragen, bei denen der oberste Knopf immer so eng gesetzt ist, dass man nach zwei Minuten darin schon kurz vor dem Erstickungstod steht.

Ein unruhiges Flattern in meinem Bauch beim Blick hinaus.

Es ist spät genug.

Manchmal ist sie schon um diese Uhrzeit da.

Also fahre ich den Computer hoch. Das Geräusch, das er dabei macht, begleitet mich bis in meine Träume. In der Nacht, und jetzt auch am Tag.

Ich betrete den Chatraum. Aber Silbermondauge steht nicht auf der Mitgliederliste. Ich suche ihren Namen. Aber ich erhalte die ärgerliche Antwort, dass der Teilnehmer derzeit nicht angemeldet ist.

Na gut, dann schaue ich mir doch mal an, ob der doofe Redakteur von neulich noch einmal einen Kommentar zu meinem Exposé rausgedrückt hat.

In meinem Mail-Kasten habe ich eine neue Post. Ich öffne sie mit plötzlich leicht zittriger Hand an der Mouse.

Hi, steht da. Ich dachte, wir sollten es vielleicht noch mal versuchen. Du kennst doch sicher den Schwof im Bahnhof. Hättest du Lust, mich da zu treffen? Wir könnten sagen: Um halb zwölf im Durchgang zum Café-Bereich, direkt gegenüber der DJ-Kabine. Du weißt ja: Ich habe lange dunkle Haare, graue Augen und sehe immer so aus wie bestellt und nicht abgeholt. Holst du mich ab?

Ein paar Sekunden lang starre ich den Bildschirm an. Dann sage ich zu ihm: »Also, tut mir Leid, aber wenn hier eine aussieht wie bestellt und nicht abgeholt, dann bin ja wohl ich das!«

Ich fackel nicht lange rum.

Die rote Hüfthose mit dem breiten Gürtel und das helle Kurzshirt, das mir die Amiflagge auf die Brüste zaubert. Meine Haare sehen aus wie ein misslungener Versuch des

Britpop-Stylings. Ich zause noch ein bisschen Gel rein und finde mich danach zumindest ungewöhnlich.

Es ist schon Viertel nach elf, als ich Loulou in rasender Hast vor die Tür zerre und mit mühsam gesäuseltem »Mach mal fein!« zum Pinkeln animiere.

Meine Hände flattern. Meine Knie schwabbeln unter meinem offenbar hohlen Bauch nach links und rechts, wie es ihnen gerade gefällt.

Ich stopfe mir Geld in die Tasche der Jeansjacke und lasse beinahe meinen Wohnungsschlüssel von innen stecken.

Gott sei Dank habe ich keine Probleme mit einem möglicherweise altersschwachen Auto, das sich speziell in solchen Notsituationen weigert anzuspringen. Mein Wagen ist erst drei Jahre alt und immer zuverlässig.

Deswegen kann ich schon wenige Minuten später meine übliche Verkehrswidrigkeit begehen, nämlich nach links auf die Hauptstraße abzubiegen, obwohl nur Rechtsabbiegen erlaubt ist. In Gedanken schlage ich mir dafür die siebenschwänzige Verkehrssünder-Katze auf den Rücken. Denn ich weiß, dass kein Polizist meine Entschuldigung akzeptieren würde: Emma wartet um halb zwölf auf mich!

Es ist nicht weit, aber trotzdem brauche ich scheinbar unendlich lange.

Mit quietschenden Reifen biege ich auf den großen Parkplatz ein, quetsche den Wagen in eine der letzten freien Parkboxen und springe raus.

Mit langen Schritten bin ich in einer Minute am Eingang des Bahnhofs angelangt und muss nur noch die letzte Hürde überwinden: die Schlange vor der Kasse.

Meine Armbanduhr mahnt mich: Noch eine Minute. Dann wird Aschenputtel das Schloss verlassen und mir vielleicht nicht den Gefallen tun, auf der Treppe einen gläsernen Schuh zu verlieren.

Mit dem Glockenschlag sozusagen bekomme ich den obligatorischen Stempel verpasst – wenigstens heute Abend bin ich eindeutig identifiziert – und schiebe mich, groß, blond, rücksichtslos, an allen vorbei, die mir im Weg stehen.

Dem Weg zum Café-Durchgang. Wo Emma gleich auftauchen wird.

Tatsächlich stehen dort schon ein paar Frauen herum. Michelin sagt immer, sie halten sich an ihren Gläsern fest oder versuchen mit verschränkten Armen so auszusehen, als seien sie nicht auf der Suche. Und Frederike, die gute Freundin von Michelin, die gleich ganze Bücher über die Lesbenszene schreibt, nennt es in ihren Geschichten auch immer so.

Ehrlich gesagt, finde ich aber, dass diese Frauen hier nicht so aussehen, als suchten sie eine Langzeitbeziehung oder wilde Affäre. Ich finde, sie sehen aus wie Frauen, die in einer Disco gerade mal keine Lust auf den dicksten Rummel haben und sich daher in diese stillere Ecke zurückgezogen haben.

Deshalb stelle ich mich dazu. Und hoffe, dass keine die Vermutung anstellt, dass ich gerade vergeblich versuche, so auszusehen, als sei ich nicht auf der Suche.

Ich bin nämlich nicht auf der Suche. Damit das klar ist.

»Frauke, was tust du denn hier?«

Es ist Angela, die mich da von der Seite anspricht.

Sie kommt wohl gerade aus dem Café, und ihre Miene drückt neben Erstaunen über mein Auftauchen auch Erleichterung aus.

Ich erinnere mich daran, wie Michelin mir einmal anvertraut hat, dass Angela sich auf solchen Szeneveranstaltungen immer noch nicht wirklich wohl fühlt. »Sie sagt, sie ist ein Alien mit ihren zweiundvierzig Jahren«, hatte Michelin grinsend gemeint. Der Gedanke daran gibt mir Sicherheit. Ich bin also wenigstens nicht die Einzige, die sich hier nicht wirklich dazugehörig fühlt.

»Ich dachte, du wolltest nicht kommen ... Oder hat Michelin dich mit ihrem Anruf doch irgendwie überzeugen können?!«

Dankbar greife ich diese Vorgabe auf: »Genau! Als wir aufgelegt hatten, da dachte ich ... wieso soll ich zu Hause hocken? Na ja, dann bin ich hergefahren. Ich wusste ja, dass ich euch hier treffe.«

Angela nickt und wirft einen kurzen, fahrigen Blick in die Runde der Frauen, die uns unmittelbar umgeben.

»Ich hab mal die Gelegenheit genutzt. Lena ist übers Wochenende mit ihrer Freundin weggefahren. Ich muss sagen, ich fühle mich hier wesentlich wohler, wenn ich mich nicht bei jedem Schritt von meiner Tochter beobachtet fühle.«

Ja. Das muss wirklich sonderbar sein. Sich in den gleichen Lebensräumen und Nischen zu bewegen wie die eigene Tochter. Vielleicht auch gerade deshalb, weil Angela jetzt mit einer Frau zusammenlebt, mit der auch ihre Tochter mal eine kurze, heftige Affäre verband. Na, das sind Familienverhältnisse.

»Wobei ich mich frage, ob es überhaupt einen Unterschied macht, wer einen langen Hals bekommt bei dem Versuch, uns fortwährend im Blick zu behalten. Michelin kann mir hundertmal nette Geschichten aus der Szene erzählen, ich bleibe eh bei meiner Meinung. Im Grunde geht es hier doch nicht anders zu als auf der Sylter Strandpromenade: Sehen und gesehen werden. Außerdem bleibt es für mich ein unüberschaubares Gewimmel aus Exen und Möchtegern-Zukünftigen. Wirklich zu Hause werde ich mich hier sicher nie fühlen.«

Ich nicke mitfühlend. Ich kenne Michelins beinahe wehmütigen Erzählungen aus ihren wilden Zeiten ebenso wie ihre bittersüße Kritik.

Die Szene.

Hat für mich keine Gestalt.

Für mich besteht die Nacht nur aus hunderten fremden Gesichtern. Keine Ausgeh-Clique, keine alten Bekannten, keine fremde Schöne, die schon seit tausend Tänzen heimlich für mich schwärmt. Auch keine Feindinnen, das hat was für sich.

All das summiert ergibt: Ich gehöre nicht dazu. Ich bin hier fremd. Und wenn ich hier stehe und warte, auf eine von ihnen, dann könnte das unter Umständen in eine kleine bis mittelschwere Katastrophe führen.

Ich sehe unauffällig zur Uhr. Es ist bereits sieben Minuten nach halb. Mein Magen grummelt vernehmlich. Sollte sich unser Spiel von neulich wiederholen?

Die vorbeigehenden Frauen näher ins Visier zu nehmen, wage ich nicht. Ich kenn das doch: Ich brauche ja nur eine ein bisschen näher anzugucken, und schon bietet sie mir an, von der Theke ein Getränk für mich mitzubringen. Ich glaube, ich bin das prädestinierte Ansprechopfer für alle Lesben, die sich für die Nacht ein aufregendes Erlebnis versprechen. Wenn die wüssten, wie es in mir wirklich aussieht, würden sie sich das Geld für das Bier sparen.

Also nehme ich möglichst wenig Blickkontakt auf, sondern baue darauf, dass ich auffällig genug bin, um erkannt zu werden – von einer, die mich erkennen will.

Aber dann sehe ich mich plötzlich mit Emmas Augen.

Emma, die vielleicht ebenso nervös wie ich irgendwo hier steht. Und die auf den Durchgang zum Café zusteuert, wo eine Frau steht, auf die die Beschreibung der Frauke passt.

Doch die Frau steht nicht allein dort.

Nein, sie ist in Begleitung einer attraktiven Vierzigerin, die kokett an der Wand lehnt und plaudert.

Oh, nein! Natürlich würde ich an Emmas Stelle die bewusste Frau nicht ansprechen. An Emmas Stelle fände ich es unverschämt von Frauke, nicht allein zu warten.

Welche Internet-Bekannte schiebt sich schon gern in eine angeregte Unterhaltung? Und doch wohl erst recht nicht, wenn es eine peinliche Vorgeschichte mit Stehenlassen-bei-der-ersten-Verabredung gibt. Von der die daneben stehende Begleitung ja mutmaßlich vielleicht auch weiß.

Ich knabbere nervös an meiner Unterlippe.

Angelas Meinung zu Emmas Verhalten neulich habe ich noch allzu gut in Erinnerung. Es wäre mir unangenehm, ihr zu sagen, warum ich hier bin. Und noch unangenehmer wäre es mir, sie zu bitten, mich wieder allein zu lassen. Erst recht, nachdem sie so glücklich schien, eine Gleichgesinnte getroffen zu haben, die sich in diesem Junglesben-Gewimmel auch ein wenig fremd fühlt.

Hilfe, was soll ich bloß machen?

Aber an eine wie auch immer geartete Hilfe ist jetzt erst einmal nicht zu denken. Im Gegenteil. Denn da taucht plötzlich auch noch Michelins Gesicht in der Menge auf. Ihre Augen werden tellergroß, als sie mich erkennt. Als sie näher kommt, sehe ich, dass sie zwei Gläser balanciert. Eins davon drückt sie Angela in die Hand, nicht ohne ihr einen aussagekräftigen Blick zuzuwerfen, den ich nicht anders deuten kann als: ›Hab ich dir doch gesagt!‹

»Frauke, was tust du denn hier?«, ruft sie dann gegen die Musik an und klingt wie ein verspätetes Echo ihrer Freundin.

Ich gebe ihr die gleiche Antwort wie Angela. Auch, weil ich mich gerade außer Stande sehe, ihr die Wahrheit zu erzählen. Denn wenn ich eines nicht ertragen könnte, dann wäre es die gespannte Aufmerksamkeit, die mir dann zuteil würde.

Also stehe ich erstarrt wie Lots Frau mit eingefrorenem Lächeln bei den beiden und wünsche mich ans andere Ende der Erde. Vielleicht in Begleitung.

Nachdem die zehnte Frau sich, eine Entschuldigung murmelnd, an Michelins Po vorbeigedrückt hat, meint die: »Wir stehen hier ein bisschen ungünstig, so im Durchgang. Wollen wir uns nicht rüber an die Treppe stellen? Da finden uns die anderen auch sofort, wenn sie kommen. Ellen und Jackie wollten auch vorbeischauen. Warum die wohl noch nicht da sind?«

Sie sieht im gleichen Augenblick auf die Uhr, wie ich es auch tue. Es sind schon vierzehn Minuten.

Vierzehn Minuten, an denen sie womöglich einen Parkplatz sucht?

In denen sie unweit von mir steht und sich fragt, wer denn gleich noch alles bei mir auflaufen wird, um sie fern zu halten?

In denen sie vielleicht wieder zu Hause sitzt und sich nicht traut?

Es ist zum Mäusemelken.

»Geht ihr doch schon mal vor«, schlage ich Michelin und Angela betont munter vor. »Mir ist es da ein bisschen zu voll. Ich muss mich erst mal akklimatisieren. Komme dann gleich nach.«

Michelins Augen verengen sich für ein paar Sekunden zu kleinen Schlitzen, durch die Neugierde blitzt. Offenbar ist mein Manöver für sie leicht durchschaubar. Aber da sie von besagtem Platz an der Treppe den Standort hier wird im Auge behalten können, zögert sie nicht lange und schiebt gemeinsam mit Angela davon.

Fünfzehn Minuten.
Vielleicht hat sie es nicht ernst gemeint.
Sechzehn Minuten.
Ich mache mich lächerlich. Wenn sie irgendwo steht und mich beobachtet, mache ich mich total lächerlich.
Siebzehn Minuten.
Andererseits brauche ich mir nichts vorzuwerfen. Ich verhalte mich schließlich korrekt. Ich halte vereinbarte Treffpunkte und Uhrzeiten ein. Und ich bin nicht geneigt, irgendwelche dummen Spielchen zu spielen.
Achtzehn Minuten.
Bestimmt ist es eins von diesen dummen Spielchen.
Neunzehn Minuten.
Wenn ich das wirklich glauben würde, stünde ich längst nicht mehr hier.
Zwanzig Minuten.
Vor allem nicht, seit mir aufgefallen ist, dass die Rothaarige da drüben ununterbrochen hierher starrt. Sie glotzt mich an. Dass der das nicht peinlich ist.
Einundzwanzig ...
Aber vielleicht kann sie sich so was leisten. Sie sieht wirklich super aus. Hat so lange dunkelrote Locken, die ihr bis zum Hintern runterfallen. Eine richtige Mähne. Bestimmt keine Dauerwelle. Und die Nase über den vollen, schön geschwungenen Lippen, beinahe niedlich. Wären da nicht diese stechenden Augen. Die mich fixieren.

»Was für eine schöne Überraschung.« Eine Stimme an meinem Ohr, so nah, dass ich sie fühlen kann.

Frederike.

Ich lache nervös, und mein Herz macht ein paar Galoppsprünge.

Zugegeben, ich habe eine kleine Schwäche für Frederike. Natürlich nicht so, wie es jetzt klingt. Immerhin habe ich sie kennen gelernt, als ich noch mit Lothar zusammen war. Und außerdem hat sie seit Jahren eine feste Freundin, Karolin. So meine ich das also gar nicht.

Ich würde auch eher sagen, meine Affinität ist eher bewundernder Natur, denn Frederike schreibt Bücher, und das hat mich schon immer beeindruckt.

Außerdem besitzt sie die faszinierendsten Augen, die ich je gesehen habe, eines braun, das andere blau. Und sie sieht mit ihrer wüsten Frisur immer ein bisschen aus wie ein zerrupfter Spatz.

Als ich sie kennen lernte, hat sie mein Weltbild ein bisschen mehr ins rechte Lot gerückt. Denn an ihrem Beispiel habe ich erfahren, dass es Menschen geben kann, die von Träumen leben. Das ist eine Erfahrung, die ich vorher noch nie gemacht hatte. Und vielleicht, das gebe ich zu, hat es ein bisschen dazu beigetragen, dass auch ich meine Träume wieder ernster genommen habe.

Paradoxerweise gewinnen Menschen, die ihre Träume ernst nehmen, einen viel klareren Blick auf die Realität.

Jetzt tausche ich mit Frederike ein paar heitere Floskeln und sage mir währenddessen still, dass Emma einen dicken Punkt Abzug bekommt, wenn sie nach zwanzig Minuten Verspätung ausgerechnet jetzt auftauchen sollte.

Doch statt Emma schlendert die rothaarige Frau mit den langen Locken zu uns heran.

Sie gibt Frederike, die diese Frau ganz offensichtlich gut kennt, einen Kuss auf die Wange und hält die ihre hin.

Ich bekomme ein paar Satzfetzen mit, die zwischen den beiden hin und her wehen: »... Karolin nicht mit?« – »Im Café mit Nina. Hat Rauchen wieder angefangen seit ...« – »... Ratgeber empfehlen ...« – »... alles zu spät, weil auf der Arbeitsstelle ...«

Als die beiden genug Neuigkeiten ausgetauscht haben,

wendet sich die Frau mit den wilden Locken geradezu provozierend lächelnd an mich.

»Wie heißt du?«, will sie zielgerichtet von mir wissen.

»Frauke«, stammele ich und könnte mich für meine aufflackernde Unsicherheit selbst schlagen.

»Irgendein Zweitname?«, hakt sie sofort nach.

»Nein«, antworte ich ebenso zackig.

»Hm«, macht sie nur und sieht aus, als wolle sie ›schade‹ hinzusetzen. Doch in dieser Sekunde knufft Frederike sie in die Seite und wirft ihr einen scharfen Blick zu. Die so Zurechtgewiesene zuckt die Achseln und verschwindet, nachdem sie eine vollendete Drehung um hundertachtzig Grad hingelegt hat.

»Wir haben ja alle so unsere Neurosen«, erklärt Frederike mir mit einem Lächeln. »Paula hat sich da so eine dumme Sache in den Kopf gesetzt. Seit sie mit Olga auseinander ist, sucht sie nach einer Frau, deren Name mit P anfängt. Davon gibt es aber nicht viele.«

Ich spüre, wie das Blut aus meinem Gesicht weicht.

»War das etwa diese Freundin von dir, die ...?« Von der habe ich gehört! Michelin hat mehr als einmal von ihr erzählt. Immer mit diesem seltsam verwirrten Blick, der Sympathie und Sich-abgestoßen-Fühlen zu vereinen schien.

Frederike nickt grinsend und zuckt die Achseln. Vielleicht liegt es an ihrer Schriftstellerinneneinstellung. Jedenfalls lässt sie jede und jeden einfach so sein, wie sie sind. Die größten Macken und Spinnereien bemerkt sie entweder gar nicht oder findet sie schlimmstenfalls ›interessant‹. Sie urteilt nicht. Und dass ihre Freundin Paula sich ihre neuen Liebschaften – egal ob für sehr kurze oder auch für längere Zeit – nach dem Alphabet aussucht, scheint sie einfach als gottgegeben hinzunehmen.

Ich seufze tief.

»Da bin ich aber froh, dass meine Eltern mich nicht Pauke genannt haben.«

Frederike lacht, greift nach meinem Arm, »Da hinten ist Bête. Bis später mal, ja?«, und ist wieder fort.

Ich verbiete mir, auf die Uhr zu sehen.

Während ich Frederike nachstarre, das Phänomen bestaune, wie sie von der Menge verschluckt wird, treffe ich eine Entscheidung.

Wenige Schritte später befinde ich mich schon im Café, wo ich an der Bar eine Cola bestelle.

Warten ist scheiße.

Schließlich bin ich – entgegen manchen entlarvenden Gefühlsregungen der letzten Zeit – kein Teenager mehr. Wenn ich jetzt vierzehn wäre, dann fände ich es o.k., wenn ich ruhig noch eine halbe Stunde dort im Durchgang meinen Abend verplempern würde.

Schließlich habe ich als Vierzehnjährige auch tagelang vor dem Telefon gehockt, weil ich einen »wichtigen Anruf«, wie Mama und Papa es dann nannten, erwartete. Einmal habe ich fünf Tage lang nicht geduscht, weil ich Angst hatte, dass ausgerechnet dann, wenn ich mit dem Kopf unter dem Wasserstrahl stecke, mein Schwarm Gerold anrufen würde. Natürlich hat er nie angerufen. Und nachdem ich den alten Schweißfilm von meiner Haut geschrubbt hatte, beschloss ich, nie wieder so blöd zu sein.

Eigentlich bin ich auch gar kein Typ für diese Warte-Nummer, überlege ich, als ich mit der Cola wieder zurück in die Disco schlendere.

Die Frauen, die dort im Durchgang stehen, was ein beliebter Treffpunkt zu sein scheint, streife ich mit einem kurzen Blick, den ich einfach nicht lassen kann. Aber keine von ihnen sieht auch nur annähernd so aus wie Emma.

Falls Emma überhaupt so aussieht, wie sie behauptet.

Bin ja nicht ganz blöde. Schließlich könnte es ja sein, dass sie mir etwas völlig Falsches, vielleicht Realitätsgegensätzliches erzählt hat.

Vielleicht hat sie also keine langen dunklen, sondern kurze helle Haare. Wer weiß das schon?

Aber im Grunde ist es Schwachsinn, sich darüber jetzt den Kopf zu zerbrechen. Das wäre nichts anderes, als weiter dort zu stehen und zu warten.

Eines weiß ich aber ganz sicher: Dass ich auf diese Verabredungsgeschichte nicht noch einmal reinfalle. Davon hab ich jetzt die Schnauze voll. Ich bin nur gespannt, was sie diesmal als Ausrede parat hat. Vielleicht wieder die gleiche wie beim letzten Mal. Aber so viel Angst kann eine doch nun auch nicht davor haben, mich zu treffen. Nicht, wenn sie gesund im Kopf ist. Denn selbst wenn sie enttäuscht von mir, ich enttäuscht von ihr wäre – was soll das schon? Sie findet bestimmt schnell eine andere, mit der sie per Mail tief schürfende Gespräche führen kann.

»Du siehst ja so ernst aus«, bemerkt Angela, als ich bei ihr ankomme und mich freundlich lächelnd zu ihr stelle. Michelin ist nicht zu sehen. Nach der momentanen Musik zu urteilen, tobt sie sich wahrscheinlich gerade auf der Tanzfläche aus.

Einen Augenblick lang überlege ich, ob ich Angela jetzt doch von meiner missglückten Verabredung erzählen soll. Aber dann ist der Moment vorüber, und ich grinse fröhlich: »Ach, ich hab nur gerade darüber nachgedacht, warum all diese Frauen ausgerechnet zu dem Lied ›It's raining men‹ derart ausflippen ...«

Angela schmunzelt.

»Ich finde, das hat etwas Befreiendes, dass sie das tun«, meint sie und sieht mich so an, als habe sie damit etwas besonders Bedeutungsvolles von sich gegeben.

Als ich so mit ihr am Rande der Tanzfläche stehe und meine Cola umklammere, komme ich mir plötzlich sehr verloren vor. Diese Frauen hier singen lachend »Halleluja! Es regnet Männer!«, und ich wage es nicht, einer von ihnen zu erzählen, dass ich jahrelang mit einem von diesen Regentropfen eine Beziehung hatte. Oder noch schlimmer: dass ich vielleicht in absehbarer Zeit mit einem weiteren eine Beziehung haben werde. Doch da fällt mir wieder die Vision ein, die ich heute Abend in meiner Küche heraufbeschworen habe.

Die Frau an der Gemüsepfanne.

Ich muss sagen, ich bin momentan eigentlich ganz froh, dass es keine Männer auf uns regnet. Und dabei bin ich doch wohl diejenige, die hier die zumindest tendenziell Heterosexuelle ist.

Jetzt mal ehrlich: Das versteh eine noch!

Das Lied endet, und Michelin kommt von der Tanzfläche gewippt, als hätte ihr der Ausflug dorthin die Batterie neu aufgeladen.

»Die alten Songs sind doch irgendwie noch die besten«, meint sie grinsend und greift sich ihr Glas vom Stehtisch, um es in einem Zug zu leeren.

Doch mit den alten Songs ist jetzt Schluss. Die DJ hat sich anscheinend entschieden, ein paar Hits aus den Charts zu spielen, auf die alle mächtig abfahren. Ich auch. Ich mag diese neuesten Ohrwürmer.

Mein Fuß tippt den Takt auf den Boden. Allein tanz ich aber nur, wenn ich vor Langeweile gleich sterbe oder wenn ich betrunken bin. Ich trinke aber heute keinen Alkohol, weil ich mit dem Wagen da bin. Und langweilig ist mir ganz sicher auch nicht.

»Michelin, komm doch mit!«, bettele ich. Aber sie fächelt sich immer noch Luft zu und macht eine Geste, die bedeuten soll: Immer langsam mit den jungen Pferden.

Da sehe ich plötzlich eine blaue Baseballmütze durch die Menge der Köpfe blitzen.

Ich weiß gar nicht genau, was genau an dieser Kappe es ist, das mich anspricht, aber geradezu automatisch erheben sich meine Füße auf die Zehenspitzen, und ich versuche einen genaueren Blick auf die Frau dort zu erhaschen.

Sie trägt die Kappe über den blonden Haaren, die an ein paar Stellen hervorwitzeln, so tief ins Gesicht gezogen, dass sie auf den ersten Blick gar nicht zu erkennen ist. Nur ihre Bewegungen sind mir gleich bekannt vorgekommen. Auch wenn sie so ganz anders aussieht. So ganz anders als in dem weißen Kittel oder dem Alte-Klamotten-für-den-Hundeplatz-Outfit. Mit der Jeans auf den Hüften und dem knallengen blauen T-Shirt, auf dem vorn draufsteht: Freigang vom Kloster!

Ich muss grinsen. Jetzt kapiere ich ihre Worte zur Verabschiedung auch: »Vielleicht sehen wir uns ja schon ganz bald wieder?!«, hat sie nämlich gesagt und gezwinkert. Natürlich ist sie davon ausgegangen, dass ich als Lesbe möglicherweise heute Abend zum Schwofen in den Kulturbahnhof komme.

Ich als Lesbe.

Na, Mahlzeit.

Sie hier zu treffen, damit habe ich wirklich nicht gerechnet. Umso überraschender ist für mich selbst das Gefühl der Freude, das sich jetzt in mir breit macht wie ein wohlig schnurrendes Kätzchen, das gleich vor lauter Vergnügen die Krallen ausfahren will.

»Guck mal!« Ich beuge mich zu Michelin hin. »Die da vorn, in den blauen Klamotten, mit der Baseballkappe, das ist die Tierarzthelferin, von der ich erzählt habe.«

Michelin sieht kein bisschen so aus, als würde sie irgendeine bestimmte Frau auf der Tanzfläche mustern. Ihre

Blicke irren scheinbar ziellos umher, vielleicht auf der Suche nach einer verloren gegangenen Freundin. Meine Güte, sie ist immer noch verdammt gut im Training. Mehr als zehn Jahre Lesbenszene machen sich wirklich bemerkbar.

»Nett, wie sie tanzt«, meint sie und grinst mich an. Dieses leicht süffisante Grinsen, das sie in letzter Zeit so drauf hat, sobald ich von einer Frau auch nur spreche.

Ich verzeihe es ihr, eher aus Eile denn aus Großmut, denn es interessiert mich, was genau sie an Antonies Tanzstil interessant finden mag.

Als ich jetzt genauer hinsehe, erkenne ich es auch und finde es von einer Sekunde auf die andere ganz sonderbar, dass mir das nicht gleich aufgefallen ist: Antonie tanzt anders als die Frauen rund um sie herum. Die Musik scheint geradewegs in ihre Schultern zu fließen, von wo aus sie in die Arme gleitet und die Hände zu Fäusten schließt. Die preschen im Takt des Basses nach vorn. Von den Schultern weggeschleudert, boxen sie ein Schattenbild wie in einem zum Rhythmus entworfenen Showkampf.

Eine Weile sehe ich bei dieser Selbstdarstellung fasziniert zu. Was Frauen sich alles einfallen lassen, um andere auf sich aufmerksam zu machen.

Aber ich muss sagen, es hat sicherlich Erfolg. Bestimmt sehen viele zu ihr hin, sehen ihr zu. Ob sich aber auch nur eine von ihnen entsprechende Gedanken über Voyeurismus macht – so wie ich es jetzt tue?

Ihr Blick auf dem Trainingsplatz heute, quer herüber zu mir, weich, mächtig reinhauend. Den muss ich geträumt haben. Denn diese Frau da vorn, die würde mir doch sicher nicht solche Blicke zuwerfen.

Mein Gott, ich lese wahrscheinlich einfach zu viele Krimis. Könnte gut sein, dass ich mal wieder Schatten an der

Wand deute. Und könnte ebenso gut sein, dass ich eine freundliche Geste missverstehe.

So eine freundliche Geste wie die, dass sie irgendwann, nach zwei durchtanzten Musikstücken, zufällig hersieht, stutzt, winkt und sich sofort durch die herumhopsenden und hin und her schwingenden Frauen einen Weg bahnt zu mir.

Sie gibt Michelin und Angela die Hand. Ich kann Michelin ansehen, dass sie sie spontan mag. Das erkenne ich an ihren Mundwinkeln, die sich entspannt nach oben ziehen, während ihre Augen immer wieder wie beifällig über Antonies Gesicht huschen.

Angela macht, wie immer, einen eher reservierten Eindruck. Aber nachdem Antonie in ihrem mittlerweile für mich schon vertrauten Stakkato eine witzige Anekdote des Abends geschmettert hat, lacht auch sie herzlich und knickt ihre Hüfte wieder in die relaxte Kontrapost-Stellung ein.

»Das ist toll, dass du hier bist!«, teilt Antonie mir gerade unter Hinbeugen zu mir und Hauchen auf mein Ohr mit. Ob sie das bewusst macht? Oder ob sie keine Ahnung hat, wie sich das für die andere – nämlich mich – anfühlt, wenn sie das tut? »Ich bin ausnahmsweise mal allein unterwegs, weil keine von meinen Freundinnen Bock hatte. Aber keine Angst.« Sie lacht heiter. »Ich werd dir nicht ständig am Rockzipfel hängen. Ich tanze viel und werd mich auch mal woanders hinstellen ...«

Dazu guckt sie mich dann an, also, das kann ich gar nicht beschreiben.

»Brauchst du aber wirklich nicht«, erwidere ich schnell. Vielleicht ein bisschen zu schnell, schießt es mir gleich durch den Kopf. »Michelin und Angela sind sicher froh, wenn ich mich mal nicht in ihre Unterhaltungen einmische.«

Ich habe den Eindruck, dass damit geklärt ist, dass wir

den Abend mehr oder weniger miteinander verbringen werden. Denn als sie sich etwas zu trinken holt, kommt sie zu mir zurück, und später, als sie merkt, dass ich wieder mitwippe, stößt sie mich an: »Komm doch mit!«, und ist schon auf dem Weg zur Tanzfläche.

Logisch. Sicher. Klar gehe ich mit. Und habe auf dem Weg ihr nach die ganze Zeit Michelins Gesichtsausdruck vor Augen. Dieses vermeintlich Desinteressierte unter ihren hochgezogenen Brauen kann mich nicht täuschen. Denn in ihren Augen blitzt es nur so vor lauter Amüsement und Neugierde. Ich wette, sie möchte mich nach jedem für sie unverständlichen gesprochenen Wort zwischen Antonie und mir anhauen: »Was hat sie gesagt? Erzähl!«

Wir tanzen ein paar Lieder. Dann stellen wir uns wieder an den Rand und reden über Belangloses. Dann tanzen wir wieder ein paar Lieder. Dann stehen wir wieder. Dann tanzen wir. Und tanzen. Und da geschieht etwas Merkwürdiges: Antonie schließt sich in sich ein. Indem sie ihre Lider senkt, ist sie verloren für den Rest der Welt. Zumindest für die Ansprache. Fürs Anschauen natürlich nicht.

Und das tue ich einfach hin und wieder. Nicht zu lange. Und immer ohne zu lächeln. Obwohl ich es gerne tun würde. Aber ich will nicht, dass irgendeine bemerkt, wie ich eine Frau angrinse, die mit geschlossenen Augen auf ihre besondere Art tanzt.

Antonies Augen bleiben die ganze Zeit geschlossen, während ihre Lippen ein Lächeln umspielt, das selbstversunken und hingebungsvoll aussieht.

Für einen Moment, vielleicht nicht einmal eine Sekunde lang, vielleicht aber auch viele davon, uneinschätzbar für mich selbst, sehe ich ein Bild vor mir wie eine Vision.

Ich sehe meine Fingerspitzen ihre geschlossenen Lider liebkosen mit einem sanften Streicheln, das ausfließt in ihre Schläfen und hinein in die schweißsträhnigen Haare. Und in dem Moment, in dem der Schreck über dieses deutliche Bild am größten ist, öffnet sie die Augen. Ihr Blick gleitet durch mich hindurch, glasig entstellt. Hätte ich nicht gerade noch ein normales Gespräch mit ihr geführt und seitdem alle ihre Bewegungen miterlebt, würde ich vermuten, sie habe Drogen genommen. Irgendwas, das einen aussehen lässt, als sei der Geist irgendwo in einem fernen Traum gefangen.

Bevor ihr Blick mich erreicht und bevor sie die Augen wieder schließt, löst dieser Gedanke blanke Irritation in mir aus. Aber dann ... sie wieder hineinströmen zu sehen in die Musik, lässt etwas in mir *Klickerklacker* machen, und ich begreife. Es ist das Tanzen. Es sind die Bewegung und der Rhythmus, die sie high machen.

Und jetzt und hier ist genau sie es, die *mich* high macht.

Das werde ich besser niemandem erzählen.

Schwer genug für alle, dass ich plötzlich mit meiner neuen und aufregenden Bekanntschaft Emma daherkomme und mich in der Szene herumtreibe wie ein alter Hase, ehm, eine alte Häsin. Nein, ich kann niemandem zumuten, sich anzuhören, dass ich mitten auf dem Schwof undefinierbare Gefühle entwickle, nur weil ich einer Frau heimlich beim Tanzen zusehe.

Ich meine, es handelt sich hier schließlich um eine Frau, die ich vor ein paar Wochen noch nie gesehen hatte. Eine Frau, mit der mich eine Impfaktion beim Tierarzt, ein Mittagessen beim Griechen und ein Nachmittag auf dem Hundeplatz verbinden. Eine Frau, die mich mit ihrem rasanten Tempo ständig außer Atem bringt. Eine Frau, die mit ihrer mir fremden Art so gar nicht in mein Leben passt, an keine Stelle. Und letztendlich handelt es sich hierbei um ... eine Frau.

Tja. So ist das.

Ein Abend vergeht. Wird Nacht.

Könnte irgendein Abend, irgendeine Nacht sein. Glaube ich aber nicht. Irgendwas, ja, irgendwas passiert hier. Mit mir.

Ich kann es fühlen. Beim Tanzen. Beim Gehen. Beim Schauen.

Wenn ein Werwolf bei Vollmond spürt, dass er sich verwandelt, dann fühlt es sich wahrscheinlich so an. Etwas bricht raus und lässt von dem Alten nur zerfetzte Haut zurück.

Werwölfe aber, das weiß ja wohl jedes Kind, verwandeln sich am nächsten Morgen wieder zurück in das, was sie einmal waren, bevor sie zu einem Wesen wurden, das stark, mächtig und wirklich durch nichts aufzuhalten ist.

Es ist ausgerechnet Frederikes Freundin Karolin, die schließlich mein neu gewachsenes Fell plötzlich zurückweichen lässt.

Der Zeitpunkt, um etwas Aufwühlendes zu mir zu sagen, ist günstig: Michelin ist schon seit einer Weile verschollen, und somit bin ich meiner engsten Vertrauten beraubt. Und vor zehn Minuten stürzte sich plötzlich eine prallbrüstige Frau in glitzerndem Oberteil kreischend auf Antonie, die diese Frau ebenfalls quiekend umarmte und sich dann bei mir mit einem bedauernden Lächeln entschuldigte: »Eine gute alte Bekannte. Wir gehen nur kurz was trinken.«

Kurz was trinken. Das kennt man ja.

Nach fünfundzwanzig Minuten steh ich immer noch hier neben Angela, die sich angeregt zur anderen Seite hin mit Frederike unterhält. Weil deren Freundin Karolin, mit stechend blauen Augen und einem geraden Blick daraus, von dem Gespräch auch nicht viel mitbekommt, stellt sie sich solidarisch auf meine Seite unserer kleinen Gruppe.

Karolin und ich kennen uns eigentlich gar nicht wirklich. Wir haben mal gemeinsam an einem ziemlich ereignisreichen Abendessen bei Michelin teilgenommen und uns danach ein paarmal flüchtig gesehen. Da wir jedoch wesentliche Dinge wie Beruf oder Familienstand voneinander wissen, gibt es nicht wirklich etwas Bedeutungsvolles, über das wir jetzt sprechen könnten. So lassen wir hin und wieder ein paar Worte fallen, über die Musikstücke, die die DJ aussucht, oder ein besonders auffälliges Styling einer vor uns herumwirbelnden Frau.

Da wendet sich Karolin plötzlich lebhaft an mich und fragt: »Und diese Frau, mit der du hier bist, das ist also deine Internet-Bekanntschaft?«

Ich stutze. Damit kann sie nur Antonie meinen. Michelin hat also gequatscht, die blöde Kuh. Und jetzt glotzen alle mich an und mutmaßen, wer denn nun die Unbekannte sein könnte, die mich aus meinem Dornröschenschlaf geweckt hat.

»Jetzt war ich für einen Moment ziemlich platt, dass du was davon weißt«, erkläre ich Karolin meinen karierten Gesichtsausdruck.

Sie lacht. Aber nicht nur amüsiert. Die Musik ist laut, aber nicht laut genug, um den leisen Ton von Bitterkeit zu übertönen, der zwischen den hellen Klängen mitschwingt.

»Ach, daran wirst du dich gewöhnen. Das ist nun mal so: Erzählst du es einer, wissen es bald alle. Geheimnisse sind nur gut aufgehoben, wenn du sie für dich behältst. Ich fand das am Anfang auch ganz schrecklich. Aber irgendwann ... ich weiß nicht, wie ... bin ich selbst ein Teil davon geworden. Aber das wirst du schon noch selbst erfahren, wenn du erst mal dazugehörst.«

Ich glaube, der Bass hat mein Gehör geschädigt. »Wenn

ich dazugehöre?«, wiederhole ich dumpf. Hat sie das tatsächlich gesagt? »Wo dazugehöre?«

Karolin grinst: »Zur Szene natürlich.«

Ach so. Natürlich.

Ich nicke langsam in Ermangelung von Worten und wende den Kopf wieder fort.

Direkt neben uns steht ein Pärchen, das schon den ganzen Abend eng umschlungen wie siamesische Zwillinge am Treppenaufgang lehnt. Als ich mich von Karolin fortdrehe, fällt mein Blick genau auf ihre Münder, die sich aneinander schmiegen und aus denen zwei Zungen hervortanzen. Und da erreichen die gerade gesprochenen Worte mich.

Wenn du erst mal dazugehörst.

Ich muss gehen. Jetzt ist der richtige Zeitpunkt, um heimzufahren und total durcheinander in mein Bett zu kriechen.

Etwas übereilt verabschiede ich mich von Karolin, die plötzlich einen schuldbewussten Eindruck macht, von Frederike und Angela, die auch schon etwas müde aussehen, und halte Ausschau nach Michelin. Sie wird sauer sein, wenn ich nicht wenigstens kurz Tschüss sage und ihr eine knappe, aber treffende Aussage zu meinen Gefühlen bezüglich Antonie ins Ohr raune. Das Tschüss werde ich auf alle Fälle hinbekommen, denke ich.

Aber ich kann sie nicht finden. Michelin Schwarz ist wie vom Erdboden verschluckt. Ich gucke überall. Und schließlich steige ich sogar auf diese affige Empore, auf der immer zig Frauen am Geländer hängen und runter auf die Tanzfläche spannen.

Vielleicht sehe ich sie ja von da oben aus.

Und vielleicht, das lasse ich aber nur als vage Idee zu, sehe ich auch Antonie und ihre Bekannte. Denn auch dort könnte ja vielleicht eine kleine Verabschiedung am Ende dieses Abends angebracht sein.

Wie ich so an der Brüstung klebe, kommt von hinten eine Frau und lehnt sich ebenfalls dort an. Ich spüre, dass sie mich ansieht, und drehe den Kopf.

Mein Herz setzt fast aus. Sie hat lange, dunkle Haare und ihre Augen ... Welche Farbe könnten die haben? Könnten die grau sein?

Eine Sekunde lang, ein *Badong* meines Herzens dauernd, denke ich: Das ist sie!

Weil ihre Mundwinkel rund werden, als wolle sie gleich lächeln. Und ich brauche keine Szenekennerin zu sein, um zu wissen, dass das selten vorkommt: eine Fremde einfach so anlächeln. Lächeln, das bedeutet was. Also halte ich schon fast den Atem an. Ich erwarte diese Worte aus ihrem schön geschwungenen Mund: *Hi, ich bin Emma. Wir müssen uns vorhin verpasst haben.* Doch dann wendet meine Nachbarin den Blick fort und sieht wieder hinunter auf die Tanzfläche.

Ich muss mich beherrschen, sie nicht weiter anzustarren, und versuche, mich wieder auf mein Vorhaben zu konzentrieren. Und tatsächlich entdecke ich Michelin wenige Sekunden später. Sie steht hinter dem Garderobentisch und quatscht mit der Frau, die die Marken rausgibt.

Als ich die Treppe runtergehe, schüttele ich mich wie Loulou, wenn sie Kletten im Fell hängen hat. Das fehlt mir noch, dass ich plötzlich Wildfremde anglotze wie einen Elch. Nur weil sie lange dunkle Haare haben.

Wenn ich nicht sowieso schon auf dem Heimweg wäre, würde ich es jetzt entscheiden.

Ich wühle mich durch die Menge zur Garderobe hinüber.

Aber plötzlich steht mir eine im Weg, an der komm ich nicht vorbei. Antonie grinst mich an, das Gesicht erhitzt, die Augen sprühen wie zwei Wunderkerzen. Wünsch dir was.

»Du willst doch nicht etwa schon gehen?«, fragt sie mit ihrer hellen Stimme und mit ihrem ganzen Körper, der sich mir entgegenbeugt.

Ich muss nicht lange überlegen, um zu begreifen, dass da etwas impliziert ist. Und das schmeichelt mir.

»Na ja«, brumme ich, was sie in der lauten Musik wahrscheinlich nicht versteht und was zugegebenermaßen auch nicht wirklich eine Antwort darstellt.

Aber vielleicht liest sie in meinem Gesicht und weiß deswegen genau das Richtige zu tun: Sie berührt mich sanft am Arm und beugt sich vor, um mir ins Ohr zu rufen. Ihr Körper lehnt sich dabei an meinen, und ich spüre von den Schenkeln an aufwärts eine warme Welle sich ausbreiten, unter der die Haare an meinen Armen sich aufrichten.

»Im Café kann man heißen Kakao mit Sahnehäubchen bekommen, echten, nicht so mit Wasser. Super lecker! Wie wäre es, wenn wir uns den zum Abschluss geben? Danach schlafe ich immer wie ein Baby.«

Komisch. Ich hatte mir die Einladung einer Frau zu einem Getränk immer kreuzpeinlich vorgestellt. Ich mit hochrotem Kopf. Sie mit vor Verlegenheit und Aufregung schweißnassen, ineinander verschlungenen Händen. Mein Lächeln entgleisend, während ich eine Ausrede oder die Wahrheit stammele: *Nein. Tut mir Leid. Lieber... lieber nicht.*

Komisch, dass es gar nicht so ist. Na ja, genauer betrachtet, fühlt es sich wahrscheinlich deswegen nicht auf diese befürchtete Art und Weise an, weil ich nämlich nicht ablehne. Weil ich nicht, peinlich berührt, den Kopf schütteln und dann den Moment aushalten muss, in dem sie eine Entschuldigung murmelnd wieder davonschleicht, eine Eroberung mehr fehlgeschlagen.

Nein, ich sehe sie an und kann gar nichts dabei finden, mit ihr einen Kakao im Café zu trinken, der meinen Schokohunger befriedigen und mich dann bettschwer nach Hause leiten wird.

Ich gehe vor ihr, teile die Menge für uns. Und weil manchmal einfach alles glatt geht, finden wir im Café gleich zwei Stühle. Antonie balanciert von der Theke aus zwei Tassen herüber, und wenige Minuten später sitzen wir uns mit weißen Damenbärten gegenüber, die wir uns genüsslich wegschlecken.

Dann lehnt Antonie sich bequem zurück und seufzt behaglich. Ich kann nicht anders, als sie fasziniert anzustarren. Das ist wieder so ein Moment, wie ich ihn mit ihr auch schon beim Griechen erlebt habe. Ich erlebe sie den Großteil der Zeit so unruhig, dass es schon fast hektisch zu nennen wäre. Immer in Bewegung, immer auf dem Sprung zur nächsten Tat, die Augen rechts und links. Dass sie jetzt mit einem Mal, in all diesem lauten Trubel hier, so zusammensinkt wie daheim auf dem Sofa, das ist wirklich verblüffend.

»Erzähl doch mal«, schlägt sie vor, als würden wir miteinander auf einer einsamen Parkbank sitzen, keine Menschenseele weit und breit. »Wie war dein allererster Schwof?«

Die Tasse in meiner Hand gerät ein wenig schief. Aber ich schaffe es zumindest innerlich, das Gleichgewicht zu behalten.

»Um ehrlich zu sein: Das hier ist erst mein zweiter«, beginne ich und tue so, als würde ich ihren erstaunten Gesichtsausdruck gar nicht bemerken. »Mein erster Schwof ... den hab ich vor einem Jahr etwa zusammen mit Michelin erlebt.« Sie erwidert nichts, obwohl ich ihr mindestens zehn Fragen auf einmal an der in plötzliche Falten gelegten Stirn ablesen kann. Weil sie nichts sagt, fahre ich, von einem plötzlichen Bedürfnis nach Ehrlichkeit übermannt, fort: »Damals war ich noch mit Lothar zusammen. Wir waren sechs Jahre zusammen, bis vor ein paar Monaten. Da habe ich mich dann von ihm getrennt.«

Antonies Augen wechseln die Farbe. Ich dachte, sie seien grau. Bisher waren sie grau, so ein dunkles, lebendiges Grau, das an sich schon Anlass zur Verwunderung bieten würde. Denn normalerweise wirken graue Augen doch eher kühl und abweisend, nicht so warm und spritzig wie ihre. Aber dass diese Augen die Farbe wechseln können, das ist nun wirklich absolut erstaunlich. Denn vielleicht, denke ich jetzt gerade, vielleicht sind sie in Wirklichkeit braun. Ein tiefes, beinahe schwarzes Braun. In dem nichts zu lesen ist. Nur ein großes Zögern. Eine Unsicherheit, die fragt, ob alles, was sie bisher in Verbindung mit mir gedacht hat, vielleicht ein Trugschluss war.

Ihre Augen machen mich von einer Sekunde zur nächsten plötzlich wieder sehr müde.

Sicher. Sie ist von etwas anderem ausgegangen. Wenn ich auch nicht weiß, wieso das so war. Wir haben uns beim Spaziergang getroffen. Und in einer Tierarztpraxis. Und dass ich Flyer von einem Theaterstück dabeihatte, in dem es zufällig um ein Frauenliebespaar geht, das muss doch nichts bedeuten. Aber dennoch ist sie von etwas anderem ausgegangen. Deshalb ihr Anruf. Deshalb ihr Blick zu mir, unter den hellen Ponyfransen heute Nachmittag. Deshalb ihr Lächeln beim Tanzen heute Abend. Eine andere Voraussetzung hat all das geschaffen. Jetzt ist es anders.

»Und?«, fragt sie mit unveränderter Stimme. Wenigstens ihre Stimme ist unverändert.

Ich schaue ein Fragezeichen.

»Und wie war denn nun dieser erste Schwof? Vor einem Jahr? Oder willst du nicht erzählen?«

Jetzt starre ich, umklammere die Kakaotasse in meinen Händen.

Sie ergänzt: »Ich meine, wahrscheinlich sind sich alle Geschichten über den ersten Schwof ziemlich ähnlich. Du weißt schon, dass man die erste halbe Stunde ständig glaubt, einen Mann in der Menge gesehen zu haben und so. Oder war das für dich nicht so?«

Irgendwie ist ein Klecks Sahne auf ihre Nasenspitze geraten.

Aber das ist nichts, was mich jetzt irritieren könnte. Meine Fassung ist sowieso dahin.

Weil sie nichts von dem sagt, was ich jetzt erwartet habe. Nichts von dem, was ich in ihren andersfarbigen Augen zu lesen glaubte. Emma, denke ich, Emma ist auf eine Art und Weise so sehr sie selbst, dass sie für mich zu einem hohen Prozentsatz einschätzbar ist. Ihre Reaktionen, ihre Sätze und Anmerkungen sind berechenbar für mich. Aber die hier ... nein, die ist nun wirklich das echte Gegenteil ...

»Ich wollte eigentlich gar nicht mitgehen«, stammele ich. Um etwas zu sagen. Denn sie sieht mich immer noch an. »Aber Michelin hat mir die Pistole auf die Brust gesetzt. Sie hat gesagt, es handele sich um einen Lesben ... ehm ... lebensnotwendigen, meinte ich ... Notfall.«

Antonie lacht laut. Ich bin super im Versprechen. Besonders wenn ich irgendwie magnetisch anziehenden lesbischen Frauen erzähle, dass ich hetero bin und sie sich davon null beeindruckt zeigen.

Null.

Deswegen stottere ich noch ein bisschen herum, bevor ich wieder vernünftige Sätze sprechen und ihr von dieser Schwofnacht damals erzählen kann. Mein Sträuben, meine Scheu und Zurückhaltung und Michelins amüsierte Überlegenheit. Als ich, etwas mutiger geworden, meine diffuse Vorstellung schildere, alle Frauen hier würden sich auf jede Unbekannte mit einem lauten Aufkreischen gleich draufstürzen, quiekt Antonie auf.

»Genau das hab ich auch gedacht!«, kickst sie. »Und dass sie diese Willenlose, sprich mich, in ihrem draußen mit laufendem Motor geparkten Auto gleich in die nächste Lotterwohnung entführen!«

Jetzt lachen wir beide.

Wir lachen doch tatsächlich beide. Ich mit einem leicht verwunderten Unterton.

»Ist das nicht seltsam«, rutscht es mir da raus, »dass es uns da ähnlich gegangen ist. Solche Wahnvorstellungen!«

»Warum sollte eine von uns davon verschont bleiben?«, entgegnet Antonie. »Eine solche Anhäufung von Frauen macht nicht nur Männern Angst!«

»Ja«, sage ich, leiser. »Ja, aber ich meine ...« und breche ab.

Antonie nimmt einen tiefen Schluck und zeigt mir sofort wieder ihren schokobraunen Schnurrbart.

»Ich sag dir was: Ist eben ein Irrtum, dass es da Unterschiede gibt!«, zieht sie dann ein Fazit.

Ich weiß nicht.

Ich weiß das wirklich nicht.

Aber für diesen Augenblick, denke ich, kann ich es so stehen lassen.

Drei Kakao mit Sahne und Schokostreuseln obendrauf reichen aus, um sich schließlich satt und zufrieden zu fühlen. Mehr als nur dreimal Antonies Zungenspitze an ihrer Oberlippe, in ihren Mundwinkeln, lächelnd, das süße Weiß aufsaugend.

Was es alles für Geschichten gibt.

Liebesgeschichten.
Manchmal mit veränderten Namen.
»Ich ändere jetzt mal die Namen«, sagte sie und erzählte diese zum Brüllen komische Story von der Kontaktanzeige, die Patricia, die nicht wirklich Patricia heißt, aufgab und auf die Corinna, die nicht wirklich Corinna heißt, antwortete.

Eine gute Freundin von meiner Cousine Katja heißt aber wirklich Corinna. Und deshalb fiel mir diese andere Geschichte ein. Als Corinna nämlich, ich nannte sie Antonie gegenüber Katrin, sich in den Krankenpfleger Lukas, den nannte ich Paul, verliebte. Und daher bei ihrem Hausarzt vorgab, unter furchtbarem Bauchweh zu leiden. Der wies sie sogleich ins Krankenhaus ein, wo ›Katrin‹ tatsächlich auf ›Pauls‹ Station landete. Paul seinerseits mochte Katrin auch sehr und bemühte sich besonders um sie. Das war aber nur möglich, wenn Katrin starke Schmerzen hatte. Und die hatte sie, ja, und ob sie die hatte. Natürlich tat ihr in Wahrheit nichts weh. Erst recht nicht mehr, seit Paul ständig an ihrem Bett auftauchte und charmante Bemerkungen über ihren unglaublich sexy wirkenden Nicky-Schlafanzug machte. Damit Paul noch häufiger in ihrem Zimmer auftauchte, bekam Katrin noch stärkere Schmerzen. Und ehe sie sich versah, war für den nächsten Tag die OP anberaumt. Alle Beteuerungen, das Bauchweh sei plötzlich wie weggeblasen, halfen nichts. Und so können sich die beiden heute noch über die kleine, hübsche Blinddarmnarbe freuen, die Katrins Bauch ziert.

»So kann es also laufen mit der Liebe«, sagte ich, und Antonie nickte lachend und erzählte eine neue Geschichte.

Jetzt ist es halb fünf durch. Ich schließe die Wohnungstür auf und lasse die verpennte Loulou noch einmal zum Pinkeln raus. Stehe draußen neben ihr. Lächelnd. Michelin war irgendwann im Café aufgetaucht, »nur mal kurz Tschö sagen«. Einen Blick hatte die drauf. Die Luft heute Nacht ist wie im Frühling. Erdiger, wilder Duft.

Ich wünschte, ich selbst würde genauso riechen und nicht nach Zigarettenqualm, der in all meinen Klamotten hängt, in meinen Haaren, auf meiner Haut.

Nachts, kurz vor fünf unter der Dusche. Lächelnd. Warmes Wasser als Streicheln.

Und später dann hineinschlüpfen in einen frischen Pyjama. Lächelnd. Das muss sein. Irgendwie ist mir nach neu. Am liebsten würde ich auch das Bett beziehen, wie ich es am Silvesterabend immer tue. Um zu Neujahr in einem frischen Kissen zu schlafen.

Der Pfad zum Bett führt eigentlich aus dem Badezimmer direkt ins Schlafzimmer. Dazwischen liegt nur ein kleiner Flur. Es sind nur ein paar Schritte.

Doch dann mache ich ihn doch. Den klitzekleinen Umweg über den Computer.

Anknopf. Lächelnd.

```
Willkommen.
 Sie haben Post.

Ich hab dich tanzen gesehen.
 Du hast deine Schritte gesetzt und die Hände
 bewegt, als sei die Luft zum Streicheln da. So
 war es am Anfang. Aber später, da hat es sich
 geändert. Wieso hat es sich geändert, dachte
 ich. Später hast du manchmal um dich geschla-
 gen. Beim Tanzen. Auch das habe ich gesehen.
 Ich habe entdeckt, dass du so bist wie deine
 Worte. Dass du mal mutig bist und mal ver-
 schreckt, dass du bereit bist, alles zu wa-
```

gen, aber vielleicht noch nicht die gefunden
hast, für die du es tun möchtest.

Ich starre auf den Bildschirm, eine Hand auf meinem Magen.

Von meinem Gesicht ist das Lächeln verschwunden. Meine Finger gleiten über die Tasten.

Warum willst du nicht, dass ich dich sehe?

Die Nacht ist unruhig.

Am Morgen erledige ich diszipliniert alles, was ich jeden Morgen erledige. Damit meine ich profane Dinge wie Zähneputzen und Anziehen, mit Loulou auf den Berg gehen. Frühstücken. Gegen Ende meiner morgendlichen Erledigungen werde ich immer schneller und schneller, sodass Loulou von meiner Hektik angesteckt wird, mir beunruhigt überallhin folgt und ich fast über sie falle, als ich schließlich zum Computer stürze.

Emma hat mir eine einzige Zeile geantwortet:

Ich habe auch eine Frage: Wer war die Frau in Blau?

5. In der Lesbenszene sind alle gleich

*Es war eng geworden. Sehnsüchtig
standen sie beide heimlich vor den
Spiegeln und forschten nach sich
selbst. Fanden nur zerstreute Stücke.
(Seite 89 des Romans »Von der Umkehr der
Endgültigkeit«, Patricia Stracciatella)*

»Sie hat mich auf dem Schwof gesehen«, teile ich Michelin am Montagmorgen mit, als ich zur Tür hineinstolpere. Sie kommt gerade mit zwei Kaffeebechern in den Händen aus der Küche und bleibt vorsichtig mitten im Flur stehen.

»Guten Morgen«, erwidert sie dann und betrachtet mich einen Augenblick sinnierend. »Ich nehme an, du sprichst von Emma?«

»Si.«

»Weiter nehme ich an, dass sie dir gemailt hat, dass sie auf dem Schwof war, sich dir aber nicht zu erkennen gegeben hat?«

»Si.«

»Deinen tellergroßen Augen sehe ich an, dass noch was anderes passiert ist, das du mir wahrscheinlich gleich erzählen wirst.«

Ich könnte sie knutschen, dass sie mich so direkt danach fragt.

»Sie will wissen, wer Antonie ist!«, platze ich heraus.

Michelin spitzt ihre Lippen und tut so, als müsse sie scharf nachdenken.

»Komisch«, murmelt sie dann. »Wie kommt sie denn auf so eine Frage?«

»Weil sie uns beobachtet hat, natürlich«, grumpfe ich. »Wir haben doch häufiger miteinander getanzt und später lange zusammen im Café gesessen.«

»Wollte sie auch wissen, wer ich bin?«, fragt meine liebe Arbeitskollegin gespielt naiv.

Michelin mit ihrer Rhetorik! Aber sie hat Recht. Denn mit ihr habe ich ja auch öfter getanzt. Um genau zu sein, haben Michelin und ich viel deutlicher *miteinander* getanzt als Antonie und ich. Denn schließlich war ein Miteinander bei Antonies In-sich-Kehren kaum möglich. Aber vielleicht war der Beobachterin Emma nicht entgangen, dass es zwischen Antonie und mir anders war als zwischen Michelin oder Frederike und mir. Bei dem Gedanken daran, dass Emma mich womöglich dabei betrachtet haben könnte, wie ich meinerseits ganz versunken war in den Anblick von Antonies geschlossenen Augenlidern, wird mir ganz schwindlig.

»Auf alle Fälle steht jetzt fest, dass sie ganz sicher eine Frau ist«, lenke ich ab.

»Beruhigt oder beunruhigt dich das?«, erkundigt sich Michelin interessiert.

Darüber habe ich noch gar nicht nachgedacht.

Michelin balanciert unsere Kaffeebecher zu den Schreibtischen und sieht mir zu, wie ich umständlich meine Arbeitstasche abstelle und ein paar Unterlagen herauskrame.

»Ich muss dir was beichten!«, platze ich da heraus und sprudele hervor, dass Emma und ich eine vage Verabredung hatten, die wieder sie vorgeschlagen hatte. Und wieder war sie diejenige, die nicht erschienen ist. Diesmal allerdings auch noch mit der Steigerung, dass sie zwar am besagten Ort war, sich aber dennoch nicht zu erkennen gegeben hat.

»Ich bin wirklich nicht zur Detektivin geeignet«, meint Michelin dazu. »Sonst wäre mir jetzt gleich aufgefallen, dass da so was gewesen sein muss. Woher sollte sie denn sonst wissen, wie du aussiehst, bei dem ganzen Gewimmel auf dem Schwof. Sie muss also irgendwo gestanden und dich beobachtet haben, wie du da auf sie gewartet hast. Und wahrscheinlich hat sie zwar lange dunkle Haare und graue Augen, aber außerdem auch einen Buckel, oder sie ist nur einsfünfundvierzig groß oder sonst irgendwas, weswegen sie von deiner imposanten Figur eingeschüchtert sein könnte«, fantasiert meine Freundin ins Blaue hinein.

Aber ich muss gestehen, dass mir so ein ähnlicher Gedanke auch schon gekommen ist.

»Unglaublich!«, regt Michelin sich gerade auf. »Dich schon zum zweiten Mal zu versetzen und sich dann nicht weiter zu melden als nur mit 'nem einzigen Satz.«

Ich druckse ein bisschen herum. »Na ja, also, um ehrlich zu sein ... sie hat mir gestern ein paar Mails geschrieben.«

Michelin spitzt die Ohren.

»Ein paar Mails?«

Ich ordne die Unterlagen für meinen nächsten Auftrag nach den Seitenzahlen.

»Frauke, was meinst du mit ›ein paar Mails‹? Was hat sie dir denn geschrieben?«

»Gedichte. Entschuldigungen. *Verzeih mir. Ich kann dir nicht sagen, wieso ich so bin.* So was halt.« Wenn ich daran denke, dass ich gestern in einem halbstündigen Rhythmus eine Nachricht von ihr bekam, wird mir ganz sonderbar zu Mute. Wieso tut sie so was? Und lässt mich dann wieder stehen?

»Sind Frauen eigentlich alle so kompliziert?«, platze ich da heraus.

Michelin verbrennt sich die Zunge an einem Schluck Kaffee.

»Was denkst du denn?«, mault sie mich an und fächelt sich Luft in den Mund. »Du bist doch selbst eine. Findest du dich etwa unkompliziert?«

Irgendwie kann ich es gar nicht verhindern. Ich weiß nicht, wieso es passiert. Aber plötzlich habe ich Pipi in den Augen. Und so sehr ich auch blinzele und plinkere, es will einfach nicht verschwinden.

Michelin verzieht ihr Gesicht, als würde ihr etwas weh tun, steht von ihrem Stuhl auf und kommt um den Schreibtisch herum zu mir. Ihre Umarmung ist etwas schüchtern. Wir kennen uns gut, aber es gibt Momente, in denen selbst Menschen des Alltags uns irgendwie ungewohnt erscheinen.

»Frauke, Süße«, murmelt sie jetzt beruhigend und streicht mir behutsam über den Rücken. »Du bist eine höllisch attraktive Frau. Du wirst ganz sicher nicht lange allein bleiben. Hab nicht so viel Angst, mein Herz.«

Ich halte den Atem an, als sie das sagt. »Glaubst du, dass das der Grund ist, wieso ich so verwirrt bin? Ich habe Angst, allein zu bleiben?« Mir ist gleich noch mehr zum Heulen.

Michelin rückt ein kleines Stückchen von mir ab und schaut mich an, ihre Stirn ist in besorgte Falten gelegt. »Wenn ich ehrlich sein soll, ja, das glaub ich. Aber du kennst doch meine Einstellung dazu ...«

Ich unterbreche sie, und mein Lachen klingt nur halb so hölzern, wie ich es vermutet hätte: »Ja, ja, ich weiß: Wenn mir die Liebe begegnen soll, dann wird sie es auch. Egal, welche Umwege ich dafür nehmen muss.«

So lautet nämlich Michelins viel beschworene Theorie. Und die wurde natürlich mit Pauken und Trompeten bestätigt, als sie letztes Jahr erst einmal auf dem Schwof Lena kennen lernen musste, um danach deren Mutter Angela zu begegnen, die sie ohne Lena wahrscheinlich niemals getroffen hätte.

»Genauso ist es«, Michelin nickt zufrieden und fährt mir noch einmal mit der Hand durchs Haar. »Und deswegen kannst du dich jetzt ganz entspannt an die Arbeit machen. Denn egal wer irgendwo für dich bestimmt ist, er wird auf jeden Fall dort warten ... er oder ... sie.«

Sie sieht mich für eine Sekunde an, als erwarte sie Widerspruch, vielleicht Protest. Aber ich sage nichts. Was sollte ich dazu denn auch sagen?

Als ich um vier meinen Arbeitstag beende, hängt Michelin noch im Internet und recherchiert. Ich murmele einen Gruß und schleiche zur Tür.

»Was ist mit der Verabredung zum Kino heute Abend?«, ruft Michelin mir noch nach.

»Dabei bleibt es. Katja holt mich vorher ab. Wir treffen uns dann mit dir und Jackie um halb acht im Foyer«, werfe ich zurück. Warum sollte sich daran etwas ändern? Schließlich gerät nicht gleich die ganze Welt aus den Angeln, nur weil ich ein bisschen durcheinander bin.

Gott sei Dank bleiben manche Dinge ja so, wie sie immer waren. Der Spaziergang mit Loulou im Wald zum Beispiel hält immer, was er verspricht: dreckverschmierte Hosenbeine, einen grau gefärbten Hund und jede Menge Frischluft, die mein zermürbtes Hirn ein wenig durchpustet.

Ich komme auf den Gedanken, dass das Leben gar nicht so tragisch ist, wie es mir in der letzten Zeit häufig scheint. Der goldene Oktober mit seinem Sonnenschein, der kräftige

Wind in meinen kurzen Haaren, die wirbelnden Blätter, das alles lässt mich für Momente wieder ganz ruhig werden.

Ich steige in den Wagen, als hätte ich eine einstündige Meditation hinter mir. Deren Wirkung hält allerdings nur an, bis ich zu Hause den Computer hochfahre und mich unter meiner E-Mail-Adresse anmelde.

Denn dann stockt mir der Atem. Mein Postkasten ist überfüllt. So viele Nachrichten. Und alle sind sie von einer Adresse ...

Ich öffne die erste.

Es ist ein Gedicht.

Die zweite ebenfalls.

Die dritte ...

Sie muss unendlich viele Gedichte kennen, die alle von Liebe und Sehnsucht und der damit manchmal verbundenen Traurigkeit handeln.

Vielleicht dichtet sie selbst. Direkt in ihren Computer hinein.

Manchmal nur wenige Worte, die sich auf meine Netzhaut brennen, schwarz auf weiß.

Nur die Letzte, die sie geschickt hat, heute Nachmittag um kurz nach drei, nur diese Letzte ...

```
Ich wage es einfach nicht. Ich wage es nicht,
dir gegenüberzutreten und zu sagen: Hier bin
ich. So bin ich. Mit jeder Mail von dir, mit
deinen bunten Worten und deinem Witz, deiner
Bodenständigkeit, deinem Alles, damit kann
ich nicht konkurrieren.
Es tut mir Leid.
```

Da könnte ich mich echt auf den Boden werfen und kreischen. Die spinnt doch! Sie spinnt doch total! Als ob ich irgendwas Besonderes wäre!

Etwas so Besonderes, dass sie es nicht wagt, sich mir zu nähern und mit mir zu sprechen. Stattdessen schickt sie mir Liebesgedichte, bombardiert mich mit poetischem Schmand. Und das ist genau das, wonach ich mich verzehre. Das ist teuflisch. Denn sie nicht wirklich zu kennen, macht sie zu einem Geheimnis, das mich verführt, es zu lösen. Ich möchte es entdecken, möchte ihm nah kommen.

Aber vielleicht verbirgt sich hinter diesem Rätsel ja gar nichts Besonderes, sondern etwas ganz Alltägliches oder gar etwas Abstoßendes, ein abgekartetes Spiel oder eine schlimme Profilneurose – jedenfalls nicht das, was ich darin zu sehen glaube.

Und ziemlich wahrscheinlich bin auch ich nicht das, was sie in mir zu sehen glaubt.

Wenn sie mir gegenüberstünde, würde ich mich bestimmt nicht trauen, ihr so etwas zu sagen, wie ich es ihr schreibe:

> Wonach suchst du? Wem bist du auf der Spur? Wonach sehnst du dich? Und zwar so sehr, dass du es nicht wagst, dich der Realität zu stellen, sondern lieber weiter E-Mails verschickst an ein Gespenst deiner Vorstellung?!

Würde sie mir gegenüberstehen, wäre ich stumm vor Aufregung oder würde floskeln vor Höflichkeit. Ich würde wohl nicht von mir geben, was mir wirklich durch den Kopf geht. Aber hier auf dem Bildschirm, da tue ich es. Vielleicht ist es ja auch das, was mich dazu treibt, ihr immer wieder zu antworten – auch wenn sie den Weg in die Realität nicht findet: Sie bringt mich auf die Art und Weise unserer Kommunikation dazu, ehrlich zu sein. Das ist eine Befreiung. Eine Erlösung von den üblichen Wegen der Annäherung. Die Erfüllung eines lang gehegten Wunsches.

Ich habe den Computer schon lange geschlossen, als es an der Tür schellt.

Loulou rennt bellend hin, und ich sehe auf die Uhr.

Das muss Katja sein, die vor dem Kinobesuch noch hier vorbeikommt.

Als ich ihr die Tür öffne, sehe ich, dass Katja offenbar der Meinung ist, dass es am heutigen Abend im Kino vor muskelbepackten, gut verdienenden und bindungswilligen Männern nur so wimmeln wird. Sie hat sich so aufgedonnert, dass ich blinzeln muss, als sie an mir vorbei ins Wohnzimmer geht.

Katja wirft mir nur einen Seitenblick zu. »Wie siehst du denn aus?«, überfällt sie mich dann mit reizender Stimme.

Ich schaue an mir herunter.

»Dein Gesicht!«, betont sie. »Ich meine, was machst du für ein Gesicht?« Sie lässt sich aufs Sofa plumpsen, wo sie sogleich von Loulou belagert wird, die auf eine extra Portion Ohrenkraulen hofft.

Ich bin ein bisschen beleidigt.

»Unter einer netten Begrüßung stelle ich mir was anderes vor«, flapse ich deshalb und bleibe in der Tür stehen, als wolle ich gleich die Wohnung verlassen.

»Nun sei nicht so«, meint Katja und klopft neben sich auf das Polster. »War nicht so gemeint. Aber du ziehst ein Gesicht, als sei deine Steuererklärung vom letzten Jahr verloren gegangen. Was ist denn los?«

Für eine einzige Sekunde huscht mein Blick hinüber zum Computer. Dann setze ich mich in Bewegung und nehme neben ihr Platz.

Katja ist mein kurzer Ausbüchser-Blick nicht entgangen, und nun betrachtet sie versonnen meinen Rechner, als gäbe es dort tatsächlich irgendetwas von Belang zu sehen.

Ich zögere.

Plötzlich zögere ich.

Heute Morgen konnte ich es kaum erwarten, Michelin alles zu erzählen. Ich hätte den ganzen Tag über nichts anderes reden und nachdenken können.

Aber jetzt zögere ich.

Katja nimmt das Buch auf, das auf dem Couchtisch liegt, wirft einen Blick hinein und seufzt tief auf.

»In letzter Zeit mache ich mir wirklich Sorgen um dich«, murrt sie. »Du bist nicht mehr so wie früher. Wenn du verstehst, was ich meine.«

»Keine Ahnung, was du meinst«, erwidere ich, obwohl eine dumpfe Ahnung mir im Genick sitzt.

Katja hält das Buch hoch, mit dem Finger an der Stelle, an der ich das Lesezeichen stecken hatte. »Früher hast du Krimis gelesen, keine Liebesgeschichten.«

Mein Blick ruht nun ebenfalls auf dem Buch.

»So was bedeutet doch nicht, dass ein Mensch sich grundlegend geändert hat«, gebe ich mit einem amüsierten Lächeln zu bedenken, das sagen soll, sie nehme hier wohl eine Kleinigkeit ein wenig zu ernst.

Meine Lieblings-Cousine sieht mich aus dem Augenwinkel heraus an und fährt mit der Zungenspitze einmal kurz über die Lippen. Das kenn ich nur zu gut. Sie ringt mit sich, ob sie was sagen soll.

»Spucks aus!«, ermuntere ich sie, bevor sie sich gleich ihren leuchtenden, nass glänzenden Lippenstift ganz abgeschleckt hat.

»Du erzählst nichts mehr«, murmelt sie, kaum verständlich.

Ich schweige.

Natürlich weiß ich, was sie meint.

»Früher hast du mir immer alles erzählt. Aber jetzt ... ich

habe das Gefühl, dass du mir Dinge absichtlich nicht sagst. Das ist ... ein ziemlich blödes Gefühl.«

Eine Erinnerungswolke tut sich auf. Ich tauche hinein in den weißen Nebel.

Katja und ich im Schlafzimmer ihrer Eltern. »Guck mal!«, sagt sie und zeigt mir ein Zehnerpack Kondome. Wir kichern und halten uns die gekreuzten Finger hin. Kein Wort darüber zu sonst irgendwem. Katja und ich auf dem Parkplatz hinter Aldi. Unsere Gesichter fleckig rot vor Aufregung. Unsere Jackentaschen verbergen geklaute Schokoriegel. »So was mach ich nie wieder!«, sagt sie, und ich: »Ich hätte mir fast in die Hose gemacht.« Gekreuzte Finger.

Katja und ich in der Pausenhalle nach der Abiturfeier. »Ich habs gemacht!«, jubelt sie wieder und wieder. »Ich hab ihn geküsst!« Achim Schwiers, Referendar für Deutsch und Englisch. »Aber das bedeutet ja gar nichts«, murmelt sie dann. »Ich meine, er war ja einfach nur geschockt. Und erwidert hat er den Kuss auch nicht, wenn ich ehrlich bin. Liebe ist doch was anderes ...« Unter Tränen gekreuzte Finger.

Wir, die Geheimnisträgerinnen. Die zwei, die alles geteilt haben, so lange sie denken können. So unterschiedlich wie Feuer und Wasser, so unzertrennlich wie Tag und Nacht. Die Wolke lichtet sich. Ich sitze wieder mit Katja auf meinem Sofa. Unsere Gesichter dem Buch zugewandt, das sie immer noch in der Hand hin und her dreht.

Warum habe ich ihr nicht erzählt, was Emma mir wirklich bedeutet?

Warum habe ich ihr verschwiegen, dass ich Antonie getroffen habe?

»Mensch!«, entfährt es mir, und Katja zuckt leicht zusammen. »So was von bescheuert hab ich mich ja selten gefühlt!«

Sie schaut mich verwundert an, vielleicht auch ein bisschen ängstlich. »Keine Ahnung, wieso ich so komisch drauf bin«, fahre ich fort, und das wird bestimmt nicht das Letzte sein, was ich sage. Ich rede und rede. Erzähle ihr die ganze Geschichte. Erzähle ihr von meinen altvertrauten Teenagergefühlen, von dieser bisher unbekannten und doch so eindeutigen Sehnsucht. Ich versuche zu erklären, wieso ich nicht aufhören kann, im Internet eine bestimmte Frau zu treffen, deren ganzes Wesen aus romantischen Gedichten zu bestehen scheint. Und ich spreche mit eindeutig zittriger Stimme vom wilden Flattern im Bauch bei den Visionsbildern von meinen Fingerspitzen an den Schläfen einer weiteren Frau.

Katja sitzt neben mir und hört nur zu.

Ihre große Klappe unter der sommersprossenübersäten Nase rührt sich nicht. Und ich bin heilfroh darum. Denn wenn sie nur eine von ihren flapsigen Bemerkungen einwerfen würde, würde mich das wahrscheinlich völlig aus der Bahn werfen, und ich würde auf der Stelle verstummen.

Doch sie sagt nichts.

Sie sagt sogar dann noch nichts, als ich bereits seit mehreren Minuten geendet habe und auch schweige.

»Schön, dass du mich in aller Ausführlichkeit hast ausreden lassen«, sage ich, sie schief angrinsend.

Katja blinzelt einmal kurz, als müsse sie aus einem Traum zurück in die Realität finden, dann kraust sie ihre niedliche Nase und stößt mit ihrem Ellenbogen kumpelhaft in meine Seite.

»Mann, Frauke, das sind ja Neuigkeiten ...« Sie schmunzelt zwar, aber wirklich vergnügt sieht sie dabei nicht aus. Irgendwie macht sie einen etwas mitgenommenen Eindruck, stelle ich ahnungsvoll fest.

»Auweia«, sage ich deswegen. »Hoffentlich habe ich

dich jetzt nicht überfordert damit? Ich dachte nur, es wäre doch wirklich schöner, wenn ich dir erzähle, was mich gerade so beschäftigt.«

Katja macht einen unsicheren Eindruck. Als zweifle sie an ihren eigenen Gedanken, die ihr im Kopf herumackern. Dass sie das tun, das kann ich regelrecht von außen sehen.

»Sicher. Natürlich ist es schöner. Ich freue mich ja, dass du es mir erzählt hast ...« Ihre Stimme wird für einen Moment leiser, aber dann hellt sich ihre Miene mit einem Schlag auf. »Weißt du, wer mir gerade einfällt? Hilde!«

»Hilde?«

»Hilde, die Frau von Thorstens Bruder. Du erinnerst dich doch sicher an sie?! Die ganze Clique hat sich darüber das Maul zerrissen. Vor zwei oder drei Jahren war das. Mann, da war vielleicht was los. Ich hätte nicht in ihrer Haut stecken wollen!«

So sehr ich mich auch anstrenge, ich kann keine Erinnerung an eine Hilde und einen mit ihr zusammenhängenden Skandal aus den Tiefen meiner Hirnwindungen hervorkramen.

»Was genau war denn mit Hilde?«, möchte ich wissen.

»Sie hatte sich bei einem Unfall das Bein gebrochen und musste danach noch behandelt werden und hatte doch tatsächlich was mit ihrer Ergotherapeutin. Das war vielleicht ein Theater, als das rauskam. Schlimmer als wenn sie mit einer ganzen Fußballmannschaft durchgebrannt wäre. Thorsten war ganz schön am Ende. Weißt du das nicht mehr? Ich hab dir das doch erzählt!« In meinem Kopf herrschte die Farbe Schwarz vor. »Alle haben gemeint, er soll sich von ihr trennen und so, aber er hat einfach nicht aufgeben wollen. Du musst dich doch noch daran erinnern, schließlich hast du sie einmal beim Abendessen bei mir getroffen. Da war aber schon alles gelaufen. Ich meine, dadurch dass er nicht aufgegeben hat, hat sich schließlich alles in Wohlgefallen aufgelöst. Keine Ahnung, was sie dazu gebracht hatte, so einen Trip zu chartern. Auf alle Fälle hat sie es schnell wieder in den Griff bekommen. Du brauchst also gar nicht beunruhigt zu sein. Wahrscheinlich ist das normal. Ich meine, wir Frauen haben ja wohl auch so was wie 'ne Midlifecrisis. Weiß der Kuckuck, was mir demnächst einfällt. Auf alle Fälle ist das eine Phase, die vorbeigeht.«

In den Griff bekommen. Trip chartern. Phase.

»Und was ist, wenn nicht?«, frage ich gleich zurück.

Katja schaut konsterniert.

»Wie? Was meinst du mit ›wenn nicht‹?«

»Na, wenn sich meine Gefühle nicht wieder in Wohlgefallen auflösen, wie du das gerade genannt hast.«

Katja schaut mich an, als wüchsen mir gerade aus der Stirn zwei Hörner. Sie versucht, darüber zu lachen.

»Das ist doch Quatsch«, schmettert sie und winkt ab.

Natürlich kann ich das so nicht stehen lassen.

»Ist es nicht! Denk doch bloß mal an Angela, Michelins Freundin. Die musste auch erst zweiundvierzig Jahre alt werden, um sich zu ihrer Liebe zu Frauen bekennen zu können. Bei der hat sich das auch nicht einfach wieder so aufgelöst.« Ich höre selbst, dass meine Stimme mittlerweile eine leicht hysterische Färbung bekommt.

»Jetzt mach aber mal einen Punkt!«, mahnt Katja mich, der das vielleicht auch aufgefallen ist. »Das ist doch nicht dein Ernst, oder? Ich meine, du wirst doch jetzt nicht von einem Tag auf den anderen lesbisch, oder?«

Wir sitzen nebeneinander auf meinem Sofa und starren uns für einen Augenblick an, als hätten wir uns noch nie gesehen.

Ich glaube, so ein Gespräch haben wir noch nie geführt.

Natürlich haben wir uns schon mal gestritten. Wir sind so grundverschieden, da bleiben Meinungsverschiedenheiten nicht aus. Auch wir haben miteinander gewisse Befindlichkeiten, die einen Zank vom Zaun brechen können. Aber irgendwas in mir flüstert mir zu, dass es hier und jetzt um etwas ganz anderes, um etwas Grundlegendes geht. Ich kann es noch nicht fassen. Aber es ist, als ob wir klären müssten, ob wir noch von der gleichen Art sind. Und das Ergebnis dieser Klärung würde alles entscheiden.

»Wieso eigentlich nicht?«, höre ich mich da selbst ganz provokant tönen. »Wieso sollte ich nicht lesbisch werden?«

Katja läuft unter ihren Sommersprossen dunkelrot an. »Weil das nicht *du* bist! Du stehst auf ... Männer!«

»Ach, ja? Woher weißt du das so genau?«

Katja ringt mit den Händen, bevor es aus ihr herausschießt: »Ich kenn dich, seit ich denken kann. Wir haben schon im Sandkasten miteinander gespielt. Weißt du noch, dieser blonde Johannes ...? Oder Martin? Oder ... wie hieß der noch? Der Sohn von dem Gemüsebauern? Christian? Christoph? Da waren doch zig Jungs, denen wir nachgestellt haben. Wir haben uns schon immer für Jungs interessiert. Und nie haben wir ...« Sie sieht mich für eine Sekunde rasch an. »Du hast doch nie daran gedacht, mit mir zu knutschen oder so?«

Meine Augen werden ganz von selbst schlagartig groß wie zwei Flummis. Ich glaub, gleich hüpfen sie mir aus dem Kopf. Katja und ich und ... knutschen?

»Hast du mal mit 'ner anderen geknutscht?«

Ich schüttele den Kopf.

»Gefummelt?«

Wieder Kopfschütteln.

»Nie? Nicht mit dreizehn, als du immer mit dieser Sandra rumgegangen hast? Und nicht mit zwanzig, als du plötzlich diese neue Busenfreundin, diese Hanna hattest? Und als du Michelin kennen gelernt hast? Ich meine, von der wusstest du ja, dass sie auf Frauen steht.«

Kopf von links nach recht, von rechts nach links.

Katja holt tief Luft und stößt sie geräuschvoll wieder aus. Sie sieht plötzlich irgendwie befriedigt aus.

»Na also«, zieht sie das Fazit. »Wenn du nie solche Ambitionen hattest, dann wird es doch jetzt nicht plötzlich anfangen. Wenn du nie das Bedürfnis nach mehr als nur einer echten Frauenfreundschaft hattest.«

Bilde ich mir das nur ein oder bin ich irgendwie außer Atem geraten von ihrem Plädoyer?

Ihre Worte hallen in mir herum wie Echos, die sich gegenseitig anstoßen und antreiben, weiterhin von einer Wand gegen die andere zu prallen. Ein paar Sekunden lang beherrscht mich der verlockende Gedanke, aufzuspringen und aus der Wohnung zu rennen. Dann wieder glaube ich, gleich in ein kreischendes Gelächter ausbrechen zu müssen. Von den Sturzbächen von Tränen, die hinter meinen Augen lauern, mal ganz abgesehen.

»Katja, ich kann ja verstehen, dass dich das jetzt aus dem Konzept bringt. Du kennst mich schon so lange, und nie war so was ein Thema. Aber bitte begreif doch, dass sich vielleicht gerade irgendwas Maßgebliches ändert in meinem Leben. Ich weiß ja selbst nicht, wieso und warum. Ich hab keine Ahnung, ob es wieder verschwindet oder bleibt. Aber Tatsache ist, dass mich Männer gerade ziemlich kalt lassen. Es gibt eine Frau ... na ja, zwei Frauen, die mich mehr als nur ein bisschen beschäftigen. Und ich habe wirklich keine Lust, gerade dir gegenüber so zu tun, als sei ich da nur an einer *echten Frauenfreundschaft* interessiert.«

Auf Katjas Stirn haben sich zwei tiefe Falten gebildet.

Ihre Augen funkeln mich an, und dann haut sie mit der Hand auf das Kissen neben sich. Loulou schreckt hoch und sieht sich empört um.

»Jetzt reichts mir aber echt!«, faucht Katja. »Erst das mit Lothar und jetzt das hier. Du kannst doch nicht ständig rumlaufen und mein komplettes Weltbild über den Haufen werfen!«

Da regt sich auch in mir der Ärger und ballt die Fäuste.

»Bitte? Ich hör ja wohl nicht recht. Ich bin doch nicht verantwortlich für deine heile Welt! Ich lebe mein eigenes Leben, und ich dachte, für uns gehört es dazu, dass die andere sich entwickeln kann, wie sie will, und wir stehen trotzdem zueinander ...«

»Natürlich!«, schreit sie. »Natürlich! Das war ja auch immer so!«

Danach wird es ganz still im Raum.

Loulou steht immer noch vor dem Sofa und glotzt uns aus ihren wissenden Hundeaugen derart entlarvend an, dass wir beide gleichzeitig die Hand nach ihr ausstrecken. Nur damit sie uns nicht mehr so ansieht.

»Komm mal her, Kleine!«

»Schätzken, Loulou ...«

Loulou stiefelt zu uns und lässt sich gerne kraulen.

Katja und ich sehen uns von der Seite an.

Ein paar Minuten reden wir nur mit dem Hund. Katja erzählt Loulou, dass sie offenbar irgendwie verwandt sind, wegen ihrer Sommersprossen und Loulous Flecken im Fell, und da sind in letzter Zeit ganz sicher auch ein paar dazugekommen. Und ich klappe Loulous Ohren um und murmele, dass mal wieder eine Grundreinigung mit Ohrentropfen angesagt ist. Aber bitteschön mit Stillhalten, denn sonst müssen wir gleich wieder zum Onkel Doktor, und das will der kleine brave Hund doch nicht, oder?

Beim Stichwort ›Onkel Doktor‹ fällt mir der Tierarzt Dr. Greve ein und zeitgleich damit natürlich auch Antonie. Und dann hole ich ganz tief Luft.

»Willst du denn jetzt noch ...«, beginne ich.

»Ich möchte auf keinen Fall ...«, legt sie gleichzeitig los.

Wir brechen beide ab und nicken uns zu.

»Fang du an!«

»Nein, du. Was wolltest du sagen?«

»Erst du!«

»Ich wollte fragen: Willst du denn jetzt noch mit ins Kino? Oder war das zu heftig für dich?«, beende ich den gerade begonnenen Satz. Ein wenig bang fühle ich mich dabei. So was kann ich nicht gut haben. Die Möglichkeit, dass sie aufstehen und gehen könnte. Sich womöglich eine Weile nicht melden. Nicht da sein. Irgendwie nicht da sein für mich, weil ich ... Nein, das könnte ich sicher nicht gut aushalten.

Doch meine Befürchtungen werden sofort zerstreut, weil Katja antwortet: »Wir werden uns doch jetzt von so einer albernen Diskussion nicht den Abend versauen lassen!«

Dieser Satz liegt für ein paar Momente wie eine Aufforderung zwischen uns.

Dann grinsen wir beide.

Es ist unser Geheimnisträgerinnen-Grinsen.

Ich glaube ganz sicher, dass es das ist. Und das kann nur etwas Gutes bedeuten. Nämlich, dass sich nichts geändert hat durch das, was ich erzählt habe. Vielleicht ist es ein bisschen neu und ungewohnt. Aber das Wesentliche, das wird wie immer sein. Hoffe ich.

»Und du? Was wolltest du sagen?«

Katja schaut zur Seite und dann auf die Uhr.

»Oh, Scheiße, wir müssen los! Wenn wir nicht in zehn Minuten am Kino sind, werden die beiden echt sauer sein!«

Wir springen also auf und werfen uns in unsere Jacken. Im Laufschritt rennen wir zu ihrem Wagen, schwingen uns hinein, und sie rast in die Stadt, wo wir Gott sei Dank einen günstigen Parkplatz bekommen. Gerade noch rechtzeitig hetzen wir über den Vorplatz auf das große Gebäude zu.

Von weitem kann ich schon Michelin und ihre gute Freundin Jackie am Eingang stehen und zu uns herschauen sehen.

»Ach so, was ich vorhin sagen wollte«, keucht Katja da noch, als fiele es ihr wirklich erst jetzt wieder spontan ein. »Ich möchte auf keinen Fall, dass sich was zwischen uns ändert. Egal, was jetzt weiter passiert. Das wollte ich nur sagen.«

Wenige Sekunden später kommen wir bei den anderen an.

Ich kann behaupten, dass es Filme geben wird, die mir länger und eindringlicher im Gedächtnis werden haften bleiben als dieser Thriller. Ehrlich gesagt, weiß ich kaum noch, wie der Film anfing, als wir zwei Stunden später wieder den Saal verlassen.

Der heutige Tag hat es echt in sich gehabt. Kein Wunder, dass ich mich auf fremde Geschichten nicht wirklich konzentrieren kann, wenn ich die ganze Zeit in meinem eigenen Film spiele.

Katja scheint unser Gespräch auch noch präsent zu haben. Im dunklen Kinosaal habe ich hin und wieder aus dem Augenwinkel wahrgenommen, wie sie den Kopf wandte und zu mir hersah. Auch jetzt guckt sie eher nachdenklich, als Michelin vorschlägt, dass sie mich doch schnell nach Hause bringen kann. Für Katja würde das einen Umweg bedeuten. Deswegen stimme ich zu. Aber als ich hinter Michelin und Jackie im Auto sitze, sehe ich immer noch Katjas fragenden Blick vor mir.

Als ob sich irgendetwas ändern würde. Warum denkt sie, dass es das tun wird? Ist es denn nicht vollkommen egal, wer mir nachts meine Träume klaut?

Ich fühle mich immer noch genau so wie vor ein paar Monaten oder einem Jahr. Ich bin die gleiche Person, derselbe Mensch. Und nichts Wesentliches ist anders geworden. Wieso also diese ganze verdammte Aufregung?

»Du bist so still heute Abend«, stellt Michelin fest, als sie vor meiner Haustür hält.

Einer Eingebung folgend lehne ich mich nach vorn: »Wollt ihr noch einen Tee trinken?«

Ich glaube, Jackie ist schon nah dran, den Kopf zu schütteln, als sie einen Blick von Michelin auffängt und nichts sagt, sondern nur nickt.

»Gern!«, sagt Michelin. Und so steigen die beiden mit aus.

Jackie federt vor uns her und pfeift die Titelmelodie aus dem Kinofilm. Ich erinnere mich noch gut, wie verblüfft Michelin war, als sie herausfand, dass ihre liebe Freundin Jackie und ihre Ex-Freundin Ellen heimlich eine Beziehung begonnen hatten: Die beiden, die sich immer so spinnefeind gewesen waren, wurden ein Liebespaar. Und Michelin war fassungslos. Denn nie hätte sie gedacht, dass ihre elfengleiche Ellen an der rotzfrechen und übermütigen Jackie auf diese Art Gefallen finden könnte. Doch die vergangenen Monate haben gezeigt, dass diese Kombination ideal zu sein scheint.

Ich lasse Loulou kurz zum Pipi-Machen raus, während Michelin schon mal den Wasserkocher für den Tee anheizt.

Dann sitzen wir an meinem kleinen Küchentisch, der mir plötzlich total winzig vorkommt.

»Manchmal vermisse ich sogar die Möbel«, murmele ich und streiche mit der Hand über das unbehandelte Holz. Lothar und ich hatten gemeinsam einen schönen, großen Landhaustisch, an dem zehn Personen gleichzeitig Platz gefunden hätten.

Michelin lächelt, ein wenig wehmütig. »Sei froh darüber«, rät sie mir. »Sei froh, dass du nicht täglich denkst: ›Gott sei Dank bin ich da weg!‹, denn das macht Trennungen doch wirklich so schrecklich: Wenn man sie so lange rausgezögert hat, dass man sie als eine unendliche Erleichterung empfindet.«

Jackie nippt an ihrem Tee und sieht sich interessiert um.

»Aber du hast es doch auch sehr hübsch hier. Ich finds jedenfalls total gemütlich!«, tröstet sie mich dann.

»Danke.«

»Das wird bestimmt ein richtiges kleines Kuschelnest, in dem sich jede wohl fühlen wird ...« Sie wird von einem lauten Räuspern Michelins unterbrochen.

»Hast du eigentlich heute Abend noch etwas von Emma gehört?«, erkundigt die sich.

»Ist das deine Internet-Bekanntschaft?«, hakt Jackie gleich nach, ohne dass ich die Chance zur Beantwortung der Frage hatte.

Ich werfe Michelin einen resignierten Blick zu.

Michelin zuckt die Achseln. »Frag mich nicht, woher sie das weiß. Ich staune selbst immer darüber, was sich so alles rumträgt in der Szene.«

»Woher wer was weiß?«, forscht Jackie misstrauisch. »Meinst du mich?«

»Ist doch auch egal«, seufze ich und winke ab. »Ich habe wirklich noch etwas von Emma gehört. Sie hatte mir mehr als ein Dutzend Mails geschickt.«

»Wow!«, kommentiert Jackie. »Das hätte ich auch mal gern!«

»Hättest du auch gern, dass diejenige, die dich auf diese

Art bombardiert, dann mehrfach nicht zu Verabredungen erscheint?«, kontere ich.

Jackie macht runde Augen. Das sieht bei ihr besonders witzig aus, weil ihre Haut schokoladenbraun ist und das Weiße ihrer Augen dann nur so blitzt. »Ach? Ich wusste nur von *einem* geplatzten Date.«

Ich glaube, ich lege nicht besonders viel Wert darauf, mich in diese Szene zu integrieren – egal wie meine Geschichte weitergeht. Ein derartig zuverlässiger Informationsfluss erschreckt mich nämlich.

Michelin gibt einen Ton von sich, der einem Teddy-Brummen ähnelt, und Jackie presst die Lippen fest aufeinander.

»Erzähl doch mal!«, fordert Michelin mich dann auf. Und ich berichte von den Mails in meinem Kasten. Von den Gedichten und den Entschuldigungen und dieser sonderbaren Art, mich auf ein Podest zu heben, auf dem ich mich nicht nur unangebracht, sondern auch unwohl fühle.

Nachdem ich geendet habe, macht Michelin ein Gesicht, in dem ich die gleiche Ratlosigkeit lese, die ich auch verspüre.

Jackie ist nicht der Typ, bei einer solchen Geschichte stumm dabeizusitzen. Sie schnalzt mit der Zunge und fährt sich damit einmal kurz und energisch über die Lippen.

»Die macht dir doch was vor«, gibt sie dann überzeugt von sich, als sei dieser Satz das Resultat aus tagelanger Grüblerei.

»Aber wieso? Wieso macht sie das?« Ich wäre ja froh, wenn sie einen Ansatzpunkt fände, der mir Emmas Verhalten erklären könnte.

»Liegt doch auf der Hand: Sie hat eine Beziehung!«

Ich spüre, wie ich nervös mit den Augendeckeln klappere, ohne es unterdrücken zu können. O.k., ich korrigiere: Ich wäre nicht über *jede* Erklärung froh.

»Du meinst, sie macht sich einen Jux daraus?«

»Warum nicht? Der Bildschirm ist geduldig.« Jackie knibbelt an einem Wachstropfen herum, der von der Kerze auf die Tischplatte gefallen ist.

Michelin schüttelt den Kopf. »Glaub ich nicht! Ich denke, dass sie es schon ernst meint. Aber wenn du Recht hast und sie tatsächlich eine Beziehung hat, dann wird es ihr ja umso schwerer fallen, je ernster sie es tatsächlich meint. In einer Beziehung zu stecken und sich per E-Mail in eine fremde Frau zu verknallen, das ist schon hart. Ich meine, stellt euch das mal vor... Sollst du die Fremde wirklich kennen lernen? Was ist, wenn ihr euch dann immer noch so mögt? Wirst du dann den Mumm aufbringen, die alte Beziehung zu beenden? Willst du die alte Beziehung überhaupt beenden? Was ist, wenn nur du dich verliebst? Dann stehst du plötzlich ganz ohne Beziehung da. Aber ist das nicht vielleicht sowieso das Beste, wenn da schon derartig der Lack ab ist? Das muss doch furchtbar sein, sich all diese Fragen stellen zu müssen!«

Michelin hat immer größtes Mitleid mit ambivalenten Menschen, die sich vor Entscheidungen scheuen. Vielleicht gerade deswegen, weil sie selbst sich niemals mit derartigen Zweifeln quält. Ich kenne wirklich keine andere Frau, die ihre Entscheidungen derart reflexartig und sicher fällt wie sie.

»Vielleicht hat sie einfach Spaß am Spiel?«, mutmaßt Jackie jetzt. »Kann doch sein, dass du nicht die Erste bist, mit der sie so ein Hickhack veranstaltet. Es soll ja Frauen geben, die so was geradezu als Hobby betreiben.«

Michelin legt ihre Hand auf den Arm der Freundin. »Lass uns mal nicht vom Schlimmsten ausgehen.«

»Das Schlimmste?«, echot Jackie temperamentvoll. »Das Schlimmste wäre, wenn sich herausstellt, dass sie in ihren Mails heimlich kleine Viren mit einschleust, die ...«

»Jackie?!«

»Schon okay.«

Ich muss über die beiden lachen, obwohl ich mich jetzt noch mehr verunsichert fühle.

Michelin merkt mir das wohl an, denn sie nimmt einen letzten Schluck aus ihrer Tasse und steht auf.

»Jetzt müssen wir aber in die Pofe, sonst sieht es morgen düster aus mit den Bürozeiten. Kommst du um halb zehn?«

Kommt drauf an, wen ich so auf dem Berg beim Spaziergang treffe, denke ich, aber sage nichts, sondern nicke nur und begleite die beiden zur Tür.

Als Jackie in ihre Jacke schlüpft, grinst sie mich noch einmal auf ihre fröhliche Art an und teilt mir mit: »Übrigens find ichs toll, dass du entdeckt hast, dass du lesbisch bist!« Ich schlucke. Mein Hals fühlt sich plötzlich heiß und trocken an. »Bei manchen dauerts eben länger. Und braucht ein paar Jahre Erfahrung mit der anderen Art«, fährt Jackie fort und zwinkert mich an.

Mein Hilfe suchender Blick zu Michelin rettet mich auch nicht wirklich. Denn sie wirft nur die Arme um mich und umarmt mich lange zur Verabschiedung. Ihr fester Druck sagt mir, dass auch sie manchmal nichts mehr zu sagen weiß.

Hinter den beiden schließe ich die Tür ab und lausche auf ihre Schritte im Treppenhaus und Jackies leicht beleidigte Stimme, die nölt: »Das konnte ich doch nicht wissen. Ich dachte, das wäre alles schon sonnenklar. Meine Güte, hab dich doch nicht so ...« Und dann fällt die Tür hinter ihnen ins Schloss.

Still stehe ich dort und lehne am Türrahmen.

Der Baum schweigt heute Abend.

Als ich hinüber ins Bad gehe, fällt es mir plötzlich wieder ein.

Ich sehe Hildes Gesicht vor mir. Eine blasse, dünn gewordene Frau mit unglücklichen Augen und einem Zug um den Mund, der von großem Kummer spricht. Die ganze unselige Geschichte fällt mir mit einem Schlag wieder ein. Doch das Bild, das ich vor mir sehe, ihr Anblick bei unserer ersten und bisher einzigen Begegnung, das war, als sie wieder mit Thorsten zusammen war. Eingetaucht in die dumpfe Sicherheit einer festen Beziehung, in der sie doch ganz offensichtlich nicht mehr glücklich war.

Versunken stehe ich einen Augenblick vorm Badspiegel und starre mich an.

Warum ist sie zurückgegangen damals?

Warum war es nicht mehr als ein Versuch?

Wollte sie vielleicht einfach irgendwo ganz sicher dazugehören?

6. Eine Nacht bedeutet gar nichts

*Es wäre einfach, zu gehen. Sie dachten
beide daran und taten es nicht. Ihr Kampf
hatte sie ermüdet, und nach einer Schlacht
trafen sie einander unvorbereitet ohne
Panzer, mit nackter Haut. Und da
erinnerten sie sich. Sie stellten die Waage
auf und warfen in die Schalen, was ihnen
einfiel. Die Waage schlug aus.*
*(Seite 145 des Romans »Von der Umkehr der
Endgültigkeit«, Patricia Stracciatella)*

Das kann gar nicht sein.
Ich werde nicht lesbisch, nur weil eine Frau mir täglich zwanzig Mails in meinen Postkasten schickt.

Aber vielleicht kann ich lesbisch werden, weil eine andere Frau mich mit ihren Blicken so durcheinander bringt, dass ich glatt die ganze Nacht von ihr träume.

Ach ja, solche Träume gibt es also auch noch. Die haben mich eine ganze Weile nicht bedacht. Aber offenbar wollen sie jetzt aufholen, was sie jahrelang versäumt haben.

Natürlich würde ich lügen, wenn ich behaupten würde, dass ich keinen blassen Schimmer habe, wie es wohl wäre mit einer Frau.

Und das liegt bestimmt nicht an dem Video, das Katja einmal mitbrachte, aus der Sammlung des Vaters ihres damaligen Freundes. In dem Porno haben es auch zwei Frauen miteinander gemacht. Aber mir war schon mit vierzehn klar, dass die Realität anders aussehen muss. Diese beiden stark geschminkten Darstellerinnen, die den Großteil des Films mit weit aufgerissenen Mündern agierten, wirkten mehr als künstlich.

Genauso tumb wäre es wohl, sich vorzustellen, dass zwei Frauen immer nur zart streichelnd im Bett liegen. ›Blümchensex‹ nennt Michelin das grinsend.

Nein, ich denke, dass ich mir schon durchaus ein Bild davon machen kann, wie es wohl wäre. Sowohl das Zarte als auch das Wilde. Und wenn ich meine Träume erinnere, in denen sowohl das eine als auch das andere eindrucksvoll vorkommt, dann vertraue ich denen eher als einem für Voyeuristen produzierten Hochglanzmagazin.

Also wäre die Behauptung, ich wüsste nichts darüber, einfach totaler Unsinn.

Aber wem gegenüber sollte ich das behaupten? Niemand fragt mich danach. Alle sind ja schon von der bloßen Tatsache, dass eine Frau mich auf diese gewisse Art und Weise interessiert, völlig von den Socken.

Alle sind ganz wild darauf, sich endlich ein klares Bild von meiner zukünftigen Lebensweise und sicherlich da einbezogen auch der Sexualität machen zu können.

Und wenn ich ehrlich bin, lässt mich diese Überlegung auch nicht ganz kalt.

Vielleicht bin ich bisexuell? Vielleicht bin ich lesbisch? Aber was, wenn ich einfach nur ICH bin? Ohne erläuternden Zusatz. Ohne Aufschrift, die es allen Frauen und Männern leichter machen würde, mich zu katalogisieren und mich mit dem beruhigenden Gefühl der Berechenbarkeit in einer Schublade verschwinden zu sehen.

Ich wäre wirklich heilfroh, wenn ich mich nicht definieren müsste. Nicht den Menschen gegenüber, die mich mit fragenden Gesichtern umgeben. Und auch nicht vor mir selbst.

Meine Liebe zu Lothar wische ich jedenfalls nicht einfach weg wie Kreide von einer Tafel.

Warum immer sagen müssen, ich gehöre hierhin, ich gehöre zu euch, so wie ihr euch definiert? Warum nicht einander so sein lassen, wie man ist? Ausschließlichkeit, wer kann das schon? Vor drei Jahren zum Beispiel, da haben Lothar und ich überlegt, ob wir ein Kind möchten. Da hätte ich doch nie im Leben daran gedacht, dass wir uns trennen und dass ich jetzt plötzlich solche Gefühle entwickeln kann für eine Frau ... oder, na ja, zugegeben: zwei Frauen.

Machen zwei Frauen, die in mir gewisse Dinge auslösen, mich schon lesbisch?

Alle sind so schnell bei der Hand mit ihren Diagnosen und Schubladen. Ich will das wirklich nicht.

Was ich aber unbedingt will, ist Lothar zu sehen. Ich vermisse ihn, und sogar die beiden Katzen fehlen mir in der letzten Zeit. Das ist ein absolutes Alarmzeichen.

Also mache ich mich nach der Arbeit auf den Weg zu seiner Wohnung.

Als Loulou die Gegend erkennt, wird ihr Trab noch ausgreifender. Als wir in die Straße einbiegen, galoppiert sie voraus zum Haus. Ich muss über ihren Eifer lächeln. Aber ein bisschen stimmt ihr fröhliches Lächeln, das sie nur in größter Freude zeigt, mich auch wehmütig.

Er öffnet nicht. Wahrscheinlich ist er nicht da.

Meine Hand liegt an der Tür, als würde ich trotz mehrmaligem vergeblichen Klingeln immer noch hoffen, dass der Summer geht und die Tür aufspringt. Loulou jankt ein bisschen und schaut mich auffordernd an.

Der Schlüssel hängt zu Hause an meinem Schlüsselbrett. Nicht mehr an meinem Bund, den ich jeden Tag mit mir herumtrage. Ich kann es nicht ausstehen, Schlüssel mit mir herumzuschleppen, die ich nicht ständig brauche. An meinem Bund sind nur mein Autoschlüssel, mein Haus- und Wohnungsschlüssel und die Schlüssel zum Büro. Den Schlüssel zu Lothars Wohnung, die mal unsere gemeinsame war, habe ich mit klammen Fingern aus dem Ring gefummelt. Den brauche ich nicht ständig, habe ich dabei gedacht. Nur vielleicht im Sommer, wenn er – ohne mich – in Urlaub fährt und ich die Katzen und die armen, von eben jenen Katzen malträtierten Grünpflanzen versorge.

Jetzt würde der Schlüssel mir auch nichts nützen. Jetzt würde ich zwar hineinkommen, aber dann würde ich in der Wohnung stehen, die einmal mein Zuhause war, wahrscheinlich müde begrüßt von zwei gelangweilten Schnurrbartträgern. Was würde ich allein in dieser Wohnung machen? Außer mich grässlich einsam zu fühlen?

Der Gedanke, wo Lothar sein könnte um diese Uhrzeit, wabert in meinem Kopf herum wie eine gewaltige Wolke dunkelblauer Tinte.

Sonst war das doch immer die Zeit, zu der er ganz sicher zu Hause anzutreffen war. Zwischen Arbeit und eventuellen Abendaktivitäten. Vielleicht sogar in der Badewanne, mit einem halben Glas Wein. Dann würde er natürlich nicht die Tür öffnen. Lothar ist nicht so neugierig wie ein Eichhörnchen oder wie ich und lässt sich von jedem x-beliebigen Hermes-Boten aus der Wanne schellen: Päckchen für den Nachbarn.

In meinem Handy habe ich die Nummer gespeichert, aber das wäre nicht nötig. Ich kenn sie natürlich immer noch auswendig. Ich warte das Piepen des Anrufbeantworters ab und quäke dann: »Leg sofort das Quietsche-Entchen zur Seite und mach gefälligst die Tür auf! Ich bin es!«

Und dann schelle ich noch mal.

Wieder tut sich nichts.

Ich kann es gar nicht gut leiden, einfach so unverrichteter Dinge wieder gehen zu müssen.

Sechs Jahre lang war er immer da, wenn ich zu ihm wollte.

Aber jetzt nicht länger.

Loulou zögert nur einen kleinen Moment lang, dann trabt sie wieder fröhlich vor mir her. Sie findet sich mit schlichten Tatsachen einfach viel besser ab als ich. Ihr ist keinerlei Enttäuschung anzumerken.

Ich dagegen schleiche den gewohnten Weg entlang, als hätte ich eine Trauernachricht erhalten.

Mein Abend ist geplatzt.

Was soll ich jetzt damit anfangen?

An der Straßenecke pralle ich zurück, weil ich fast frontal mit einer Frau zusammenstoße, die im Laufschritt des Weges kommt. Ich war so in Gedanken versunken gewesen, dass der Schreck mir wie ein körperlicher Schmerz in alle Glieder fährt und meinen Magen zusammenknäult zu einem schmuddelig grauen Tennisballverschnitt. Wir starren uns für eine Sekunde gleichermaßen erschrocken an.

»Du?«, sagt sie, und ich muss plötzlich lachen. Typisch, dass sie mal wieder rennt.

»Ja, so was Ähnliches hab ich auch gerade gedacht«, antworte ich. Obwohl ich eigentlich gar nichts gedacht habe. Wirklich nichts. Nur gefühlt.

Antonie schüttelt den Kopf und schnaubt ein paarmal die Luft aus, als müsse sie Dampf ablassen, damit sie nicht aus Versehen weiterrennt.

Jetzt erst nehme ich überhaupt wahr, dass sie nicht allein ist. Während Antonie sich zu Loulou runterbeugt und die wild Wedelnde freundlich anspricht und streichelt, wechsele ich einen Blick mit der Frau, die kurz hinter Antonie stehen geblieben ist.

Es ist die Kurzhaarige aus der Tierarztpraxis, die neulich zu spät zur Ablösung kam. Britta heißt sie, erinnere ich mich, und nicke ihr freundlich zu. Doch ihre Stirn bleibt dunkel umwölkt.

Wir stehen einen Moment alle drei wortlos voreinander. Bis Antonie fragt: »Was machst du? Bist du auf dem Weg zum Griechen?« Dabei lacht sie so spitzbübisch, dass ich gar nicht anders kann, als sie unglaublich süß zu finden und mich mit diesem Gedanken selbst mal wieder aus der Fassung zu bringen.

»Ich wollte eigentlich einen Besuch machen ... Lothar«, stammele ich und deute mit dem Daumen hinter mich. Britta macht ein bemühtes Gesicht, das aussieht, als sei es eine echte Strapaze, mir zu folgen. Ich kann es ihr wirklich nicht verdenken. »Lothar war aber nicht da«, schließe ich aussagekräftig und klappe den Mund demonstrativ zu. Am besten, ich mache ihn auch gar nicht wieder auf.

»Aha.« Antonie verschränkt die Arme vor der Brust.

Sie sieht Britta auffordernd an.

Diese erwidert den Blick mit hochgezogenen Brauen.

»Wolltest du nicht noch zur Drogerie?« Fehlt nur noch, dass Antonie ihr einen auffordernden Klaps gibt.

Britta zögert und schaut zwischen Antonie und mir hin und her.

»Ich dachte, du wolltest den Foto-Film abgeben?«

Antonie scharrt mit dem Fuß auf dem Gehweg. Loulou macht sofort einen langen Hals, um zu schnuppern, ob das vielleicht ein Hinweis auf ein fallen gelassenes Leckerchen sein soll. O.k., ich revidiere meine Aussage von vorhin: Auch Loulou kann enttäuscht aussehen.

»Ach, das hat auch Zeit bis morgen.«

Keine Ahnung, was zwischen den beiden hier gerade abgeht. Ich glaube, ich will es lieber nicht wissen.

»Tja, ich werd dann mal ...«, brumme ich undeutlich und trete von einem Bein aufs andere, als könnte ich es gar nicht erwarten, meinen Weg fortzusetzen.

»Diese Richtung?«, fragt Antonie und deutet in die, aus der sie gerade gekommen ist.

Ich nicke.

»Ach, dann begleite ich dich ein Stück, wenn es dir recht ist?«

Ich zucke die Achseln. Obwohl meine Handflächen schon wieder schwitzig werden.

Britta sieht aus, als würde sie mich gerne teeren und federn. Und Antonie wahrscheinlich gleich mit.

»Dann bis morgen!«, pflaumt sie und setzt ihren Weg fort, ohne sich noch mal umzudrehen.

»Bis morgen!«, ruft Antonie ihr noch nach und zieht achselzuckend, an mich gewandt, eine Grimasse.

Aber da sie nichts weiter dazu sagt, frage ich auch nicht. Wir gehen nebeneinander her, Loulou im heiteren Zockeltrab.

»Wie kommt es, dass du Lothar besuchst? Habt ihr noch netten Kontakt zueinander?«, fragt sie einfach so. Es klingt interessiert, und deswegen riskiere ich eine ehrliche Antwort: »Ich hab ihn vermisst. Ich vermisse ihn oft. Wenn man ein paar Jahre so eng miteinander verbracht hat, ist es merkwürdig, den anderen plötzlich nicht mehr jeden Tag zu sehen, nicht?«

»Ja? Ich weiß nicht. Ich hab das noch nie so erlebt. Aber das klingt so, als hättet ihr die Trennung gut hinbekommen. Ich meine, meistens geht es doch eher im Streit auseinander. Oder zumindest so, dass man sich hinterher nicht mehr unbedingt über den Weg laufen möchte.«

Das tut gut. Dass sie das sagt, tut gut.

Immer denke ich, ich habe so viel falsch gemacht. Und diese Vorwürfe, diese Zweifel, warum konnte ich nicht bleiben. Warum konnten wir nicht beieinander bleiben. Da tut es einfach gut, wenn eine sagt: ›Das habt ihr aber gut gemacht!‹ und damit unsere Trennung meint, genau das, was ich immer als Versagen betrachte.

Dabei lassen wir es.

Antonie geht ohne großes Getue über zu ganz anderen Themen. Der Kinofilm, den sie gestern gesehen hat und der interessanter gewesen zu sein scheint als der, den wir uns ausgesucht hatten. Ein wertvoller Perserkater, der bei der Routine-Untersuchung in der Praxis total ausgetickt ist. Er ist über Tisch und Bänke gesprungen, hat Dr. Greve in die Hand gebissen, seinem Frauchen die Nase zerkratzt und bei seinem Tarzantanz auch noch seine Analdrüsen ausgedrückt.

»Bestialisch!«, kommentiert Antonie diese Duftmarkierung und verzieht das Gesicht, als müsse sie sich gleich übergeben.

»Wahrscheinlich hatte er Angst«, versuche ich die grobe Unhöflichkeit des Zuchtkaters zu entschuldigen.

Antonie grinst. »Ist das ein Grund? Angst haben wir doch wohl alle vor irgendwas. Aber trotzdem benehmen wir uns, wenn wir bei fremden Leuten sind.«

Ihr Blick auf die Dinge ist wirklich ein unverstellter.

»Was hast du denn jetzt noch so Spannendes vor?«, will sie dann interessiert wissen und schaut relaxt auf die Uhr.

Wir sind gar nicht gehetzt bisher. Offenbar hat sie einen ruhigen Abend.

»Offen gesagt, habe ich gar nichts Spannendes vor. Ich wollte jetzt nach Hause gehen und mir einen Tee machen. Das ist alles.«

»Das klingt doch nett.«

»Ja?« Ich schaue sie für einen Moment von der Seite an, und schon habe ich es gesagt: »Komm doch mit, wenn du Lust hast!?«

Und sie sieht nur für einen winzigen Augenblick verblüfft aus, dann lächelt sie breit. »Gerne!«

Wie wir so weitergehen, steht also fest, dass Antonie und ich wahrscheinlich den Abend miteinander verbringen werden. Und das puscht mein Adrenalin ziemlich.

Ich plappere und quatsche und erzähle, dass ich mich selbst kaum wiedererkenne, bis wir auf meinem großen Sofa sitzen und ich uns aus der Kanne Roibosh-Tee eingieße.

Das ist der Moment, wo ich wieder stiller werde und begreife, dass sie hier ist. Eine Erscheinung vom Morgenberg, aus der Tierarztpraxis, vom Schwof, plötzlich hier in meiner Wohnung, in meinem Leben. Die Einsicht, dass es sich hier um die Realität handelt und nicht um eine meiner in letzter Zeit etwas wirren Fantastereien, macht mich für ein paar Minuten stumm.

Antonie sieht sich um.

Sie betrachtet das Bücherregal mit den fünfhundert Krimis und vielen anderen Büchern, die mich begleitet haben. Sie schaut sich den Kerzenleuchter mit den neun Armen an. Die Porzellanelfe, versteckt in der Grünpflanze auf der Fensterbank. Sehnsuchtskalender Provence. Und lange hängt ihr Blick an meiner Computerecke. Den Fotos, den siebenundneunzig mir ans Herz gewachsenen Kleinigkeiten, die sich oben auf dem Bildschirm und dem Wandregal daneben tummeln.

Sie kann nicht wissen, was meine Computerecke mir sonst noch bedeutet. Welche Mails womöglich in meinem Rechner auf mich warten. Das kann sie nicht mal ahnen. Trotzdem beunruhigt es mich, dass ihr Blick sich so lange dort aufhält.

»Das Bild da vorne, der mit der roten Jacke, das ist Lothar«, erkläre ich.

Gar nicht so schwer. Wenn es einmal ausgesprochen ist, dass es Lothar gibt, dann ist es gar nicht schwierig, ihn hin und wieder mal zu erwähnen.

Antonie steht auf und geht hin. Nimmt das Foto in die Hand, nachdem sie mir einen kurzen Blick zugeworfen hat und ich genickt habe. »Warum habt ihr euch denn eigentlich getrennt?«, möchte sie wissen, während sie das Bild genau betrachtet.

Sie kommt zum Sofa zurück und setzt sich neben mich. Näher als vorher. Bestimmt ein ganzes Stück näher.

»Na ja, da gab es diesen einen Abend. Eigentlich ein Abend wie jeder andere. Und wir sprachen darüber, was wir einander bedeuten, und auch darüber, was wir einander nicht mehr bedeuten. Und dann stellten wir uns vor, dass wir es einfach so weiterlaufen lassen würden zwischen uns. Das wäre kein Problem gewesen, weißt du. Es wäre einfach gewesen. Viel einfacher als die Trennung. Aber dann stellten wir uns noch weiter vor, dass dann vielleicht irgendwann jemand daherkäme und ihn oder mich wieder verzaubern würde. Jemand, der dann plötzlich alles das bedeuten könnte, was wir einander nicht mehr bedeuten können ... ach, ich bin konfus. Ich rede Unsinn.« Das könnte daran liegen, dass sie sich zu mir beugt, während ich spreche. Nicht nur, dass sie näher sitzt als vorher. Sie wendet sich auch noch mit ihrem ganzen Körper zu mir.

»Du meinst, dass wahrscheinlich irgendwann einer von euch sich in jemand anderen verliebt hätte und dann die Trennung richtig scheiße geworden wäre?!«

Ich atme tief ein. So einfach kann man das also auch formulieren.

»Genau.«

Antonie verhakt ihre Finger ineinander und sieht nachdenklich aus. Ganz ruhig wirkt sie. Kaum vorzustellen, dass sie manchmal wie Miss Dampflok persönlich daherbraust. Und kaum zu denken, dass sie zu lauter Musik auf diese ganz eigene Art tanzt, bei der ich ihr zugeschaut habe.

Als die Erinnerung an ihren Tanz-Anblick sehr deutlich vor meinem inneren Auge aufzieht, greife ich schnell nach meiner Teetasse.

»Warum habt ihr euch denn eigentlich getrennt, Simone und du?« Auf dem Schwof, bei unserem langen Gespräch im Café, hat sie Simone nur kurz erwähnt. Drei Jahre Gemeinsamkeit. Schon seit mehr als einem Jahr vorbei. Mehr weiß ich nicht.

Jetzt lächelt Antonie. Bitter, finde ich. Passt nicht zu ihr.

»Sie war nicht mehr glücklich mit mir. Und dann kam eine daher und hat sie ... verzaubert. Um es mal mit deinen Worten auszudrücken.«

»Oh.«

»Das Verharren in einer Beziehung, bis eine andere kommt. Gibt es oft. Und nichts finde ich ...« Ich sehe sie gerade an in diesem Moment und kann daher genau beobachten, wie ihr ganzes Gesicht sich in einer Mischung aus Abscheu und Schmerz verzieht. »... erbärmlicher!«, stößt sie dann hervor und wendet sich ab.

Mein Herz flattert aufgeregt in einer unerklärlichen Furcht, ich könnte womöglich irgendwann mal etwas tun, das Antonie dazu veranlassen könnte, dieses Gesicht zu zeigen. Lieber würde ich nackt über die B1 laufen.

»Und was ist eigentlich mit dieser ... Britta?«

»Hab schon befürchtet, dass du das fragst.« Sie grinst schief. »Ihr Auftritt vorhin war ja nicht gerade erfreulich.«

»Hat sie ein Problem mit mir?«

Antonie schaut mich verwundert an. Und dann rasch weg in ihre Teetasse.

»Kann sein. Wir haben da so eine ganz merkwürdige Geschichte miteinander erlebt. Ich hab sie bei einer Freundin kennen gelernt, auf einer Party. Na ja, wir hatten alle was getrunken. Und da haben wir ein bisschen geknutscht. Wir hatten auch danach immer noch netten Kontakt, und als ich erfuhr, dass sie genau so einen Job sucht, wie er in unserer Praxis frei war, hab ich sie dem Chef vorgestellt. Aber als sie dann anfing, war relativ schnell klar, dass sie das anders verstanden hatte als ich: Sie dachte wohl, dass die Jobvermittlung noch wesentlich mehr bedeuten würde, als nur nebeneinander zu arbeiten.«

Weil Antonie grinst, tue ich das auch. Manchmal muss man solche Themen ja mit Samthandschuhen behandeln. Aber es gibt Menschen, die halten es wie ich: die können auch mal über solche Geschichten lachen.

»Das erklärt natürlich, wieso sie jede Frau, die du nett behandelst, mit Giftpfeilen aus ihren Augen beschießt.«

»Bei jeder Frau macht sie das nicht«, stellt Antonie richtig und gießt sich noch etwas Tee nach, während ich scharf überlege. Schließlich klingt es, als sei ich für Britta, aber vielleicht ja an erster Stelle auch für Antonie, irgendwie etwas Besonderes.

»Darf ich dich auch noch mal was fragen?«, kommt es forsch von ihr. Klingt nach einer interessanten Frage.

»Klar.«

»Du bist doch nicht wegen Michelin zum Schwof gekommen am Samstag, oder?«

Meine Augen verraten mich, denke ich. Denn mein Blick kann nicht einfach auf Antonies Gesicht ruhen bleiben, sondern macht einen rasanten Schlenker rüber zum Computer. Antonie schaut auch hin. Aber was soll sie dort schon entdecken? Trotzdem komme ich mir ertappt vor. Wie der Mörder in der Geschichte von Edgar Allan Poe. Als der Polizist ihm völlig harmlose Fragen stellt und er selbst das Herz seines Opfers schlagen zu hören glaubt. Unter den Dielenbrettern, wo er die Leiche versteckt hat. Dort bummert der Herzschlag immer lauter und lauter, bis der Mörder es schließlich nicht mehr aushält und gesteht.

Gestehen.

Was denn? Dass ich zum Schwof gerast bin, weil ich dachte, Emma warte dort auf mich?

»Ehrlich gesagt, nicht, nein«, beginne ich langsam. Die Vorstellung, von Emma zu erzählen, kommt mir abstrus vor. Ich kenne Antonie doch gar nicht. Wie könnte ich ihr von Emma erzählen?

Für eine Sekunde bin ich selbst irritiert. War es nicht die gleiche Argumentation, die ich mir selber gab, als ich auch Emma nicht von meinen Begegnungen mit Antonie erzählte?

»Dachte ich mir«, sagt Antonie und rutscht nach vorn auf die Sofakante. »Wo ist denn dein Ort für kleine Tierarzthelferinnen?«

Bis ich begriffen habe, dass das für mich pikante Thema bereits wieder beendet ist, habe ich schon in die Richtung gedeutet, und Antonie ist hinter der weißen Tür verschwunden.

Der Platz neben mir auf dem Sofa ist warm, wenn ich meine Hand darauf lege. Und ich lege sie hin. Berühre die Wärme. Wie ich in meinen Träumen Haut berührt habe. Aber das ist unmöglich. Nicht im realen Leben. Obwohl mir jetzt gerade, zum ersten Mal, der Gedanke kommt, dass Antonie heute Abend aus diesem Grund hier sein könnte: wegen Berührungen.

Die Badtür geht, und ich klimpere einmal mit den Augen.

Im Vorbeigehen nimmt Antonie das Buch auf, das immer noch auf dem Couchtisch liegt. Eben das, das Katja und mich zu unserer heißen Diskussion geführt hat. Im Gegensatz zu Katja schaut Antonie das Buch aber nur kurz an und legt es dann wieder hin. Sie setzt sich. Weiter weg als vorher. Nicht genau zurück auf die warme Stelle neben mir, die auszukühlen beginnt, seit ich zeitgleich mit Öffnen der Badtür meine Hand fortgenommen habe.

»›Von der Umkehr der Endgültigkeit‹. Hm, was ist das?«, fragt sie. Jeder andere Mensch hätte den Klappentext gelesen und einmal kurz in das Buch hineingespienst. Aber sie nicht. Sie schaut sich den Titel an, fragt, worum es geht, und legt das Buch zur Seite.

Ich überlege einen Augenblick, eine kleine Lüge zu erfinden. Allen Ernstes spiele ich mit dem Gedanken, ihr zu erzählen, dass es sich um einen Krimi handelt. Es wäre puppeneinfach für mich, rasch eine Handlung zusammenzustückeln aus den fünfhundert Kriminalromanen, die ich mittlerweile bestimmt gelesen habe.

Ich könnte ihr eine spannende Story präsentieren, ihr ein paar Lösungsvorschläge servieren, um den Eindruck zu erwecken, dass das Entschlüsseln von Rätseln momentan mein bevorzugter Zeitvertreib ist. Vielleicht würde der Abend dann einen ganz anderen Verlauf nehmen. Berührungen hätten da bestimmt keinen Platz. Und dieser Gedanke gibt den Ausschlag dafür, dass ich sage: »Ist eine Liebesgeschichte. Aber keine Nullachtfuffzehn. Das Besondere an dem Buch ist, dass es nicht da beginnt, wo zwei sich kennen lernen, und da endet, wo sie endlich zueinander gefunden haben. Sondern das Buch beginnt an einer anderen Stelle, nämlich da, wo beide sich in ihrer Beziehung sicher und rundherum wohl fühlen. Aber dann ...«

»Dann?«

Ich antworte ihr nicht. Schließlich habe ich die Geschichte noch nicht zu Ende gelesen. Aber eine vage Ahnung beschleicht mich, dass sich zwischen diesen beiden Buchdeckeln hier wahrscheinlich etwas viel Komplizierteres als die Auflösung eines Mordes befindet. Wahrscheinlich ist zwischen ihnen das größte aller Rätsel überhaupt versteckt.

»Na ja, jedenfalls«, nimmt Antonie unser Gespräch wieder auf und schafft es, damit mein Schweigen wie eine leise Antwort zu behandeln, »wenn sie am Ende des Buches immer noch zusammen sind und sogar glücklich – das ist wichtig –, dann würde ich es mir gerne mal ausleihen, wenn ich darf.«

Ich kann immer noch nichts sagen.

Ein Gummistopfen sitzt in meinem Hals. Von dem ich zwar wusste, dass es ihn gibt, aber nicht, dass er so riesig ist. So gewaltig, dass kein Ton an ihm vorbeikommt.

Aber sie sagt auch nichts.

Wir sitzen hier, halten uns an den Teetassen fest und starren in die Ecken meines Wohnzimmers. Bald wird es Winter sein. Bald beginnt ein neues Jahr. Und ich habe immer noch das Gefühl, am Ende angekommen zu sein. Am Ende von irgendwas. Ohne den neuen Anfang zu erkennen.

»Weißt du, was mir tierisch auf den Wecker geht?«, platze ich plötzlich heraus.

Antonie tut so, als sei mein Ausbruch nicht weiter ungewöhnlich, und sieht mich mit munteren Augen auffordernd an. »Was denn?«

»Dass die einen meinen, ich sei lesbisch, weil ich auf einen Schwof gehe, und die anderen glauben, ich bin hetero, weil ich mit Lothar zusammen war. Das geht mir auf den Wecker! Aber gewaltig!«

Das Aufblitzen in ihrem Gesicht. So ein kleiner Schreck. Nur ganz kurz. Schon wieder fort, ehe ich genau sagen könnte, wieso und warum.

»Es macht keinen Unterschied, weißt du. Es macht keinen Unterschied, ob ich eine Frau oder einen Mann geliebt habe. Für mich zählt nur eins: Ich habe geliebt und konnte das Gefühl nicht festhalten. Ist die Frage nach diesem ›Warum‹ nicht wichtiger, nicht ausschlaggebender als die Frage nach der sexuellen Orientierung?«

Antonie schweigt.

Für einen Moment.

Für zwei, drei Augenblicke. Die sie mir schenkt. Blicke ihrer Augen. Nachdenklich. Neugierig.

Ich kenne ihre Antwort, bevor sie sagt: »Stimmt. Sexuelle Orientierung. Wie das schon klingt!«, und dann lacht sie, verstellt ihre Stimme und näselt: »Hach, ich fühle mich sexuell momentan so desorientiert!«

Ich lache auch. Weil sie komisch ist. Weil ich erleichtert bin. Aber dann fällt mir einfach nichts Leichtes und Lockeres ein, das ich ihr noch sagen könnte.

Immer wenn Antonie und ich uns begegnen, habe ich den Eindruck, dass jedes Treffen einen weiteren Beitrag leistet dazu, dass etwas entschieden wird. Nicht für mein Leben, aber zwischen ihr und mir. Es ist, als würden wir auf etwas Bestimmtes hinsteuern. Die Tatsache, dass mir selten etwas Unverfängliches, Witziges, Unbedeutendes einfällt, ist ein Indiz dafür. Dass wir so häufig schweigen, obwohl wir beide echte Plappermäuler sein können, ein weiteres. Dass wir uns ansehen wie zwei, die Geheimnisse verbergen können, aber es vielleicht nicht länger wollen, das größte.

»Ich hatte nie was mit Männern«, erklärt Antonie plötzlich, als befänden wir uns mitten in einer angeregten Diskussion. »Ich kenn nur die Fallen, die lauern, wenn man mit einer Frau zusammen ist. Aber vielleicht hast du ja Recht, und es gibt gar keinen Unterschied. Dann müsstest du es auch kennen, dieses schwarze Loch, diese Grube, die man

Symbiose nennen kann. Nur noch alles gemeinsam machen und fühlen. Deswegen nicht mehr konfliktfähig sein. Das Wir stärker als das Ich empfinden. Theoretisch zumindest weiß ich, wo die Gefahren lauern in einer Beziehung.«

»Und was nützt dir das?«, traue ich mich keck zu fragen. Zu wissen, wo die Gefahren liegen, muss doch zumindest die Möglichkeit beinhalten, ihnen auszuweichen.

Antonie setzt sich zurecht und in Szene. Das kann sie. Auf mich zumindest hat es eine ziemlich fesselnde Wirkung, als sie dann sagt: »Ganz einfach: Es gibt 'n paar schlichte Regeln! Erstens: Eine Beziehung läuft bei mir nur, wenn es hundert Prozent sind! Drunter mach ich es nicht! Mit so was wie ›Babe, ich weiß nicht genau, wie es morgen so mit uns aussehen wird‹ braucht mir also keine zu kommen. Ich will klare Perspektiven. Zweitens: Die Klebenummer funktioniert bei mir nicht! Deswegen ist es notwendig, dass jede ihr eigenes Leben weiterlebt. ›Zwei autonome Frauen, die intensive Berührungspunkte haben.‹ So lautet die ideale Definition. Drittens resultiert aus zweitens. Heißt: Wenn irgendwas danach aussieht, als würde die große Symbiosefalle zuschnappen, nehme ich die Beine in die Hand! Drei einfache Regeln. Gar nicht so kompliziert, hm?«

Ich bin platt. Sie hat mich mal wieder völlig überrumpelt. Fährt einen Lebens-, nein, einen Liebesplan auf, der festgeschrieben ist wie ein Gesetz.

Diese impulsive, wild bewegte Frau hat also eine Beamtinnenseele.

»Das sind hehre Prinzipien«, kommentiere ich schließlich ihr Plädoyer. »Man könnte sie eigentlich eher Ideale nennen. Ziemlich hoch oben angesiedelt. Viel höher als die, die ich selbst besitze ... Falls ich überhaupt welche besitze, denke ich gerade. Ich stell es mir schwierig vor, die einzuhalten.«

Antonie zuckt die Achseln. »Im Leben funktioniert nichts, ohne dass man sich vorher dazu eine Meinung gemacht hat. In meinem jedenfalls nicht. Ich hasse es, wenn mich eine Situation unvorbereitet trifft und ich dann Hals über Kopf etwas entscheiden muss, was vielleicht einen wichtigen Einfluss auf mein Leben nehmen könnte.«

»Du willst alles kalkulieren?«

»Wenn es eben möglich ist.«

»Du bist also für jede Entscheidungssituation gewappnet?«

»Ich versuchs.«

»Wie wäre es mit einem Mann?«

»Wie?«

»Wenn ein Mann dir gefiele. Würdest du mit einem zusammen sein können? Dafür hast du doch sicher eine Meinung oder gar eine Entscheidung parat ...« Ich grinse dabei. Sie kann also so tun, als sei es ein Scherz, und einfach drüber lachen.

Tut sie aber nicht. Sie sieht mich gerade an und wischt mit der Hand einen Krümel von ihrem Oberschenkel, der vielleicht gar nicht wirklich dort war.

»Sicher habe ich dazu eine Meinung. Ich könnte mir einen Fick vorstellen. Wenn ich das mal so sagen darf. Ich sag das extra so. Verstehst du? Damit klar ist, dass das auch alles wäre. Eine Beziehung? So mit Nähe und alles erzählen und so? Nein. Das wäre bei mir wohl nicht drin. Na ja, und weil es im Bett mit einer Frau sowieso schöner ist, wieso also sollte ich da was mit einem Mann anfangen? Wieso plötzlich?!«

Sie ist direkt, das muss ich ihr lassen. Ein Blatt nimmt sie nicht vor den Mund. Deswegen bin ich ein bisschen zittrig, als ich frage: »Und wie wäre das mit einer Frau, die vorher nur mit Männern zusammen war? Eine echte Ex-Hete sozusagen?« Mein Lachen klingt wie das eines heiseren Pferdes. Jetzt bloß nicht auch noch so betroffen gucken!

Antonies Blick sinkt in die Kerzenflamme auf dem Tisch. Ganz unverfänglich. Als hätte meine Frage nichts mit uns, nichts mit ihr oder mir zu tun.

»Also, früher ... wenn du mich das früher gefragt hättest, dann hätte ich sicher geantwortet, dass ich mich auf so was nie einlassen würde. Ich meine, da war ich selbst noch so unsicher. Nicht weil ich gezweifelt habe, ob ich wirklich lesbisch bin. Ich bin wirklich und wahrhaftig und ganz echt lesbisch, und falls nicht demnächst der Papst sein Comingout hat, werde ich mich wohl auch nicht in einen Mann verlieben«, führte Antonie aus, während sie mit der einen Hand die Sofalehne streichelte. »Ich war früher einfach nicht so selbstsicher. Heute sage ich: ›Du hast ein Problem damit, wie ich lebe? Na gut, *dein* Problem!‹ Aber damals hätte es mir wahrscheinlich Angst gemacht. Die Möglichkeit, dass die andere womöglich was vermissen könnte oder nicht glücklich sein könnte. Hab ich vielleicht eine Ahnung, wie es ist, mit einem Mann zu leben? Hab ich nicht! Also, da kann ich nicht mitreden. Und wär doch möglich, dass sie nach einer Weile plötzlich entdeckt, dass es für sie mit mir doch nicht so das Wahre ist. Und dann würd ich ganz schön blöd dastehen. Sozusagen endlich mal eingelassen, wo ich damit so Probleme habe, endlich mal ... und dann so eine Pleite. Nein, ich denk, früher hätte ich wirklich abgewunken.«

Ich nicke beklommen.

Versuche, mir nicht anmerken zu lassen, dass ich mich fühle, als hätte sie mir abgewunken.

»Du hast Probleme damit, dich einzulassen?«, frage ich.

»Hm.«

»Wieso?«

»Schon mal beim Inline-Skaten so richtig auf die Schnauze gefallen?«

Auf manche Fragen gibt es eben keine Antwort, sondern nur noch eine Frage.

»Wenn du cool genug bist, dann versuch es mit echter Sturzausrüstung doch einfach noch mal«, wage ich einen Vorschlag.

»Und wenn du cool genug bist, dann lieb doch einfach, wen du willst«, erwidert Antonie so rasch, dass ich keine Chance habe, mich zu wappnen. Keine Chance. Vor allem, weil ich nicht gedacht hätte, dass sie mich so erwischt damit. Ist doch nur ein Witz. Ein Scherz. Sogar ein lieb gemeinter. Wahrscheinlich deshalb. Weil es lieb gemeint ist. Weil sie damit sagt: ›He, mach es doch einfach so, wie du meinst, und so, wie es gut für dich ist. Dann ist es für mich auch o.k.‹

Ich weiß wirklich nicht, was daran jetzt so besonders sein soll. Aber plötzlich öffnet sich in mir ein Tor, und ich erkenne zu spät, dass es eigentlich eine Schleuse ist. Als ich merke, was passiert, ist es schon zu spät, und ich weine.

Mein Gott, das ist mir so grottenpeinlich. Und sie tut auch gar nichts, um mich zu stoppen. Zuerst sitzt sie einfach nur da und schweigt. Doch dann kommt sie auch noch rüber zu mir, nimmt meinen Kopf in die Hände und lehnt ihn gegen ihre Schulter, wo ich ihren Pulli zuschmiere mit Tränen und ich fürchte auch mit Schleimabsonderung aus meiner Nase.

Sie scheint das gar nicht zu merken. Nimmt es ganz selbstverständlich. Als sei es das Normalste der Welt, dass ich eine, die ich erst ein paar Wochen lang kenne, überschütte mit meiner Herbsttraurigkeit, in der jeder zweite Schluchzer nach Verzweiflung klingt.

»Wenn ich nur wüsste, wieso es vorbeigegangen ist. Wenn ich nur begreifen würde, wieso wir es nicht geschafft haben ...«, heule ich. Zwischen meinen Lippen zieht sich ein Speichelfaden und hindert mich daran, weiter zu jammern.

»Meinst du, dann hättest du jetzt weniger Angst davor, dich wieder neu zu verlieben?«, fragt sie. Leise. Antonie, die Schnelle, Hektische, Impulsive, ganz still und ruhig und leise. Und mit einer Frage, auf die ich nicht antworten muss.

Ich sage lange nichts.

Und sie lauter Dinge, die mich trösten. Die von ihr erzählen. Wie verzweifelt sie mal war. Wie verletzt. Nichts als Trost. Nur die Zeit. Und dann das Begreifen. Dass alles so sein muss. Manche Dinge müssen wirklich geschehen, damit andere geschehen können. Zum Beispiel das Wachsen und Entwickeln, das Verändern.

Davon erzählt sie mir.

Bis ich mich beruhigt habe. Und bis ich nicht mehr so verlegen bin. Meine Nase geputzt, die Augen blank gerieben. Ihr Pulli von allen verräterischen Spuren notdürftig mit einem Tempo befreit.

»Komm«, sagt sie schließlich und streichelt meinen Arm, wie man eben den Arm einer verheulten Freundin streichelt. Aber trotzdem regt sich in mir etwas. Etwas, das auf eine Berührung gehofft hat, wie auch immer, und das sich nun streckt und reckt, um ein bisschen mehr davon zu bekommen. »Komm, wir gehen mit Loulou 'ne Runde um den Block, ja?«

Das machen wir dann auch.

Loulou trabt zufrieden neben oder vor uns her, und wir schlendern dahin in der kalten Nacht. Spät ist es inzwischen. Als das Haus wieder in Sicht kommt, wird mir unbehaglich zu Mute. Gleich, weiß ich, wird sie sich verabschieden und verschwinden.

»Ich weiß nicht mal, wo du wohnst«, fällt mir ein. »Nur weil die Tierpension hier in der Nähe ist, heißt das ja nicht, dass du auch hier wohnst.«

Antonie fröstelt und zieht die Schultern zusammen. Neben ihr komme ich mir plötzlich sehr groß vor. Die meisten Männer sind größer als ich. Aber sehr viele Frauen überrage ich um etliche Zentimeter oder sogar mal einen halben bis ganzen Kopf.

Ich stutze, ärgerlich. Wird das immer so weitergehen? Bei Männern ist es soundso, bei Frauen ist es soundso. Ich will das einfach sein lassen. Aber irgendwie schaff ich es nicht.

»Meine Wohnung liegt quasi am anderen Ende der Stadt. Aber keine Bange, ich kenn den Weg. Du bist wohl müde?«

Ich bin tatsächlich müde. Und meine Augen sind verquollen. Aber ich möchte nicht, dass sie geht. Etwas ist an diesem Abend noch nicht eingelöst.

Als ich zum klaren Sternenhimmel hinaufsehe, ist der Mond voll und rund.

»Guck mal!« Ich deute hinauf, und sie folgt lächelnd meinem Finger mit den Augen. »Glaubst du an Werwölfe?«

»Sicher«, sagt sie. »Aber nur an die guten. Sonst würde ich mich jetzt nicht mehr heimtrauen.«

Nur noch wenige Meter bis zur Haustür.

Zehn, neun ... fünf ... wir sind da.

»Tja, dann ...«, sagt sie und vergräbt ihre Hände tief in den Jackentaschen. Ihr Atem steht als helles Fantasiegebilde vor ihrem Mund.

Sie wird mich ganz sicher nicht umarmen zur Verabschiedung.

Auf keinen Fall wird sie sich vorbeugen und mich küssen.

Ich habe das noch nie gewollt. Ich kann mich nicht erinnern, jemals eine Verabredung gehabt zu haben, an deren Ende ich erfüllt war von einem geradezu gewalttätigen Kribbeln in allen Winkeln meines Körpers. Die maßlose Enttäuschung, die bereits auf der Lauer lag, macht sich bereit zum Sprung. Hinein in mein Genick. Wenn sie jetzt geht, wird es ganz leer sein um mich.

Ich öffne den Mund.

»Möchtest du ...? Ich meine, würdest du ...?«

»Ja?«

»Ach, nichts.«

»Sag es doch!«

»Nein, das war eine dumme Idee.«

»Lass mich das doch entscheiden, wie ich die Idee finde!«

»Nein, wirklich, also, ich weiß gar nicht, wie ich plötzlich darauf gekommen bin. Du hast sicher anderes zu tun, als ...«

Sie sieht mich an. Stumm.

»Als hier zu übernachten«, vollende ich den Satz, um mir endgültig total durchgedreht vorzukommen.

»Cool«, meint Antonie und nimmt die Hände aus den Taschen, um die Arme um sich zu schlingen. »Passt mir hervorragend.«

»Jetzt echt?«

»Ganz echt.«

»Cool«, sage ich jetzt auch. Was anderes fällt mir einfach nicht ein.

Ich schließe die Tür auf und hinter uns dreien wieder ab.

»Das ist hier so im Haus«, flüstere ich Antonie zu. Aber sie zuckt nur mit den Schultern. Offenbar findet sie es nicht merkwürdig, dass wir hier hintereinander wieder die wenigen Stufen zu meiner Wohnung hinaufgehen. Mitten in der Nacht, gemeinsam hineinkommen in die warme Wohnung.

Loulou streckt sich, gähnt und schreitet würdig direkt zu ihrem Korb, in dem sie dann seufzend zusammenbricht.

»Schätze mal, Loulou erklärt ihren Abend jetzt für beendet«, versuche ich einen Scherz, und Antonie lächelt zuerst Loulou und dann mich liebevoll an. Liebevoll? Ich sehe zu, dass ich schnell in die Küche komme, um noch einen Tee aufzugießen, während sie sich locker wieder aufs Sofa fallen lässt.

Ihre Eltern haben sich früh getrennt, erzählt sie. Es war eine sonderbare Zeit, in der sie bei Onkel und Tante wohnte und die Wochenenden mal bei Papa, mal bei Mama verbrachte. Bis die Wochenenden bei Papa immer häufiger wurden und sie Mama schließlich gar nicht mehr sah.

»Gar nicht mehr?«, wiederhole ich vorsichtig. Eltern sind ein sensibles Thema. »Warum nicht?«

Antonie zuckt die Achseln. Das habe ich inzwischen oft an ihr gesehen. Sie tut es, um zu sagen: ›Das macht mir nichts aus! Ich nehm das locker!‹, und ich habe ihrem Achselzucken bisher immer geglaubt. Aber weil sie es jetzt auch tut, stutze ich zum ersten Mal und frage mich, ob es die Wahrheit ist, die sie mir damit erzählen will.

»Keine Ahnung«, sagt sie lapidar. »Ich nehme mal an, sie wollte mich einfach nicht mehr ... sehen.«

Sie wollte mich einfach nicht mehr. Bleibt in der Luft hängen. Zwischen uns wie eine erste Offenbarung.

Eine erste Wunde, die sie mir zeigt.

Mir wird klar, dass ich viel früher so ehrlich zu ihr wahr. Indem ich ihr von Lothar erzählte. Sie beginnt jetzt damit. In diesem Moment.

Denke ich. Aber dann kommt nichts weiter. Und ich vermute, dass es schon mehr war, als sie normalerweise von ihrer Mutter erzählt.

Sie gähnt, und ich schaue auf die Kaminuhr.

»Schon so spät?! Sollen wir schlafen gehen?«
Für eine Sekunde sehen wir uns unsicher an.
Sie nickt und springt mit einem Ruck auf, als würde sie sonst auf der Stelle einschlafen.
»Ich habe morgen früh Dienst in der Praxis.«
»Und ich im Büro.«
Wir grinsen uns kurz an, sie stehend, ich sitzend.
»Ich weiß nicht«, murmelt sie dann, plötzlich ernst, und wendet sich ab. »Ich weiß nicht. Irgendwie komisch.«
Ich traue mich nicht, sie zu fragen, was sie meint. Vielleicht meint sie mich. Vielleicht findet sie mich komisch. Oder uns. Wie wir den heutigen Abend verbringen. Wie gar nichts passiert, was passieren könnte. Und wie dennoch zwischen uns etwas sich dehnt und sich aufplustert.
Sie erklärt auch nicht, was sie meint. Wir sprechen nicht.
Minutenlanges Schweigen um uns.
Sie läuft im Raum herum wie ein Raubtier im Käfig. Ihre Hose hängt ihr auf den Hüften, und ich muss mich zusammenreißen, um nicht abwechselnd auf den Streifen Bauch, der unter ihrem T-Shirt sichtbar ist, und ihren Po zu starren.
So was gibts ja nicht. Ich glotze einer Frau auf den Hintern. Das hab ich sonst echt nur bei Männern gemacht. Und es kommt mir so vor, als würde ich ihr damit zu nahe treten. Gott sei Dank habe ich meinen Verstand noch so zusammen, dass ich mich von ihr nicht dabei ertappen lasse.
Ich trage die Teekanne und die Tassen auf dem Tablett in die Küche und stelle alles in die Spüle. Als ich zurückkomme, steht Antonie vor meinem Schreibtisch und starrt auf die Tastatur meines Computers.
Einen winzigen Moment lang ist mir so, als schöbe sich ein Vorhang zur Seite und ich könne dahinter etwas Geheimes erkennen. Etwas, das mir bisher noch nicht in den Sinn

gekommen ist und das gleichzeitig einfach und nahe liegend, aber eben auch abstrus und sonderbar ist. Nur ein Bruchteil von einer Sekunde winkt es mir zu. Dann ist es wieder verschwunden, und ich kann Antonie nur verwundert anschauen.

»Was machst du da?«, höre ich mich selbst fragen, während ich vergeblich versuche, den flüchtigen Gedanken noch einmal zu greifen.

Antonie zuckt leicht zusammen und wendet sich um. In ihrem Gesicht ist ein Wechselbad von Gefühlen zu lesen.

»Ich habe mir nur grad vorgestellt, dass du hier immer sitzt und deine Finger über die Buchstaben huschen«, murmelt sie, doch dann schüttelt sie den Kopf, lacht und ist wieder genauso locker wie immer. »Na, dann werd ich mal ins Bad verschwinden, wie? Hast du zufällig eine Zahnbürste für mich?«

Nur noch wie ein sich auflösender Nebelschleier hängt die Einsicht hinter dem Vorhang in meinem Kopf. Ihr Blick über die Tastatur und der beinahe wehmütige Tonfall. Doch dann löst sich endgültig jede Ahnung auf, und ich husche rasch vor ihr ins Bad, um in meinem Schrank nach einer neuen Zahnbürste zu suchen.

Als Antonie gerade die Badtür hinter sich geschlossen hat, klingelt mein Telefon, und ich stürze hin.

»Ja?«

»Hi, ich bins.« Lothar. »Ich komm grad mit Michelin rein, und wir haben deinen Anruf auf dem Band gehört. Du klingst, als würdest du jeden Moment auf offener Straße Harakiri betreiben. Was war los?«

Was los war?

»Was los war? Nichts. Nichts war los. Ich war nur ... ich wollte dich nur besuchen. Das ist alles. Du bist sonst doch immer um die Uhrzeit zu Hause.« Diesen leisen Vorwurf in meiner Stimme höre ich selbst und könnte mich dafür schlagen. Im Bad rauscht die Spülung.

»Ich war mit Michelin und ein paar Leuten unterwegs«, antwortet er, und es klingt ein wenig ausweichend. »War denn nichts Dringendes?«

»Ich hab was Dringendes!«, ruft im Hintergrund Michelin so laut, dass ich es hören kann.

»Nein, ich wollte nur ... ich wollte dich nur sehen«, stammele ich und fühle mich schäbig, weil ich ihm jetzt nicht die Wahrheit sagen kann.

»Darf ich mal?«, ertönt es, und schon wechselt am anderen Ende der Hörer zu Michelin.

»Frauke, hi, hör mal: Kannst du morgen bitte pünktlich um neun im Büro sein? Ich muss um zehn los und möchte unbedingt, dass du vorher noch über das Konzept guckst. Ich wette, ich hab ein paar Fehler eingebaut und bin zu blind, sie selbst zu finden. Machst du?«

»Klar«, antworte ich einsilbig.

Kurze Pause.

»Alles in Ordnung mit dir? Ist was passiert?«, kommt es da auch schon. Der geschäftige Ton hat sich warm gefärbt. In meinem Hals kratzt es.

»Ein bisschen«, raune ich, weil ich fürchte, Antonie könnte mich hören. »Erzähl ich morgen im Büro.«

Michelin zieht die Luft ein. »Okay. Fällt mir schwer, aber ich denke, du kannst jetzt vielleicht nicht ...?«

»Genau!«

Damit hat sie erfahren, was sie zu erfahren hoffte. Ich kann sie fast grinsen sehen. Kombiniert mit einem erwartungsvollen Glitzern in den Augen.

»Gut. Dann bis morgen. Und einen schönen Abend noch.«

»Euch auch«, schaffe ich noch schnell rauszubringen und

ihrer Verabschiedung damit ein wenig das Heikle zu nehmen.

Mit dem Hörer in der Hand stehe ich noch ein paar Minuten wirrköpfig mitten im Raum.

Bis die Badtür geöffnet wird und Antonie herauskommt wie ein Schmetterling nach der Verpuppung.

Sie sieht plötzlich ganz anders aus. Kleiner. Dünner. Weicher. Als habe sie einen Panzer abgelegt. Ihr Gesicht, mit dem Handtuch leicht rosa gerubbelt. Auf dem T-Shirt, unter dem sie ganz sicher keinen BH mehr trägt, ein kleiner Fleck in Brusthöhe.

»Zahnpasta«, erklärt sie lächelnd, und ich kann spüren, wie ich rot anlaufe, weil sie meinen Blick dorthin so deutlich wahrgenommen hat.

Mir wird plötzlich klar, dass ich sie im Herbst kennen gelernt habe. Wenn man sich nur in Pullis und Jacken kennt. Wenn nackte Arme, die aus dem verwaschenen T-Shirt schauen, ganz ungewohnt wirken, verletzlich. Der Anblick der feinen Härchen auf der langsam verblassenden Sommerbräune rührt mich auf eine nie gekannte Weise. Auf ihre Beine, die schlank unten aus dem langen T-Shirt rausragen, traue ich mich nicht, auch nur einen einzigen Blick zu werfen.

»Das Telefon hat noch geklingelt«, murmelt sie, ein wenig verschämt, und deutet auf den Hörer, den ich immer noch umklammert halte. »So spät?«

»Das war Lothar«, sage ich. Nur drei Worte. Aber mit ihnen steht plötzlich etwas im Raum. Der Zauber, der gerade wie sichtbar gewordener aprilfrischer Weichspüler zwischen uns gehangen hat, verflüchtigt sich.

»Wo schlafe ich denn?«, fragt sie.

»Wie?«

»Wo ich schlafe? Wo soll ich meinen Körper zur Ruhe betten?«, wiederholt sie lächelnd.

Meine Röte, ohne jede Chance abzuklingen, vertieft sich. Ich kann es spüren. Wie eine Zwölfjährige, der die bloße Koppelung der Worte ›Bett‹ und ›Körper‹ schon peinlich ist.

»Oh, ich hab schon lange keinen Übernachtungsbesuch mehr gehabt. Hier in der Wohnung noch nie. Scheinbar hab ich alles vergessen, was man da so organisieren muss ... tja, da gibt es ja das Sofa. Aber es könnte sein, dass Loulou heute Nacht beschließt, das Lager dort mit dir zu teilen. Das Bett ist auch groß genug für zwei Personen ...«

»Schnarchst du?«, unterbricht sie mich. Wahrscheinlich hängt von meiner Antwort einiges ab ...

»Ich nicht, nein. Aber Loulou manchmal«, sage ich daher langsam.

Antonie dreht sich auf den Fersen herum und richtet sich zum Schlafzimmer aus.

»Dann gibt es gar keinen Grund, noch länger zu überlegen!«, behauptet sie.

Und ich verschwinde rasch im Bad.

Ich versuche mich zu beeilen, aber ich glaube, ich brauche eine halbe Ewigkeit da drinnen. Mach ich diesen ganzen Aufwand wirklich jeden Abend? Zahnpflege. Gesichtsreinigung. Cremes. Wässerchen. Schnickschnack. Und denken. In erster Linie denken.

Ich sehe mir im Spiegel in die Augen und sage mir selbst, dass dies kein Traum ist. Obwohl es mir so vorkommt. Es kommt mir nicht so vor wie damals ... Bevor ich Lothar kennen lernte, erlebte ich öfter mal ähnliche Situationen ... jemand übernachtete bei mir, in meiner Wohnung, schlief mit mir im gleichen Bett und zu einem hohen Prozentsatz dann auch mit mir. Oder ich stahl mir einfach eine Nacht und ein paar Tage, platzierte mich auf einem fremden Futon und kehrte danach in meinen Alltag zurück.

Ich lachte über dieses Spiel, gemeinsam mit den Männern, die mit mir zusammen nach den gleichen Regeln spielten. Eine davon lautete: Es wird nie ernst! Sicherlich hat der eine oder andere sein Herz dabei über Bord geworfen. Genauso wie ich auch einmal an diese tiefe Klippe geriet. Aber die oberste Regel lautete, dass so etwas nicht geschehen durfte. Und wenn es dennoch geschah, sprachen wir nicht darüber, nahmen rasch Abschied und vergaßen alles, vielleicht in einem neuen Spiel.

Ich kenn das also. Sage ich mir selbst.

Aber alles fühlt sich anders an.

Es fühlt sich einfach nicht an wie ein Spiel.

Der Blick in den Spiegel und die Vergangenheit hat mich viel Zeit gekostet. Antonie wird denken, ich habe mich im Klo abgezogen.

Als ich endlich rauskomme, bleibe ich eine Sekunde lang in der Tür zum Schlafzimmer stehen und schnuppere. Es liegt ein Duft im Raum, altvertraut.

Bilder von Anni, meiner Freundin aus Teenagerzeiten, wie wir in Pyjamas in einem Bett gesessen hatten. Duschshampoo, Creme, vermischt mit dem Geruch nach warmem Körper. Frauenkörper.

»Was hast du?«, ertönt Antonies Stimme aus einem Wust von Kissen aus der einen Bettseite.

»Nichts«, brumme ich etwas verlegen und schlüpfe rasch unter meine Decke.

Sie blinzelt mich an mit müden Augen und lächelt.

»Du machst so was also nicht öfter?«, fragt sie, und ich spüre, wie eine leichte Gänsehaut meine Arme überzieht. Bestimmt kann sie Gedanken lesen. So was hat mir noch gefehlt.

»Was meinst du?«

»Vorhin hast du gesagt, dass du hier noch nie Übernachtungsbesuch hattest.« Sie schmunzelt. »Du lädst also nicht jede fremde Frau dazu ein, hier zu schlafen?«

»Wenn ich ehrlich bin, hatte ich bisher noch nicht die Gelegenheit dazu.« Ich versuche, es genauso scherzhaft anzugehen wie sie.

»Na, dann hast du die Erste ja gleich genutzt. Das gefällt mir. Ich mag Frauen, die nicht lange rumfackeln.« Sie gähnt hinter vorgehaltener Hand, und so kann ich ihr Gesicht nicht sehen. Aber ich traue meinem Gefühl, und das sagt, dass ihr Satz nicht triefende Ironie, sondern eine große Portion Wahrheit beinhaltet. Mein linker Fuß zuckt nervös.

Eine Weile sagen wir nichts.

Die Atemzüge neben mir werden tiefer und gleichmäßiger.

»Ich fürchte«, murmelt sie schläfrig. »Ich werde jeden Moment einnicken. Schlaf gut.«

»Du auch«, erwidere ich mit Kloß im Hals. »Träum was Schönes.« Meine Stimme klingt ein wenig rau von dieser plötzlichen Vertrautheit in meinen Worten.

Gerade habe ich mich daran gewöhnt, allein zu schlafen.

Gerade schien mir mein Bett nicht mehr so unendlich groß und die Stille im Raum nicht mehr beängstigend. Der Baum vor meinem Fenster spricht hin und wieder zu mir. Und gerade hatte ich mich daran gewöhnt, es als ein Schlaflied zu hören, das er mir singt.

Und jetzt. Liegt sie hier. Einfach so. Weil ich das so wollte. Sie eingeladen habe.

»Antonie?«, flüstere ich.

»Ja?« Ihre Stimme klingt so, als sei sie schon mit einem Fuß im Land der Träume.

»Diese Frage, die ich dir vorhin gestellt habe, weißt du noch? Wie du mit einer Frau umgehen würdest, die vorher nur mit Männern zusammen war. Du hast gesagt, früher hättest du es anders gesehen als jetzt ... das hast du doch gesagt, nicht? Wann war ›früher‹?«

Für eine Weile bleibt es still im Raum. Ich glaube schon, sie sei eingeschlafen und hätte ihre Antwort nur gedacht, in dem Glauben, sie ausgesprochen zu haben. Doch dann bewegt sie sich neben mir, dreht sich von mir fort auf die andere Seite und kuschelt sich erneut in die Decke, bis sie bequem liegt.

»Sagen wir mal vor vier bis fünf Wochen«, murmelt sie dann und schläft endgültig ein.

Ich liege im Dunkeln und starre die Schatten an der Decke an.

Vor vier bis fünf Wochen. Da sah mein Leben auch noch anders aus. Vor vier bis fünf Wochen lernte ich Emma kennen. Und damit fing alles an. Alles, denke ich und versuche danach zu greifen. Aber auch mich holt der Schlaf in sein Zelt.

Ich öffne meine Augen nicht.

Es ist dunkel da draußen. Dunkel im Zimmer. Dunkel in den Straßen. Es ist Nacht.

Ich komme aus einem Traum nach Hause. Obwohl es sich anfühlt, als sei es andersrum. Zu Hause in einem Traum. Der mich jetzt nicht loslässt. Weil alles darin so wirklich schien. Ich glaubte darin, es sei die Realität, kein Gespinst meines Hirns, entstanden aus chemischen Reaktionen.

Ich habe von unserem Zubettgehen geträumt. Wir haben einfach aneinander geschmiegt dagelegen, ohne Scheu, ohne Abstand und ohne Anstand. Ihre Arme hielten mich umfangen in diesem Traum. Weiche, sanfte Hände an meiner Haut. Atem in meinem Nacken. Ihre helle Stimme, die Sätze sprach. Sie sprach Sätze, die ich nur zu lesen gewohnt bin. Auf dem Computerbildschirm. Geflüster. In Herzform.

Sie waren zwei in einer. In diesem Traum.

Ich habe sie vermischt miteinander.

Emma und Antonie habe ich verschmolzen zu einer Person, die mich in meinen Schlaf begleitet hat.

Doch die Hand, die ich jetzt tatsächlich an meiner Seite spüre, die gehört nur einer.

Die Hand an meiner Seite gehört Antonie.

Und ich mit geschlossenen Augen, im Dunkeln, denke nicht daran, dass es Zufall sein könnte.

So warm ist die Hand an meiner Seite. Die Matratze bewegt sich, als Antonie sich ganz herumdreht, mir zugewandt zum Liegen kommt, so nah, dass wir uns am ganzen Körper berühren.

Ich öffne meine Augen nicht. Als ich ihren Atem an meiner Wange spüre und wie die feinen Härchen dort sich aufrichten.

Das müssen ihre Lippen sein. Wie ein Hauch. Im Gegensatz zu der Ahnung von der Schwere ihres Körpers, der sich an mich lehnt.

Sie ist wach? Tut das bewusst? Ich bin mir so sicher, dass sie sich nicht gerade in Zweisamkeit träumt und ihr Körper einfach darauf reagiert. Sie ist ganz hier. Und vielleicht fühlt sie auch, dass ich erwacht bin. Irgendwie schaffe ich es, einfach weiterzuatmen, als läge ich immer noch im Schlaf. Ganz entspannt und ohne einen Muskel zu regen, liege ich da.

Ich spüre sie am ganzen Körper bis hinunter zu den Zehenspitzen. Trotzdem liege ich hier und tue nichts. Außer es zu genießen. Ja, ich genieße es, dass sie so warm ist, dass ich kaum noch weiß, ob es ihre Wärme ist oder meine. Vielleicht haben wir schon eine gemeinsame.

Irgendwann sage ich in meinem Kopf ihren Namen. Will, dass sie mir antwortet, mir Dinge sagt, wie in meinem Traum.

Aber etwas hält mich zurück. Die Gewissheit, dass Antonie und Emma nicht eins sind. Dass Antonie mir nicht eine Melodie aus Poesie ins Ohr singen würde, wie Emma es täte.

Dass ich sie spüre, so sehr, das macht, dass ich keine Enttäuschung verkraften würde. Deswegen bewege ich mich nicht. Deswegen bleiben meine Augen geschlossen.

Und irgendwann gleite ich davon und schlafe wieder ein.

Als ich am nächsten Morgen aufwache, ist die Decke neben mir zerwühlt, die Bettseite leer.

Ich schwinge meine Beine raus und sitze noch benommen auf der Kante, als Antonie aus dem Bad kommt, mit einem Handtuch, das sie sich um den Kopf geschlungen hat.

»Morgen«, sagt sie und grinst mich an. »Na, du pennst ja vielleicht fest! Dich kann wohl nichts wecken. Ich wollte nicht so dreist sein und in der Küche rumrumoren. Aber vielleicht hast du ja Lust auf ein kleines gemeinsames Frühstück?«

»Guten Morgen. Ja, gute Idee«, brumme ich mit Gießkannenstimme.

Ich glaube nicht, dass einer der Typen von damals jemals angeboten hat, Frühstück zu machen in meiner eigenen Wohnung.

»Und darf ich vorher einen kurzen Anruf erledigen?«
»Klar.«

Sie verschwindet, und ich streiche mit der Hand über die Matratze. Keine Andeutung zu heute Nacht. Ihr Blick ganz offen und unverstellt.

Ich schlurfe ins Bad und höre gerade noch, wie sie sich

am Telefon fröhlich mit »Hi, ich bins!« meldet und dann in einem wasserfallartigen Redefluss auf die andere Person einquatscht.

Mit wem sie da wohl spricht? Auch wenn sie heute Nacht so nah war, verdammt nah dran an mir, weiß ich doch kaum etwas über sie.

Nach einer Minute klopft es an der Badtür.

»Du? Loulou wimmert so rum. Vielleicht muss die mal?«

Ich sehe mich hektisch nach meiner Kleidung um, die ich gestern Abend hier abgelegt habe.

»Kann sein«, rufe ich. »Bin sofort da.«

»Schon in Ordnung«, erwidert Antonie. »Ich geh mal kurz runter mit ihr. Ich nehm deinen Schlüssel mit, ja?«

Ich starre auf die Badtür.

»Ja?«, vergewissert sie sich noch einmal.

»Ja, danke«, antworte ich mit einer kleinen weiteren Verzögerung. Dann höre ich die Wohnungstür, die sanft ins Schloss gezogen wird.

Mit meinem Hund ist bestimmt nie einer runtergegangen. Bestimmt nie.

Ich ziehe mich in rasender Eile an und werfe in der Küche ein paar Frühstückssachen auf den Tisch.

Es dauert nur ein paar Minuten, da geht der Schlüssel im Schloss und Loulou kommt noch vor Antonie hereingeschossen. Vielleicht war ihr diese ungewöhnliche Begleitung am frühen Morgen auch unheimlich.

Antonie trägt immer noch den Turban auf dem Kopf, und ich muss lächeln bei der Vorstellung, meine liebe Vermieterin Frau Silber guckt aus ihrem Wohnzimmerfenster und erblickt meine Loulou mit einer indischen Prinzessin im Schlepptau.

Antonie zieht, im Durchgang zur Küche stehend, einen kleinen Schmollmund.

»Das Frühstück wollte ich doch machen ...«

Auf dem Tisch sortiere ich gerade Käse und Marmelade und schiebe die Tassen auf die Platzdeckchen. Plötzlich bin ich froh, dass ich von Lothar das Frühstücksritual gelernt habe. Deswegen steht immer eine Kerze auf dem Tisch und liegen Platzdeckchen und Servietten bereit. Ich habe eigentlich alles da, was man zu einem kleinen Frühstück braucht – nur dass ich es nicht nutze, wenn ich allein bin.

»Ich hatte ganz vergessen, wie viel Spaß das macht«, stelle ich mit einem Blick auf den nett arrangierten Tisch fest und gieße uns etwas O-Saft in die Gläser.

Antonie lächelt. Einmal nicht heiter und fröhlich, sondern unergründlich. Wie bei unserem ersten Treffen oben am Berg. Ein Rätsel.

Für eine Sekunde überlege ich, ob ich sie einfach fragen soll. Sie einfach fragen, ob sie sich eigentlich nicht daran erinnern kann, dass sie sich heute Nacht an mich rangekuschelt hat und ihr Atem meinen Hals gestreichelt hat, als seien wir ein Liebespaar. Natürlich ohne den letzten Zusatz auszusprechen.

Aber wie so häufig zögere ich etwas zu lange. Und schon traue ich mich nicht mehr und wende mich stattdessen verlegen der Kaffeemaschine zu.

Als ich das Pulver einfüllen will, steht Antonie plötzlich hinter mir. Sie steht so dicht hinter mir, dass ich mich nicht zu rühren wage. Ich balanciere das braune Pulver auf dem Löffel und wage es nicht, mich zu bewegen. Denn alles würde auf dem Fußboden landen.

»Warum tust du es nicht in die Filtertüte?«, fragt sie schlicht. Mit diesen Worten, gemeinsam mit ihrer hellen Stimme so nah, den leichten Hauch von Atem an meinem Ohr, legt sie ihr Kinn auf meine Schulter und schaut rüber.

Eine Geste der Vertrautheit, des Kennens.

In mir zieht sich alles zusammen.

Ein Pony, das mir seinen Kopf auf die Schulter legt.

Loulou, die von manch einem langen Spaziergang zu müde ist, um richtig zu schmusen. Ich bin da, sagt es ganz einfach. Hier. Bei dir.

Ich fülle zu viel Kaffee ein und höre erst auf, als sie den Kopf zurückzieht und sagt: »Ich geh noch schnell meine Haare föhnen.«

Ihre Schritte aus dem Raum.

Da erst wende ich den Kopf. An meiner Schulter hängt nur als eine Ahnung ihr Duft.

Ich bin sicher, sie kann sich erinnern.

»Und?« Michelin sieht mich an, als hätte ich den Bundespressepreis überreicht bekommen und wolle nun nicht davon erzählen.

»Was? Und?« Dumm stellen kann ich mich ganz wunderbar. Aber leider funktioniert es nicht bei allen.

»Frauke!«, knurrt Michelin nämlich nun. Gar nicht mehr.

»Nichts«, maule ich sie an. »Es ist nichts passiert.«

Mit dem Schwindeln ist das auch so eine Sache. Wenn man seit Jahren fünf Tage die Woche aufeinander hockt und sich in allen Lebenslagen kennen gelernt hat, ist man einfach unglaublich leicht zu durchschauen.

Michelin sieht mich mit diesem gewissen Blick an. Eigentlich sollte man meinen, diesen Blick gibt es nur, wenn jemand eine Lesebrille trägt und einen darüber hinweg kritisch mustert. Bei Michelin funktioniert das Ganze auch ohne Lesebrille.

»Wenn du es lieber für dich behalten möchtest, dann kannst du das natürlich tun«, stellt sie mir frei, setzt sich auf ihren Schreibtischstuhl und beugt sich über ihre Unterlagen. »Hier ist das Konzept. Sieh dir mal Seite drei und vier bitte genauer an. Ich hab ja gestern Abend schon gesagt, dass ich glaube, dass da ein Schnitzer drin ist.«

Dieses zur Schau getragene Akzeptieren einer Mitteilungsverweigerung beherrscht sie wirklich.

Ich nehme die Bögen entgegen, schlage Seite drei und vier auf und sage: »Ich weiß nicht mal, ob sie sich daran erinnern kann. Vielleicht hat sie einfach fest geschlafen. Oder sie hat mich beim Dösen mit einer anderen Frau verwechselt ...«, und erzähle ihr den ganzen gestrigen Abend.

Als ich ihr von Antonies Äußerungen zum Thema ›ehemalig heterosexuell lebende Frau‹ berichte, seufzt Michelin einmal tief auf.

»Lass dich doch nicht schocken von so was! Du musst doch nichts entscheiden. Kannst es nicht entscheiden. Niemand wird plötzlich lesbisch. Da muss vorher schon mal was da gewesen sein. Aber das bedeutet doch nicht, dass du so weitermachen wirst. Alles ist offen für dich!«

Ich lache einmal kurz auf.

»Du brauchst dich nicht zu bemühen, mich zu beruhigen. Ich selbst sage es mir ja auch immer wieder: dass ich mich nicht festlegen muss. Der Witz dabei ist nämlich: Ich wäre heilfroh, wenn ich mich festlegen könnte! Verstehst du? Ich bin kein Gruppentyp, aber es wäre doch schön, irgendwo dazuzugehören.«

Michelin überlegt einen Augenblick. Dann nickt sie. Wissend.

»Früher hab ich mir das auch so vorgestellt. Dass die Lipstick-Lesbe mit der Fußball-Fanatischen und der Mantalette Arm in Arm gehen kann. Weil wir doch alle gleich sind. Aber weißt du was? So ist es nicht! So sieht die Wirklichkeit nicht aus. Kleider machen Lesben. Und Politik macht Lesben. Und sogar Städte machen sie. Wir sind nicht alle gleich. Und wir verhalten uns auch nicht so. Keine geht mit einer anderen Arm in Arm, nur weil wir zufällig alle auf Frauen stehen. Schmink dir das ab, Frauke. Vielleicht kannst du es dann besser verkraften, dass du nicht sicher weißt, wo du nun genau stehst.«

Ich sehe sie für einen Moment ratlos an, dann raffe ich ihre Unterlagen zusammen.

»Wahrscheinlich hast du Recht«, murmele ich und beginne zu lesen.

»Aber ...«, sagt Michelin lang gezogen und bricht dann ab, wartet, bis ich wieder aufsehe, zu ihr hin. »Aber war es denn schön?«

Mein Herz klopft ein paar Takte lang ein bisschen schneller. Warm war es. Duftig. Überraschend zart.

»Ja«, antworte ich, und wir lächeln uns kurz zu. Eine Welle von Zuneigung schwappt über mich hinweg. Weil ich eine Freundin hab, die sich über dieses Ja freut.

7. Das Gegenteil von Schokolade ist Vanille

Sie stellten sich vor, sie seien blind. Wie in jener Dunkelheit der ersten Nächte, in denen sie einander noch nicht gekannt, nur leise erahnt hatten. Nichts zu wissen, nur zu tasten nach dem Wesentlichen. Verwunderung und Erschrecken lagen Seite an Seite. Nicht das Finden ist die Kunst.
(Seite 184 des Romans »Von der Umkehr der Endgültigkeit«, Patricia Stracciatella)

Am Nachmittag verlasse ich früher das Büro und streune mit Loulou durch den Wald.

Wie eine Schlafwandlerin bin ich. Stolpere über Wurzeln, erschrecke vor einem plötzlich wie aus dem Nichts auftauchenden Wanderer, liege in Gedanken in meinem Bett und spüre einen warmen Körper an meinem.

So kann es nicht weitergehen. Mein Gefühlsleben hat mich voll im Griff.

Irgendwo muss ich anfangen, Klarheit zu erlangen. Diese Gewissheit setzt sich fest und füllt mich mehr und mehr aus, bis in den letzten Winkel. Sie ist da, als ich abends meinen Rechner hochfahre und mich dann anmelde.

Ihr Name springt mich an wie etwas Altvertrautes. Unmöglich, dass ich sie vor ein paar Wochen noch nicht kannte. Unmöglich auch, dass ich sie gar nicht kenne.

Sie erzählt mir von ihrem Tag. Sie arbeitet an der Uni, weiß ich inzwischen. Vielleicht wird sie Doktorin und irgendwann Professorin. Vielleicht lehrt sie andere Gedichte zu lesen und im Alltag Poesie zu finden. Vielleicht bin ich für sie eine besondere Schülerin. Ihre Rätsel, die mich so fasziniert haben, drücken mir mehr und mehr auf die Seele. Und die letzte Nacht hat so vieles verändert. Womöglich alles.

LOULOUZAUBER: emma, lass uns ehrlich sein
SILBERMONDAUGE: ehrlich?
LOULOUZAUBER: miteinander. du glaubst nicht, wie durchgedreht ich bin
SILBERMONDAUGE: nicht nur du ...
LOULOUZAUBER: weißt du, was hier los ist? was passiert hier?
SILBERMONDAUGE: ich glaube, was mit uns geschieht, das hat zwar einen namen, aber ich scheue mich, ihn auszusprechen. es ist so unwirklich, von so etwas zu sprechen, wenn man sich noch nie begegnet ist
LOULOUZAUBER: wovon sprechen wir denn?

Von Zittern kann bei mir keine Rede mehr sein. Ich vibriere.

SILBERMONDAUGE: von verlieben, frauke
LOULOUZAUBER: du hast recht. das ist nicht wirklich. und das ist nicht nur nicht wirklich, es ist zudem auch noch ziemlich kindisch und versponnen. so was gibt es nicht!
SILBERMONDAUGE: wenn du meinst ...
LOULOUZAUBER: jetzt hör mal auf mit deinen weisen sprüchen und der vornehmen zurückhaltung
SILBERMONDAUGE: du bist doch diejenige, die et-

was leugnet, das ziemlich offensichtlich auf
der hand liegt

LOULOUZAUBER: ABER MAN VERLIEBT SICH NICHT IN JEMAND, DEN MAN GAR NICHT KENNT!!!!

SILBERMONDAUGE: vielleicht verlieben wir uns in defizite? in unsere eigenen? aber nichtsdestotrotz verbinde ich meine gefühle mit einer bestimmten person

Mit mir! Sie meint mich! Sie sagt mir gerade, dass sie in mich verliebt ist. In meinem Kopf schwirrt es.

LOULOUZAUBER: ich finde das alles ziemlich beunruhigend. wir sind hier nicht im film. eine e-mail für dich, und schon läuft die happy-ending-liebesstory ab. so ist das nicht

SILBERMONDAUGE: glaubst du, das weiß ich nicht?

LOULOUZAUBER: vielleicht ist es jetzt mal an der zeit, dass ich dir etwas erzähle ...

Ich fange ganz vorn an.

An dem Abend, als Michelin mir die Chatadresse gab und sagte, ich solle da doch mal reinschauen. Das sei ganz witzig. Wie ich mich amüsierte und lachte und mich gleichzeitig so fremd fühlte, weil ...

ich habe eine trennung hinter mir, von meinem freund, nach sechs jahren

Sie antwortet nicht.

LOULOUZAUBER: emma?

SILBERMONDAUGE: ich bin da. erzähl weiter.

Mach ich. Ich erzähle davon, wie sie mir auffiel, weil sie immer da war, aber nur hin und wieder etwas sagte, meistens in Gedichtform. Wie ich auf sie zu warten begann. Und dann die Nacht, als sie mich ansprach. Dass ich es ihr nicht sagen konnte, weil ich mir verlogen vorkam und nicht wollte, dass sie ging. Ein fremder Mensch. Aber ich wollte nicht, dass sie ging. Es hing für mich etwas davon ab.

SILBERMONDAUGE: ich wusste es

LOULOUZAUBER: du wusstest?

SILBERMONDAUGE: ich wusste, dass auch du ein geheimnis hast

So sieht sie es also. Na ja, so muss sie es ja sehen. Ein Geheimnis. Immerhin habe ich ihr falsche Tatsachen vorgetäuscht. Ich lese den Satz noch einmal.

LOULOUZAUBER: wieso schreibst du >auch du<? hast du auch eins? ein geheimnis?

SILBERMONDAUGE: ja, das habe ich

Leerer Bildschirm.

Da wo sie schreiben müsste, Leere.

So was ist nur schwer auszuhalten für eine wie mich.

LOULOUZAUBER: hattest du auch einen freund? ggg

SILBERMONDAUGE: nein ... aber ich habe eine freundin

Jackie mit ihrem legendären Spürsinn. Treffsicher ins Schwarze geschossen. Sie hat richtig getippt mit ihrer Vermutung. Und ich hatte gedacht, das sei ja nun das Schlimmste, was passieren könnte. Zwischen Emma und mir eine andere. Emmas Freundin.

SILBERMONDAUGE: mir ging es genau wie dir. in unserem ersten gespräch schien es irgendwie nicht notwendig, dir von ihr zu erzählen. und dann ... hab ich es einfach nicht mehr getan. würde sagen, damit haben wir wohl jetzt gleichstand erreicht, oder?

Diesmal starre ich lange auf den letzten Satz, bevor meine Finger sich in Bewegung setzen. Das Schlimmste, das zwischen Emma und mir hätte passieren können ... eine andere.

LOULOUZAUBER: nicht ganz. vollständigkeitshalber sollte ich dir vielleicht auch noch erzählen, dass ich beinahe parallel zu dir noch eine andere frau kennen gelernt habe
SILBERMONDAUGE: ?
LOULOUZAUBER: sie bedeutet mir etwas ... ich weiß nur noch nicht genau, was
SILBERMONDAUGE: ebenso wenig wie du weißt, was ich dir bedeute? wie ist ihr chatname?
Ebenso wenig wie ich weiß, was sie mir bedeutet.
LOULOUZAUBER: es ist keine frau aus dem chat. ich habe sie einfach so auf der straße getroffen ...
SILBERMONDAUGE: wie ungewöhnlich *ggg*
LOULOUZAUBER: lach nicht!
Ich muss selbst lachen.
Von einem Ohr zum anderen muss ich plötzlich grinsen.
Als ob hier irgendetwas zum Lachen wäre! Aber es ist ihre Art. Zu flirten, obwohl alles ernst ist. Und ich bin so angespannt, dass ich nicht anders kann als lachen oder weinen.
SILBERMONDAUGE: erwidert sie deine gefühle?
LOULOUZAUBER: welche gefühle?
SILBERMONDAUGE: komm schon! du hast doch gefühle für sie, oder?
LOULOUZAUBER: sicher
SILBERMONDAUGE: sicher?
LOULOUZAUBER: ja, sicher habe ich gefühle ... aber ich weiß nicht, was sie bedeuten ... ich weiß nicht, was das genau ist ... um ehrlich zu sein, weiß ich momentan nicht mehr sehr viel
SILBERMONDAUGE: es ist die frau vom schwof, oder?

LOULOUZAUBER: ja

SILBERMONDAUGE: so wie du sie angesehen hast ...

Na super! Da haben wir den Salat. Natürlich hat sie es gesehen.

LOULOUZAUBER: so was kommt doch vor unter frauen, oder?

SILBERMONDAUGE: ständig

LOULOUZAUBER: und was ist mit deiner freundin? weiß sie von deinen ausflügen in die cyberwelt?

SILBERMONDAUGE: sie weiß, dass ich viel herumchatte, ja

LOULOUZAUBER: weiß sie ... von mir?

SILBERMONDAUGE: nein

LOULOUZAUBER: warum nicht? könnt ihr darüber nicht reden?

SILBERMONDAUGE: konntest du mit deinem freund darüber reden, wenn du dich in einen anderen verliebt hast? Oder einE anderE?

Diese Andeutung überfordert mich jetzt. Wir wissen ja gar nichts voneinander. Gar nichts. Nur Poesie ist zwischen uns geflossen, Witz und Charme. Aber sie weiß nicht, dass ich noch nie eine Frau geküsst habe. Ich weiß nicht, ob sie ihre Freundin regelmäßig betrügt.

Wir werden so viel kennen lernen müssen. Denke ich und erschrecke über das Gefühl, das dieser Gedanke auslöst. Eine völlig überraschende Welle von Vorfreude, die mich durchspült. Die Gewissheit, dass Schönes darauf wartet, entdeckt zu werden, von mir.

LOULOUZAUBER: und jetzt? was machen wir jetzt? ich meine, wollen wir uns jetzt verabschieden und beide sehen, dass wir mit unseren realitas klarkommen?

SILBERMONDAUGE: willst du das?
Will ich das?
LOULOUZAUBER: nein
SILBERMONDAUGE: ich auch nicht
LOULOUZAUBER: vielleicht sollten wir es dann nicht so machen
SILBERMONDAUGE: vielleicht
LOULOUZAUBER: aber so wie es jetzt ist, kann es doch auch nicht weitergehen
SILBERMONDAUGE: ich bin ratlos
LOULOUZAUBER: Na, das beruhigt mich ja. Als ob es mir anders ginge
SILBERMONDAUGE: komm, wir gucken einfach, was passiert
Etwas anderes wäre mir jetzt auch nicht eingefallen.

Drei Tage lang höre ich nichts von Antonie.

Emma fragt nach ihr jeden Abend. Ob ich sie gesehen habe. Was sie macht. Wie sie ist.

Am Anfang antworte ich ihr. Aber dann schreibe ich manchmal, das gehe jetzt zu weit. Sie schnappt jedes Wort auf und dreht es in ihrem Kopf hin und her, betrachtet es von allen Seiten.

Spärlich ist sie mit ihren Erzählungen über ihre Freundin, Cordula. Obwohl ich am liebsten alles wissen möchte. Aber das sage ich ihr nicht. Ich nenne es *Neugier im Prozess des Kennenlernens*, wenn wir versuchen, über die andere etwas herauszufinden, indem wir zu diesen beiden Menschen Fragen stellen.

Wir erwähnen nicht ein einziges Mal das Wort ›Eifersucht‹. Das hat hier nun wirklich nichts zu suchen.

Ich sitze im Bett und lese in diesem verwirrenden Buch. Es ist schon nicht mehr Abend, sondern Nacht, aber ich will wissen, wie es weitergeht. Unbedingt. Doch das Lesen ist gar nicht so einfach. Nicht etwa, weil ich müde wäre. Ich bin nämlich putzmunter. Aber immer wieder sehe ich auf den Seiten nicht nur die Buchstaben, die dort gedruckt sind, sondern auch die, die ich vorhin noch auf dem Monitor schwarz auf weiß las.

Ach, Liebe, schrieb Emma heute Abend.

Und ich kann nicht wirklich gut vorwärtskommen in diesem Buch, weil ich unentwegt nachdenke. Darüber, wieso keine von uns seit unseren gegenseitigen Eröffnungen noch einmal die Sprache auf ein Treffen gebracht hat.

Mittlerweile glaube ich nicht länger, dass eine von uns enttäuscht sein könnte. Wir haben viel zu viel geteilt und preisgegeben inzwischen.

Was allerdings sein könnte, ist, dass es ernst wird. Könnte sein, dass wir uns treffen und dann eine Entscheidung fällt. Wie auch immer sie aussehen könnte. Ich glaube, davor scheuen wir zurück.

Ach, Liebe, schrieb sie.

So vertraut ist es manchmal zwischen uns, dass ich nicht glauben kann, dass wir uns gar nicht wirklich kennen. Manchmal ist es wie eine Zauberei, dass sie Dinge ahnt oder gar weiß, bevor ich sie aufgeschrieben habe. Als könne sie durch den Bildschirm und die elektronischen Übermittlungen in meinen Kopf – oder in mein Herz – schauen und dort lesen.

Michelin sagte heute, dass ich aus meinem traumähnlichen Zustand rausmuss.

»Tu irgendwas! Sonst versumpfst du in deinen Gedanken! So was kann Depressionen machen.«

»Aber was soll ich denn machen?«, antwortete ich ratlos. »Ich muss doch jetzt erst mal abwarten ...«

»Abwarten! Abwarten!«, unterbrach sie mich auf ungewöhnlich brüske Weise. »Früher hast du doch auch nicht lange gefackelt. Wenn du irgendwas wolltest, dann bist du drauf zu und hast es dir genommen. Na ja, es zumindest versucht. Diese Passivität macht mich ganz zappelig.«

Vielleicht ist das der Knackpunkt. *Wenn ich irgendwas wollte.* Vielleicht weiß ich einfach zu wenig, was ich will.

Klick. Macht irgendwas draußen.

Ich halte kurz den Atem an. Es klang so nah.

Noch einmal: *Klick.*

Ich schaue zum Fenster.

Das Geräusch kommt immer mal wieder, ist irgendwie draußen, aber irgendwie auch so nah.

Vielleicht hat der Baum einen Schluckauf. Ein blöder Gedanke, zugegeben. Dieses Klickern muss irgendwas anderes sein. Vom Baum kommt es nicht. Es ist auch nicht regelmäßig, sondern taucht immer mal wieder auf. *Klick. Klickediklack.* Immer wieder sehe ich von meinem Buch auf zum Fenster. Und plötzlich weiß ich, was es ist.

Ich springe auf und laufe hinüber, ziehe die Jalousie hoch. Unten im Vorgarten steht eine hell gekleidete Gestalt. Ich öffne das Fenster und flüstere: »Himmel, Antonie, was machst *du* denn hier?« Mein Herz flattert wie ein Kolibri mit den Flügeln.

Antonie, die Hand noch voller kleiner Kieselsteine, grinst mich von dort unten fröhlich an.

»Deine Klingel scheint nicht zu funktionieren.«

Mit so einer Nummer macht sie mich völlig fertig.

»Komm rum. Ich mach die Tür auf.« Ich will das Fenster schon wieder schließen, da höre ich noch: »Hast du keine Strickleiter?«

Meine Hände zittern, als ich im Wohnungsflur stehe und den Türsummer betätige. Tatsächlich war meine Klingel ausgestellt. Ich wollte nicht gestört werden heute Abend.

Wer kann denn schon ahnen, dass eine derart hartnäckig ihr Ziel verfolgt.

Antonie kommt die Treppe heraufgeschlichen und grinst von einem Ohr zum anderen. Wir sprechen nicht, bis sie zur Tür herein ist, denn ich muss Loulou währenddessen die Schnute zuhalten, weil sie sonst vor Begeisterung über den unerwarteten Besuch bellen und das ganze Haus aufwecken würde.

»Warum schläfst du nicht um diese Uhrzeit?«, begrüße ich sie, als wir uns dann im Flur gegenüberstehen.

»Ich schlafe nie«, entgegnet sie überzeugend und strahlt dabei übers ganze Gesicht. »Und als ich hier war, hab ich durch die Jalousie noch Licht bei dir erspäht. Schön, dich zu sehen.« Es ist Viertel nach eins.

»Was hast du da?«, will ich wissen und deute auf das Tuppergefäß, das sie in der Hand hält.

Antonie sieht es an, als sei ihr jetzt erst aufgefallen, dass sie etwas dabeihat.

»Das? Oh, das ist Vanillemousse. Magst du so was? Hab ich frisch gemacht. Ich dachte, wenn ich dich schon so spät überfalle, dann könnte ich dich am ehesten mit etwas Süßem überzeugen.«

Zufällig könnte ich sterben für Vanillemousse.

»Und was hättest du gemacht, wenn du kein Licht mehr bei mir gesehen hättest?«, möchte ich doch gern wissen.

Sie zuckt mit den Achseln, wie sie es häufig tut. »Nach Hause fahren und die Mousse allein essen. Aber du hast ja neulich gesagt, dass du oft noch spät wach bist. Gerade in der letzten Zeit.«

Wir schauen uns einen Moment lang in die Augen. Mit diesem gewissen Ernst, der solche Blicke begleiten sollte. Vielleicht denkt sie auch an mein furchtbares Weinen, das mich neulich Abend überfiel.

»Na, dann sollten wir sie wohl jetzt zu zweit essen.« Ich schlucke und verschwinde rasch in der Küche.

Als ich kurze Zeit später neben ihr auf dem Sofa sitze, stelle ich fest, dass ich die Dessertschälchen vergessen habe. Ich bin nur mit zwei kleinen Löffeln bewaffnet. Sie legt ihre Hand auf meinen Arm, als ich noch einmal aufstehen will.

»Lass doch! Das geht schon. Oder bist du futterneidisch?«

Also sitzen wir mitten in der Nacht hier und essen aus einer Tupperschüssel wunderbare Vanillemousse, die auf der Zunge zergeht und die jedes Gespräch für eine Weile lahm legt.

Antonie schleckt ihren Löffel mit der Zunge ab, und ich schau da lieber nicht genau hin.

»Weißt du was?«, meint sie da plötzlich, und ich bin schon gespannt, was jetzt kommt. »Früher, als ich noch klein war, meine ich, da dachte ich, das Gegenteil von Schokolade sei Vanille.«

Ich schaue für einen Moment in die fast leere Schüssel, wo überall die hellgelben Moussereste mit den kleinen schwarzen Vanillestippen kleben.

»Das Gegenteil?«, wiederhole ich dann langsam.

»Ja. So wie man immer denkt, das Gegenteil von Rot sei Blau. Oder das Gegenteil von Holz sei Metall. Oder das Gegenteil von Männern sind Frauen. Lauter so komisches Zeugs eben.«

»Das Gegenteil von Frauen sind nicht Männer!«, fährt es mir unkontrolliert heraus.

Antonie grinst. »Ist ja schon gut. War nur ein Beispiel.«

Wir schaben beide mit unseren Löffeln in der Schüssel herum.

»Stimmt«, sage ich nach einer kleinen Weile. »So was

kenne ich auch. Das Gegenteil von meinem Füller war immer mein Kugelschreiber.«

Sie lacht laut heraus und hält sich die Hand vor den Mund. »Das hab ich noch nie gedacht!«, feixt sie.

Aber ich lasse mich in meinem Gedankengang ausnahmsweise mal nicht unterbrechen. »Dabei ist es doch eher so, dass es kein Gegenteil gibt bei diesen Dingen, oder?«

Antonies Gesicht wird glatt, und sie schaut mich neugierig an.

»Kein Gegenteil. Stimmt. Das Gegenteil von Schokolade ist nicht Vanille, sondern alles, was nicht Schokolade ist.«

»Du zum Beispiel ...«

»Zum Beispiel, ja. Ich. Du. Alles eben.«

»Was Kinder so alles denken, nicht?«, murmele ich.

»Manchmal wünsch ich mir, ich könnte die Welt heute immer noch so unvoreingenommen betrachten wie früher. Alles war möglich.«

Ich mag dieses Gesicht an ihr. Ihr übliches Sprühen wird gedimmt, und sie funkelt nur noch sanft, wenn sie so ist wie jetzt gerade.

»Als ich noch klein war«, beginne ich und muss lächeln. »Da habe ich geglaubt, wenn mein Vater es will, dann kann er aus dem nächsten Tag, der vielleicht ein Montag ist, einen Dienstag machen. Ich dachte immer, falls es mal eine ganz ganz wichtige Situation für mich gibt, in der es lebensnotwendig ist, dass aus einem Montag ein Dienstag wird, dann müsste ich ihn nur bitten, und es würde so passieren. Das war ein wirklich beruhigendes Gefühl, diese Sicherheit im Hintergrund zu haben.«

»Daran siehst du, dass die Sicherheit, in der wir uns im Leben so oft wiegen, eigentlich nur ein Schein ist. Wenn sie dann auf die Probe gestellt wird, stellt sich meistens raus, dass sie reine Illusion war«, antwortet sie gelassen.

Das macht mich für eine Weile sprachlos.

Auch Antonie sagt nichts. Sie steht vom Sofa auf, geht zum CD-Player und legt eine CD ein, die sie vorher sorgfältig aussucht. Langsame Musik ist es. Nachtmusik. Dann kehrt sie zurück und setzt sich, näher, und schweigt.

Für eine, die mitten in der Nacht bei einer anderen, die sie kaum kennt, aufkreuzt, sagt sie wenig. Man sollte doch meinen, es gäbe viel zu sagen. Aber ich habe den Eindruck, sie will einfach nur ... hier sein. Ab und zu streifen unsere Blicke über das Gesicht der anderen. Das ist alles.

»Woran denkst du? Du siehst so nachdenklich aus«, will sie nach etlichen Minuten, die einfach so verstreichen, wissen.

Ich habe gerade über Sicherheit nachgedacht.

Emma, die Sicherheit in ihrer Beziehung zu finden glaubt, in der sie aber nicht mehr wirklich glücklich ist.

Ich, die ich mich nur in Sicherheit fühle, wenn ich alles unter Kontrolle habe – und das ist in den letzten Wochen ja nun wahrlich nicht der Fall.

Und Antonie, die doch gewiss auch das Bedürfnis nach Sicherheit hat, obwohl sie so abgeklärt darüber spricht.

»Ich wüsste gern was«, stocke ich.

»Und was?«

»Ob es einen Unterschied gibt. Ich weiß, ich weiß, du sagst, dass du das nicht weißt, weil du nie mit einem Mann zusammen warst. Deswegen kannst du es mir auch nicht beantworten. Aber ich grübele halt immer nach. Ob es einen Unterschied gibt. Ganz theoretisch natürlich, denn ich habe ja noch nicht mal ...«

Antonie legt fragend den Kopf schief. »Noch nicht mal?«

Ich glaub, jetzt werde ich wohl konkreter werden müssen. »Ich hab noch nicht mal eine Frau geküsst«, sage ich in einem Tonfall, der nach einem peinlichen Geständnis klingt.

Antonie betrachtet mich nachdenklich, den Zeigefinger an die Lippen gelegt. Ihr Blick gleitet von meinen Augen hinunter zu meinem Mund.

Jetzt plötzlich fällt mir auf, wie nah sie neben mir sitzt. Verdammt nah.

»Ach«, sagt sie schließlich, und ihr Blick wird auf eine bisher mir unbekannte Weise magnetisch. »Wenn es weiter nichts ist ...«

Dann küsst sie mich.

Schock.

Zuerst geht gar nichts.

Ich sitze wie eine verschreckte Jungfrau da und bin am ganzen Körper stocksteif. In meinem Kopf rattert es. Mein Blut gerät in sturmflutartige Bewegung.

Sie berührt meine Lippen mit ihren nur ganz zart. Immer wieder. Ihre Augen sind geschlossen, und sie atmet ruhig. Eine Liebkosung ohne große Leidenschaft, aber mit größter Hingabe. Außer mit ihrem Mund berührt sie mich nur an der Schulter. Und nachdem mein erster Schrecken abgeklungen ist, setzen sich ganz selbstständig meine Hände in Bewegung und krabbeln auf sie zu. Sie lässt mich einfach. Küsst nur immer weiter. Während ich beginne, sie zu umarmen. Beginne. Nur vorsichtig. Dann inniger. Sie im Arm halte und plötzlich alles in mir schwirrt vor echtem Entzücken.

Und ob!

Und ob es einen Unterschied gibt. Sie ist so weich, ihre Lippen sind weich und ihr Gesicht an meinem. Und sie riecht eher süß und duftig, nichts an ihr ist herb. Und auch wenn ihre Schultern kräftige Frauenschultern sind, so sind sie doch unendlich viel zarter und schmaler als die eines

Mannes. Es gibt also einen Unterschied. Das Küssen. Das ist ganz vollkommen unterschiedlich.

Ich glaube, das ist so ziemlich das Letzte, was ich denke. Und dann eine Weile gar nichts mehr.

Aus Gefühlen zu bestehen ist der einzig wirklich selige Zustand, den ich kenne. So wie jetzt.

Erst nach einer ganzen Zeit wird mir langsam klar, was hier passiert.

Das zaghafte Berühren der Lippen hat aufgehört.

Unsere Münder kennen sich schon ein bisschen. Unsere Zungen sogar. Sie schmeckt nach Vanille und duftet nach ihrem Haarshampoo oder Parfüm.

Lange schon sitzen wir nicht mehr wirklich nebeneinander, haben uns einander zugewandt. Und jetzt weicht sie plötzlich zurück und sieht mich an.

Ganz anders, vollkommen anders, als sie mich bisher angesehen hat. Schwindlig wird mir dabei, und ich setze mich weiter zurück ins Sofa hinein, um bloß nicht aus Versehen runterzufallen.

Da lächelt sie, schwingt ein Bein über meine und sitzt schon auf meinem Schoß. Und das, ehrlich, das hab ich noch nie gehabt. Keine Freundin, Katja eingeschlossen, mit der ich wirklich viel zusammengehangen habe, keine hat je auf diese Art auf meinem Schoß gesessen. Und mich dann geküsst.

Kann es sein, dass es hier grad ernst wird?

Antonies Atem geht schon längst nicht mehr ruhig, sondern leichter und flach. Und als ich jetzt ihren tiefen Kuss erwidere, mischt sich in ihren Atem ein leiser Ton wie ein Seufzen, bei dem ich weiche Knie bekomme. Wenn wir stehen würden, würde ich jetzt umfallen.

Da tauchen plötzlich Bilder auf. Meine Fingerspitzen an ihren Schläfen.

Und der Gedanke schießt mir durch den Kopf, dass sie das alles bereits weiß. Sie weiß, wie es ist, so was mit einer Frau zu erleben.

So was und noch viel mehr.

Keine Ahnung, wie weit das hier gehen wird.

Aber ich will in keiner Sekunde stopp sagen. Nicht als sie mit den Händen in meine Haare hineinfährt und sich am Nacken unter meinen Pulli wühlt. Nicht als wir irgendwann einfach umkippen und auf dem Sofa zu liegen kommen. Nebeneinander zuerst, ganz nah mit den Gesichtern. Nicht als sie lacht und sich auf mich robbt, ganz leicht auf mir liegt. Gerade da nicht, denn da finden meine Finger tatsächlich einen Weg unter ihr T-Shirt und machen Bekanntschaft mit ihrer Haut, die so weich ist, dass ich kurz innehalten muss im Küssen, um es ihr zu sagen.

»Ja«, raunt sie mir zu. »Aber du bist doch auch so weich.«

So gestreichelt zu werden.

Davon handelten meine Träume. Nicht *nur* natürlich. Aber in den Träumen begann es auch so. Und das finde ich mit einem Mal ziemlich viel versprechend.

Obwohl es natürlich sein könnte, dass Küssen für Antonie gar nichts Besonderes ist.

»Antonie?«, flüstere ich in ihr Ohr.

»Hm?«, murmelt sie undeutlich. Ihr Gesicht ist gerade in meiner Halsbeuge vergraben.

»Ich weiß gar nicht, was dir Küssen bedeutet. Bedeutet es was?«

Ich glaube, sie hält einen Moment lag den Atem an. Dann bewegt sie sich vorsichtig und hebt den Kopf.

»Wie meinst du das? Natürlich bedeutet es was.«

»Aber was denn?«

Sie schaut etwas ratlos hinter einem leicht amüsierten Lächeln. »Sympathie?«, schlägt sie vor.

Das finde ich ein bisschen tiefgestapelt.

Als sie mein Gesicht sieht, richtet sie sich auf und setzt sich auf den Sofarand. Ich ziehe mich an der Lehne hoch. Sie schaut so ernst.

»Kann es sein, dass du mir damit irgendwas sagen willst?«, mutmaßt sie.

Ich klappe meinen Mund ein paarmal auf und zu wie ein Fisch, aber es dauert etwas, bis mein Hirn wieder richtig funktioniert. Ich habe den Verdacht, Küssen lähmt es für eine gewisse Weile.

»Keine Ahnung, ob ich das wollte. Aber jetzt, wo du es sagst ... Ich weiß ja nicht im Geringsten, was du jetzt so von mir erwartest. Ob Küssen für dich schon der Beginn von etwas ... wie hast du gesagt? ... etwas Hundertprozentigem ist. Du weißt schon, deine drei goldenen Regeln, nach denen du alles im Griff hast. Ich kann dir aber nicht sagen, was in einem Monat ist. Vielleicht kann ich heute noch nicht mal sagen, was morgen ist.«

»Na und?«, sagt sie in gespielter Gelassenheit.

Aber ihr Tonfall klingt ein wenig trotzig, und ihre Lippen zittern. Und ich weiß, dass sie ihr Achselzucken einfach nur als Schutz benutzt. Um nicht zu zeigen, dass sie in Wahrheit Angst hat.

»Was ist mit deinen Prinzipien? Du hast dir doch geschworen ...«

»Prinzipien«, unterbricht sie mich ungeduldig, »sind dazu da, um über den Haufen geworfen zu werden. Man muss daran ausprobieren, ob man immer wieder bereit ist, alles umzuschmeißen, was einem im Leben fest und sicher erschien.«

»Wie hältst du so eine Lebenseinstellung nur aus?«, gebe ich zurück.

Sie sieht auf ihre Hände und dann auf meine. Eine Hand löst sich von ihrem Bein und kommt herübergeschwebt, um auf meiner zu landen. Unsere Finger verschränken sich ineinander.

Diese Geste ist vielleicht das Wichtigste in dieser Nacht. In dem Augenblick, in dem sie geschieht, weiß ich schon, dass ich immer daran zurückdenken werde.

SILBERMONDAUGE: sie ist mitten in der nacht einfach aufgekreuzt? das ist grenzüberschreitend. meine freundinnen wissen genau, dass sie vorher anzurufen haben, wenn sie mich besuchen wollen. sieh dich bloß vor! eine, die solche grenzen nicht achtet, die einfach steine an dein fenster wirft, obwohl deine klingel ausgestellt ist, die ist zu viel mehr fähig. achte darauf!

Sie ist eifersüchtig. Ganz klar.

LOULOUZAUBER: du malst den teufel an die wand. sie ist wirklich ganz harmlos.

SILBERMONDAUGE: das kommt darauf an, wie man ›harmlos‹ definiert ... hast du ihr von mir erzählt?

LOULOUZAUBER: nein

SILBERMONDAUGE: das beruhigt mich.

LOULOUZAUBER: ?

SILBERMONDAUGE: na, offenbar hast du zu mir mehr vertrauen als zu ihr. sonst wüsste ich doch nicht von ihr, sie aber von mir

Mein AB springt an.

»Hi, hier ist Katja. Ich wollt nur sagen ... ich wollt dir sagen ... also, Mensch, jetzt bin ich ganz von der Rolle. Also, ich hab noch mal nachgedacht. Über das, was wir neulich gesprochen haben, du weißt schon. Ich glaub, ich hab da ein bisschen überreagiert. Jetzt mach ich mir Gedanken. Weil du dich nicht meldest. Ich meine, ich hab mich auch nicht gemeldet, logo, aber dass du dich dann auch nicht ... man, ich bin wohl ziemlich durcheinander. Ich will einfach nicht, dass sich was ändert ... zwischen uns jetzt, mein ich. Für dich kann sich ja ruhig was ändern ... vielleicht hat es das ja schon? Ich weiß ja nicht Bescheid. Hat sich schon was geändert, Frauke? Okay, ich ruf wieder an.«

»War es schön?«, fragt Michelin.
»Sicher«, antworte ich. »Sicher war es schön. Sonst hätte ich es wohl nicht gemacht. Die ganze Nacht durchknutschen, das bedeutet ja schon was, oder?«
»Was denn?«, entgegnet sie.

Plötzlich ist es kalt geworden. Der Herbst hat sich innerhalb von zwei Tagen verabschiedet und macht dem Winter Platz.
Als ich heute Morgen mit Loulou auf den Berg gehe, liegt eine feine erste Schneeschicht, dünn wie Puderzucker, auf allen Wegen.
Genauso habe ich es mir vor ein paar Wochen vorgestellt. Mein Hund und ich trotzen der eisigen Kälte, die uns in die Wangen und kalten Nasen beißt. Wir, gemeinsam gegen alle Widrigkeiten, kämpfen uns unseren Weg entlang und erreichen dann ein warmes, helles Ziel.
Ich schaue meinem Atem nach, wenn er von meinem Mund davonstiebt und in die Luft kleine Fantasiegebilde zaubert.
Antonie hat nicht angerufen, seit sie mich neulich in den frühen Morgenstunden wieder verließ.
Ich habe sie auch nicht angerufen. Es liegt so ein Abwar-

ten darin. So ein Zögern, von dem ich nicht weiß, was es bedeutet.

Genauso wenig wie ich weiß, was ich denken sollte, als ich mich gestern Abend bei dem Gedanken ertappte, wie es wohl wäre, Emma zu küssen.

Wer weiß, vielleicht hat Antonie ja die Büchse der Pandora geöffnet, und ich will jetzt mit so ziemlich jeder Frau knutschen, die mir über den Weg läuft. Daran denken muss ich jedenfalls ständig.

In der Stadt begegnen mir Frauen, und ich beobachte, wie sie ihre Hüfte einknicken beim Stehenbleiben vor einem Schaufenster. Ich schaue den Kassiererinnen auf den Mund und bewundere den Schwung ihrer Lippen. Eine Frau, direkt vor mir in der Postschalterschlange, hat ihre Haare hochgesteckt, und ihren Nacken zieren viele kleine blonde Härchen auf der weichen Haut. Ich wette, sie ist weich.

Und heute Morgen ist es wirklich nicht das Größte, durch diese unwirtliche Landschaft zu stapfen.

Meine Vision von einer allein lebenden, tapferen, karriereorientierten Frau, an deren Seite ein treuer Hund läuft, schrumpft zusammen zu einem kläglichen Rest. Und selbst der verpufft, als ich vor mir auf dem Weg in der feinen Schneeschicht Fußspuren entdecke.

Zunächst folge ich ihnen einfach nur und betrachte das Muster, das diese Spuren gemeinsam mit den daneben führenden Abdrücken von Hundepfoten bilden.

Doch dann sehe ich sie ganz deutlich vor mir.

Wie sie Fuß vor Fuß setzt, in ihrem raschen, manchmal regelrecht eilig wirkenden Gang. Wie sie sich umschaut, hinauf zum Himmel, hin zum Hund, den sie aus der Tierpension ausführt.

Schnell hastet sie den Weg entlang, sich dem Zockeltrab des Hundes anpassend. Jeder, der ihr begegnen würde, hätte den Eindruck, sie habe noch unendlich viel vor an diesem Tag und sei deswegen in Hetze.

Und vielleicht ist es auch das, was mein Zögern ausmacht. Vielleicht ist es ihre Geschwindigkeit, mit der sie dahinbraust im Leben. Ihre Spontaneität, mit der sie nachts um eins Steinchen an mein Schlafzimmerfenster wirft.

Bei mir geht alles eher langsam vonstatten. Ich nehme mir Zeit für den Morgenspaziergang. Ich brauche meine Hunderunde, um den Tag zu planen und zu reflektieren. Ich stürze nicht kopflos hinein und schaue mich dann verdattert lachend um. Sie ist so anders als ich.

Und anders als Emma. Die morgens eine halbe Stunde früher aufsteht, um in Ruhe einen Kaffee zu trinken und zu lesen. Nicht die Zeitung, wie ich es tue. Nein, sie liest ein Buch. So hat sie es erzählt. Sie wendet Seite um Seite von Poesie und Geschichten, die sie in den Tag hineinbegleiten bis in den späten Abend, an dem sie mich dann teilhaben lässt.

Als ich ihr von dem Roman erzählte, den ich momentan lese, horchte sie auf.

bücher können unser bewusstsein erweitern, schrieb sie. wenn du also dahinter kommen solltest, wo die lösung des rätsels liegt, dann sag es mir bitte!

du meinst das rätsel, wie man eine liebe, die man erfährt, bleiben macht?, fragte ich. das willst du wissen?

unbedingt! sagst du es mir dann?

versprochen!

Ob Lothar auch noch darüber nachdenkt? Ob ihn diese Frage auch noch plagt? Trotz Frühlingstigerstimme, die er in unseren Telefonaten immer mal wieder draufhat, unbewusst mir etwas damit erzählend?

Ich merke jetzt erst, dass ich stehen geblieben bin und schon seit geraumer Zeit auf die Fußstapfen vor mir starre.

Auf manche Fragen findet man vielleicht erst sehr spät eine Antwort. Und auf andere vielleicht nie.

Diesmal bin ich auf Nummer sicher gegangen. Schon mittags hab ich Lothar auf seinem Handy angerufen und ihn um ein Treffen am Abend gebeten.

Eine Sekunde lang hat er gezögert. Aber dann konnte ich einen Ruck spüren, der durch die elektronische Leitung zu mir rüberfloss.

»Eigentlich bin ich verabredet«, hatte er gesagt. »Aber ich verschieb das. Wollen wir zusammen essen?«

Und deswegen sitze ich jetzt hier, an »unserem« – so nenn ich es immer noch – schönen großen Landhaustisch und stochere mit der Gabel in einem unglaublich leckeren Spinatauflauf herum, von dem ich früher nie genug bekommen konnte.

Die Katzen hocken beide auf der Fensterbank neben dem Tisch und müssen aufpassen, dass ihnen nicht die Augen aus dem Kopf hüpfen, so wie sie uns auf die Teller stieren. Loulou dagegen liegt, scheinbar erschöpft vom Spaziergang, neben meinem Stuhl. Doch die Ruhe trügt: Würde ein Bissen hinunterfallen, wäre sie die Erste, die aufspringen und ihn sich schnappen würde. Aber selbst unsere tierischen Aasgeier können mich nicht aufheitern.

Lothar guckt sich mein umständliches Hantieren mit der Gabel eine Weile an, isst selbst genüsslich, wirft mir aber immer wieder verwunderte Blicke zu, während wir über dieses und jenes reden, Alltagsgeschichten erzählen.

Als das Essen auf meinem Teller bereits beginnt auszukühlen und ich immer noch nicht die Hälfte verdrückt habe, legt er sein Besteck zur Seite und atmet tief ein und wieder aus.

»Keinen Hunger heute?«, tastet er sich vorsichtig heran.

Ich zucke die Achseln und schiebe mir einen letzten Bissen in den Mund, der so groß ist, dass ich eine ganze Weile an ihm herumkaue.

Lothar saugt seine Wangen ein und lässt sie mit einem leisen schmatzenden Geräusch wieder los. Das macht er immer, wenn er ratlos ist oder ihm etwas Unangenehmes bevorsteht. An Morgen vor einem Zahnarztbesuch hat er ganz durchgekaute Backen.

»Du hast Pech, weißt du. Ich kenn dich zu gut. Und wenn du keinen Bock auf meinen bombastischen Spinatauflauf hast, dann kann etwas verdammt nicht stimmen bei dir. Richtig?«

Eigentlich bin ich ja zu dem Zweck hergekommen, weil ich ihm davon erzählen wollte. Von diesen Ereignissen in meinem Leben, die mich so durcheinander bringen. Aber jetzt plötzlich kann ich an nichts anderes denken als daran, dass Katja gesagt hat: »Das kann nicht dein Ernst sein! Du wirst doch jetzt nicht von einem Tag auf den anderen lesbisch!«

Dieser Satz schwirrt als Echo in meinem Kopf herum, und ich kriege keinen Papp heraus.

»Na ja, ich hab viel Stress«, piepse ich schließlich, weil Lothar mich weiterhin unverwandt anschaut. »Der neue Auftrag macht mir ziemlich zu schaffen. Mein Konzept ist schon das zweite Mal zurückgekommen, und langsam weiß ich mir keinen Rat mehr, weil ich schon alles ausprobiert habe. Und dann ist da ja auch noch so einiges andere ...«

»Was denn zum Beispiel?«, hakt er nach. Er sieht angespannt aus. Als erwarte er eine schlechte Nachricht.

Ich mache eine vage Geste und komme mir feige vor. *Das ist doch nicht dein Ernst!*

Lothar tippt unruhig mit dem Zeigefinger auf die Tischplatte. »Wenn ich mal was sagen darf? Also, ich habe den Eindruck, du bist ziemlich durch den Wind. Ich hab so eine Ahnung, was es sein könnte, aber irgendwie trau ich mich nicht recht, es anzusprechen. Weißt du, was ich meine? Auf alle Fälle fühle ich doch, dass mit dir was verdammt noch mal nicht stimmt ...«

Ich hebe den Blick und sehe ihn an. Er ist ein durchschnittlich gut aussehender Mann mit großen braunen Augen, durch die seine weiche Seele hindurchschimmert. Sein Anblick ist mir vertrauter als mein Spiegelbild, und in dieser einen Sekunde will ich mich verfluchen, dass ich vor Monaten das Ende unserer Beziehung eingeläutet habe. Vielleicht hätten wir sie doch noch retten können. Vielleicht wären wir jetzt immer noch zusammen und außerdem glücklich. Er würde mich im Arm halten und mich trösten. Nein, noch besser: Alles, was mich derzeit verwirrt und so durcheinander bringt, dass ich mich selbst nicht mehr zu kennen glaube, all das würde es ja gar nicht geben. Es gäbe keine Frau und schon gar keine zwei in meinem Leben, die mich nachts um den Schlaf und nun offenbar tagsüber um den Verstand bringen. Ich will nichts sehnlicher, als die Zeit zurückdrehen und es anders machen.

»Ach, Lothar«, beginne ich und will schon wieder irgendetwas Dummes sagen. Irgendeine Floskel, die ihm zeigen soll, dass ich noch die Alte bin und er sich nicht zu sorgen braucht. Doch als ich seinen Namen ausspreche, öffnet sich in mir wieder diese gefürchtete Schleuse, und ich heule los.

Ich weine und weine, denke plötzlich, wie blöde ich doch bin, muss unvermittelt lachen, sehe auf, schaue ihn an, sein besorgtes kummervolles Gesicht, muss wieder heulen, vergrabe mein Gesicht in meinen Händen und schäme mich so ziemlich in Grund und Boden.

Lothar steht auf, kommt zu mir herum, fasst mich an der Schulter und führt mich vom Tisch weg hinüber ins Wohnzimmer, wo er mich aufs Sofa bugsiert.

Dort sitzen wir eine Weile.

Er reicht mir ein Tempo nach dem anderen, ich schniefe sie alle voll und stammele immer mal wieder, wie peinlich mir das ist.

Aber er will davon nichts wissen, hält mich im Arm und schaukelt uns beide hin und her wie in einer Wiege. So werde ich langsam ruhiger. Und am Ende kommen nur noch ein paar vereinzelte Schluchzer heraus.

»Ist es wegen Sandra?«, fragt Lothar da plötzlich mit bebender Stimme.

»Sandra?«, wiederhole ich schniefend und ahnungslos.

»Hat dir irgendjemand erzählt ...? Also, weißt du, ich hab Michelin gefragt, ob ich es dir sagen soll, und sie hat da so was angedeutet, dass es dir momentan nicht so gut geht, und da dachte ich, ich warte lieber noch etwas ab. Aber jetzt hast du es wohl von jemand anderem erfahren. Wir sind jetzt wirklich fest zusammen. Seit drei Wochen.«

Ich starre ihn aus tränenverschleierten Augen ungläubig an.

Seine Frühlingstigerstimme im Oktober und November.

Sandra.

Deswegen sieht er so sorgenvoll aus. Er denkt, ich sei wegen ihm so traurig.

Ich nehme seine Hand, die ganz klamm ist.

»Davon wusste ich nichts«, erkläre ich ihm. »Ich hatte vielleicht eine kleine Ahnung, dass es da jemand geben könnte. Aber ich wusste wirklich nichts. Erzähl doch mal. Wer ist sie denn?«

Über Lothars Gesicht huscht eine Sturmwelle der Erleichterung. Er erwidert mein Lächeln und drückt meine Hand.

»Sie ist ... halt dich fest! ... Abwassertechnikerin. Und ständig auf Rollschuhen unterwegs. Aber nicht diese blöden Inlineskates, sondern die guten alten stilvollen Disco-Roller. Ich glaub, ich komm auch langsam auf den Geschmack. Wenigstens falle ich mit diesen Dingern nicht ständig um. Sie malt auch ein bisschen. Nur so hobbymäßig, aber ziemlich gut, finde ich. Und ... sie liebt Katzen!«

»Und wie habt ihr euch kennen gelernt?«, möchte ich neugierig wissen. Das Ganze ist wirklich sonderbar, mit ihm über seine neue Freundin zu sprechen.

Und jetzt bin ich völlig verblüfft, denn Lothar wird zartrot vor Verlegenheit.

»Das klingt ein bisschen komisch ... muss ich zugeben. Also, wir haben ... nein, anders: Kurz nach der Trennung hatte ich einen ziemlichen Durchhänger. Das weißt du ja. Na ja, und da hat Michelin mir eines Abends einen Zettel zugesteckt und gesagt, ich solls doch mal mit einem netten Chat versuchen. Das würde mich ablenken ...«

»Nein!«, platze ich heraus. »Du hast sie im Internet kennen gelernt?«

Lothar nickt beschämt und grinst mich dann achselzuckend an.

Ich reiße die Klappe auf und lache erst mal lauthals los.

Er lacht auch ein bisschen mit, aber noch verhalten. Er weiß ja noch gar nicht, was das wirklich Komische an dieser Sache ist ...

»Pass auf!«, gluckse ich. »Pass auf, ich erzähl dir jetzt mal was ...«

Vergessen ist das Echo von Katjas Worten in meinem Kopf. Ich sprudele und erzähle und lasse nichts aus. Lothars aufgerissene Augen, sein Grinsen und Gelächter zwischendurch zeigen mir, dass es genau so auch richtig ist.

Als ich geendet habe, fragt er: »Jetzt einen Tee?«, und ich nicke.

Deswegen steht er auf, geht schweigend in die Küche, um Teewasser aufzusetzen, und sieht mich auf seinem Rückweg durchs Wohnzimmer viel sagend an.

Als er sich neben mich setzt, kann er jedoch ein Grinsen nicht unterdrücken, und ich knuffe ihn in die Seite.

»Komisch ist das Ganze wirklich nicht!«, maule ich ihn an. Aber ehrlich gesagt, komme ich mir schon bei weitem nicht mehr so tragisch vor wie heute Morgen, als ich oben am Berg Fußspuren verfolgte, von denen ich nicht einmal weiß, ob sie tatsächlich Antonie gehört haben.

»Witzig ist nur, dass ich mir auch überlegt hatte, ob ich es nicht mal mit dem Schwulsein ausprobieren soll.« Lothar grinst verständnisvoll.

Ich bin wirklich froh, dass er von ›Ausprobieren‹ spricht. Ich glaube, ich hätte es nur schwer ertragen können, wenn ausgerechnet er mich gleich in eine Schublade hätte stecken wollen. »Von Überlegen kann hier gar nicht die Rede sein. Ich meine ... es hat mich einfach eiskalt erwischt. Ich dachte, ich sei in diesem Lesben-Chat auf der vollkommen sicheren Seite. Ich wollte mich einfach nur ein bisschen ablenken. Und als mir Antonie begegnete, wäre ich auch nie darauf gekommen, dass zwischen uns so was passieren könnte.«

Wir sinnieren beide eine Weile darüber, wie viel anders es meistens wohl geht, ohne dass man es vorher auch nur ahnt.

Ich sehe mir die Tiere an, die sich um uns herum im Raum verteilt haben und sich mal wieder im Burgfrieden üben. Loulou reckt sich genüsslich, kommt dabei Lanzelot zu nah und muss einen unduldsamen Wischer mit der Tatze einstecken.

Wie wir so auf dem wollweißen Sofa herumlümmeln, inmitten der stilvoll arrangierten Kissen, mit Blick auf eine große Bodenvase mit langstieligen weißen Rosen, fühle ich mich plötzlich wieder richtig zu Hause. Lothar, der Wohnästhet, der mich mit seinem Fimmel für Ambiente immer so genervt hat, versteht eben etwas davon, es gemütlich zu machen. Bei ihm sieht es immer behaglich und licht aus, während die Wohnung, in der Loulou und ich nun hausen, mehr und mehr im Chaos zu versinken droht.

»Weil da drinnen Chaos ist, ganz einfach«, erklärt Lothar mir zärtlich und tippt mir an die Brust.

Da könnte ich, ehrlich gesagt, schon wieder heulen. Weil ich mich nirgendwo so zu Hause fühle wie bei ihm. Ich verdrück mir aber alle sentimentalen Tränen. Er soll nicht denken, dass ich traurig bin wegen ihm und Sandra. Die Wahrheit ist, dass ich tatsächlich ein wenig traurig bin wegen ihm und Sandra. Aber wohl weniger, weil ich Lothar als Partner zurück will, sondern eher, weil ich mich so gut an das Gefühl der Geborgenheit und Sicherheit erinnere, das ich mit ihm zusammen hatte und das ich mir nun herbeisehne.

»Was soll ich nur machen, wenn Emma nur spielen will? Oder wenn Antonie denkt, dass ich spielen will, was sie tun wird, sobald sie auch nur einen Schimmer der Ahnung von Emma bekommt?«, überlege ich laut.

Lothar wiegt den Kopf.

»Bist du eigentlich noch gar nicht auf den nahe liegendsten Gedanken gekommen? Du mit deinem detektivischen Spürsinn?!«

Ich hebe den Kopf und sehe ihn neugierig an. Ja, wirklich gierig, denn alles, was er zu diesem Thema an Erkenntnissen zu haben glaubt, interessiert mich brennend.

»Nahe liegendsten Gedanken?«, wiederhole ich ungeduldig und mache eine Geste mit der Hand, die ihm sagen soll, dass er gefälligst auszuspucken hat, was er denkt.

»Dass Emma und Antonie ... also, wie soll ich sagen?«, stammelt Lothar umständlich.

Ich richte mich auf. »Sag es einfach!«

»Also, mir kam der Gedanke, dass die beiden womöglich ... ohne, dass ich ganz sicher wäre, aber es könnte doch sein ...«

»Was denn?«, unterbreche ich ihn brüsk. Dieses Um-den-heißen-Brei-Herumschleichen hat mich schon früher immer zur Weißglut getrieben.

»Dass die beiden ein und dieselbe Person sind«, sagt Lothar.

Mir ist, als risse jemand meine Augenlider nach hinten und ein blendend weißer Lichtstrahl träfe meine Pupillen und schösse durch sie hindurch zu den trägen grauen Zellen meines Gehirns. Ich quieke auf. Loulou springt aus dem Schlaf hoch und blafft ein paarmal verlegen herum, weil sie nicht mitbekommen hat, was passiert ist und warum ich um Himmels willen plötzlich so aufgeregt bin.

»Lothar!«, hauche ich, meine Finger fest in seinen Arm gekrallt. »Das kann nicht sein! Ich meine, die beiden sind ... sie sind so unterschiedlich! Ich kann mir nicht vorstellen, dass sie ...«

Emmas Poesie, ihr Charme und ihre Eigenwilligkeit.

Antonies Spontaneität, ihre Power und naive Unverstelltheit.

Das passt doch nicht zusammen, oder?

Oder?

»Wirklich nicht?«, fragt Lothar. »Du weißt doch selbst, dass der Bildschirm geduldig ist. Dem kann man viel erzählen.«

Emmas manchmal ausbrechender Witz, ihre verschrobenen Auftritte im Chat-Raum inmitten der anderen.

Antonies stille Momente, das nachdenkliche Glitzern in ihren grauen Augen.

Graue Augen ...

»Aber wieso denn bloß?«, wimmere ich kläglich. Das kann doch jetzt nicht sein. Aber wenn ich ehrlich bin und genau in mich hineinhöre, dann weiß ich, dass es stimmt. Genauso ist es. Und genau das war es, das sich mir als vage Ahnung aufdrängte, als Antonie an meinem Rechner stand und versonnen auf die Tastatur starrte. Da kam mir dieser Gedanke auch schon einmal wie ein Nebelschleier, der sich dann jedoch rasch wieder verflüchtigte. Und er tauchte wieder auf in dieser ersten Nacht. In Form meines Traumes war es ganz deutlich: Sie sind eins.

Lothar zuckt die Achseln.

»Vielleicht war es am Anfang wirklich nur ein Spiel? Und später ... hm, sie hat doch eine wunderbare Möglichkeit, dich in Emmas Namen über sich selbst auszufragen und zu erfahren, wie du zu ihr stehst.«

Es läuft mir eiskalt den Rücken runter.

»Das ist gruselig. Wer macht denn so was? Wenn das stimmt und du Recht hast, dann muss die doch völlig verrückt sein!«

»Ach was. Manchmal baut man eben Unsinn im Leben. Und nach dem, was du von Antonie erzählt hast, kann ich mir schon vorstellen, dass ihr mal der eine oder andere irre Gedanke kommt, den wir zunächst mal ziemlich ungewöhnlich finden würden.«

Ich denke an das *Klickediklack* an meinem Fenster, mitten in der Nacht. Vanillemousse mit zwei Löffeln aus einem Behältnis.

»Natürlich!«, hauche ich. »Du hast Recht! Wieso bin ich nicht darauf gekommen?«

Mir schießen Situationen durch den Kopf, die so was von eindeutig gewesen sind, dass ich mich wirklich blöd nennen kann, nicht schon vorher auf diese Idee gekommen zu sein.

Unser erstes arrangiertes Treffen! Antonie hat wahrscheinlich absichtlich den Treffpunkt so gelegt, dass ich fortwährend auf die Einfahrt zum Tierarzt starren musste. Mit etwas Glück würde ich mich also an unser Gespräch erinnern und dann dort aufkreuzen, wo sie ganz selbstverständlich mit mir zusammentreffen würde. Sie hatte unsere Begegnung also direkt manipuliert.

Dann die Verabredung auf dem Schwof! Selbstverständlich konnte Emma dort nicht auftauchen. Denn schließlich war es Antonie, die mir die Mail geschrieben und mich eingeladen hat und die ich dann ja auch, wie zufällig, dort traf.

Allerdings hat diese Theorie zwei Haken. Zum einen ist mir nicht klar, wie Antonie es geschafft hat, mir oben am Berg wie zufällig über den Weg zu laufen, als eine Unbekannte – obwohl sie mich schon längst per Internet kannte.

Und die größte Frage, die sich einfach aufdrängt, ist die: *Warum macht sie so was?*

Immer und immer wieder diese Frage.

In der Gewissheit, dass ich darauf keine Antwort finden werde.

Lothar kennt mein Faible für Rätsel und Geheimnisse nur zu gut. Er ist irritiert, mich so ratlos zu sehen, und verschlingt die Finger ineinander.

»Überleg doch mal! Sie muss irgendwoher gewusst haben, wo du dich mit Loulou regelmäßig herumtreibst. Denn es kann ja kein Zufall gewesen sein. Vielleicht hast du in einem eurer Gespräche mal etwas erwähnt? Irgendeinen Anhaltspunkt, der sie zum Berg geführt hat? Irgendetwas?«

Ich schüttele den Kopf.

»Nein, das ganz sicher nicht. Als ich Antonie das erste Mal am Berg begegnet bin, da hatten wir uns noch gar keine Telegramme geschickt. Ich kannte ihren Namen nur aus dem Chat.«

Lothar knabbert an seiner Unterlippe. »Na, dann stimmt meine Vermutung vielleicht ja doch nicht?«

»Doch, ich bin ganz sicher, dass du Recht hast.«

»Und wann hast du sie dann wieder getroffen, in Person?«

»Das war an dem Morgen ...« Ich halte inne. »An dem Morgen, nachdem ich zum ersten Mal ein Telegramm von ihr bekommen habe. Ich weiß noch, ein paar Mädels aus dem Chat hatten sich mächtig in der Wolle wegen einer Eifersuchtsgeschichte. Und Silbermondauge ... ich meine Emma ... oder vielleicht sollte ich gleich Antonie sagen? ... sie jedenfalls hat sich eingemischt und einen weisen Ratschlag gegeben. Meine Güte, alle haben sich auf diese Geschichte gestürzt wie die Geier ...« Wieder breche ich ab.

»Warte mal!«, murmele ich und greife nach Lothars Hand. Er sieht mich gespannt an.

»Ja! Das ist es! Mein erster oder zweiter Versuch, mich am Chat-Gespräch zu beteiligen! Der ging damals deswegen in die Hosen, weil ich einer von ihnen erzählen wollte, wo ich mit Loulou regelmäßig spazieren gehe. Und alle anderen im Chat stürzten sich auf diese Information wie die ausgehungerten Raubkatzen und drohten, mir bei meinen Gängen aufzulauern. Das muss sie gelesen haben. Und mir war sie zu dem Zeitpunkt noch nicht aufgefallen. Das ist die Lösung! Natürlich!«

»Ha!«, macht Lothar, angesteckt von meinem Triumph der Entlarvung. »Genau! So kam es dann zu eurer ersten Begegnung, bei der sie dich einfach nur im Vorbeigehen unter die Lupe nahm. Und weil du ihr wohl gefallen hast, läuft sie dir schon ein paar Tage später wieder über den Weg und spricht dich kurz an. Hat sie nicht so getan, als käme ihr Loulou bekannt vor?«

Meine befellte Freundin blickt fragend zu uns hoch, als sie ihren Namen hört.

»Ja, hat sie! Dabei war ich es, die sie kannte ... wenn auch noch nicht in natura.«

»Das ist ja ein Ding!« Lothar bringt es auf den Punkt. »Jetzt fehlt uns nur noch der Hinweis aufs Motiv.« So spricht wohl nur einer, der sechs Jahre mit einer Krimibesessenen verbracht hat.

Ich starre stumm vor mich hin. Ein sonderbares Gefühl des Betrogenseins macht sich breit in mir. Im Grunde ist es doch egal, warum sie es getan hat. Die Tatsache, dass es so gelaufen ist, verbietet doch schon alles Weitere zwischen uns. Und dieser Gedanke bohrt sich wie eine Faust in meinen Magen. Mir wird ein bisschen übel.

Antonies Duft ist eine plastische Erinnerung in mir. Der verschleierte Blick und die Weichheit ihrer Lippen, die Wärme ihres Körpers. Es ist mir so nah wie gerade erst erlebt. Und jetzt glaube ich, dass eine Wiederholung niemals mehr möglich ist.

Was ist das jetzt für ein Ziepen und Zerren an mir, das meine Augen schon wieder mit Tränen füllt?

»Geht dir das nah?«, fragt Lothar vorsichtig.

Ich nicke nur und denke: *Näher geht's nicht.*

Ich widerstehe der Versuchung, in den Chat zu gehen.

Die Nacht verbringe ich auf dem Sofa, gemeinsam mit Loulou. Ich will nachdenken. Ganz in Ruhe nachdenken, was ich jetzt tun soll.

Lothar wollte mir keinen Rat geben.

»Bloß nicht!«, hat er gelächelt. »Hinterher befolgst du ihn noch, und wenn es schief geht damit, bin ich schuld.«

Also habe ich hier Stellung bezogen, um in Ruhe zu überlegen, wie jetzt zu handeln ist.

Ich gehe im Kopf alles durch.

Die einfachste Lösung wäre, weiterhin so zu tun, als habe ich das Spiel nicht durchschaut, und abzuwarten, bis sie von sich aus damit herausrückt. Diese Taktik hätte den Vorteil, dass ich erfahren würde, wann es ihr zu heiß würde und wie sie sich aus der Affäre ziehen würde. Ich wüsste anschließend, ob sie sich mit einem Trick herausziehen oder aber mir reinen Wein einschenken würde. Deswegen überlege ich wirklich lange, ob ich es so machen soll.

Doch nach und nach dämmert mir, dass ich das nicht kann. Ich werde Antonie nicht mit unschuldigem Gesicht begegnen können. Und erst recht werde ich sie nicht noch einmal küssen können, während *ich* weiß und sie nicht weiß, dass ich weiß. Nein, diese einfache Lösung scheidet von vornherein aus.

Bleibt noch die Möglichkeit, sie zu treffen und mit meinem Wissen zu konfrontieren. Ich weiß zwar nicht, wo genau sie wohnt, aber ich könnte an der Tierarztpraxis auf sie warten. In irgendeinem Café oder meinetwegen auch beim Griechen in der Nähe könnte ich dann zusehen, wie ihr der Unterkiefer runterfällt, wenn sie hört, dass sie durchschaut ist.

Diese Möglichkeit erwäge ich nicht so lange und ausgiebig wie die erste. Denn wenn ich ehrlich bin, glaube ich nicht, dass ich das fertig bringe. Ich beginne ja jetzt schon wie Espenlaub zu zittern, wenn ich mir diese Situation ausmale: sie vor mir, mit ihren grauen Augen, die sich verdunkeln, und diesem Blick, den ich schon auf eine ganz andere Art und Weise kennen gelernt habe. Ich bin momentan innendrin viel zu wackelig, um so was durchzuziehen. Aber wenn ich das auch nicht kann, dann bleibt eigentlich nur noch eine weitere Lösung ...

Irgendwann schlafe ich ein. Ich träume unruhig und wache morgens völlig übernächtigt und mit verrenkten Knochen wieder auf, Loulou unter meinen Kniekehlen.

Das ist so eine müde Traurigkeit, die mich umfängt wie eine klamme Decke.

Gerade noch an einem aufregenden Beginn gewähnt, sitze ich nun im Nichts des Unmöglichen.

Im Kopf die alles überschattende Frage: *Und wozu jetzt das alles?*

Den Gang auf den Berg schenk ich mir heute Morgen. Das jämmerliche Frühstück auch.

Stattdessen schreibe ich eine E-Mail, klar und deutlich und endgültig:

```
Emma, ich habe endlich begriffen, was du hier
tust. zwar kann ich nicht verstehen, wieso du
dich so verhältst, aber ich habe es jetzt zu-
mindest durchschaut.
leb wohl!
```

Danach bin ich derart aufgekratzt, dass ich dreimal bei Katja anrufe und ihr den Anrufbeantworter so voll quatsche, dass er beim vierten Anruf nicht mehr anspringt.

Michelin fällt rückwärts fast vom Stuhl, als ich sie anrufe und ihr sage, dass ich heute nicht ins Büro komme.

»Aber Frauke, auf die Idee hätten wir doch auch kommen können!«, haucht sie erschüttert, und ich höre ein Geräusch, das so klingt, als stelle sie ihre Kaffeetasse mit einem Ruck auf dem Tisch ab.

»Sind wir aber nicht«, erwidere ich lässig, während in mir wieder alles erbebt. »Und es hätte auch nichts geändert. Sie ist, wie sie ist, und tut, was sie tut. Und das schließt einfach alles Weitere aus.«

Michelin schweigt ein paar Sekunden.

»Aber sie wird sich doch bestimmt auf deine E-Mail noch einmal melden ...«

Ich schlucke. Daran habe ich natürlich auch schon gedacht. »Könnte sein.«

»Und was wirst du dann tun? Triffst du dich mit ihr?« Michelins Stimme klingt angespannt. Sie kann es nicht leiden, wenn Liebesgeschichten oder Geschichten, die zu solchen hätten werden können, in den Sand gesetzt werden.

»Quatsch!«, spucke ich aus und hätte gern, dass es so klänge, als hätte ich mit dieser Sache bereits abgeschlossen. Stattdessen mischt sich ein merkwürdiges Quieken in meine Stimme. »Das hat doch eh keinen Sinn.«

»Aber interessiert es dich denn nicht, wieso sie das gemacht hat?«, will Michelin wissen.

Natürlich. Genau betrachtet, interessiert mich nichts dringlicher als das.

»Was spielt das denn für eine Rolle? Wenn zu Beginn einer Freundschaft schon solche Schoten ablaufen, dann kann man das Ganze ja wohl vergessen.«

»Freundschaft?« Meine Arbeitskollegin hüstelt leicht. »Wenn es um eine Freundschaft ginge, hättest du wohl Recht. Aber jetzt mal ganz ehrlich, Frauke, hier gehts doch um was anderes. Und wie heißt es immer so schön: ›Im Krieg und in der Liebe sind alle Tricks erlaubt.‹ Wer weiß, ob sie nicht vielleicht einen guten Grund hatte für ihr Versteckspielchen.«

»Fällt dir einer ein?«

»Wer ist denn hier von uns die Rätsel-Löse-Tante?«

Ich seufze. »Wenn es mehr nicht wäre! Ein Rätsel zu lösen, das wär doch kein Problem. Aber hier geht es nicht um irgendeine fiktive Geschichte, die man mit dem Kopf knacken kann. Hier geht es schließlich um meine Gefühle!«

»Nicht nur um deine Gefühle. Das, was du von Antonie erzählt hast, klingt nicht so, als sei sie ein gefühlskalter Klotz.«

Warum nur werde ich den Verdacht nicht los, dass Michelin nicht ganz einverstanden ist mit meiner Sicht auf die Dinge?

»Das sage ich ja gar nicht. Ich sage nur, dass die Vertrauensbasis nicht mehr vorhanden ist, wenn eine sich so was einfallen lässt«, versuche ich sie noch mal zu überzeugen. Doch Michelin bleibt davon ungerührt.

»Sag, was du willst. Ich finde es sogar irgendwie romantisch, dass sie sich so viele Schachzüge ausdenkt, um dir näher zu kommen.«

Hätte ich mir denken können, dass sie es so sieht.

»So, jetzt muss ich aber wieder an die Arbeit. Im Gegensatz zu dir kann ich mir gerade keinen Einbruch in der Kontinuität am Schreibtisch leisten. Dann ruh dich jetzt mal aus von der anstrengenden Nacht, schlaf ein bisschen und denk noch mal drüber nach, ob du sie nicht doch wenigstens anhören willst.«

»Okay, mach ich«, verspreche ich. Darüber nachdenken kann ich ja ruhig noch mal. Das bedeutet ja noch gar nichts. Außer dass ich mir meiner Entscheidung diesbezüglich wirklich hundertprozentig sicher bin, wenn sie anruft.

Wenn sie anruft und fragt, ob wir uns zu einem klärenden Gespräch treffen können, kann ich dann wenigstens mit ruhigem Gewissen behaupten, ausführlichst darüber nachgedacht zu haben, dass ich das nicht will.

Wenn sie also anruft und fragt, dann werde ich sagen: ›Tut mir Leid, Antonie ... oder soll ich lieber Emma sagen? Was ist dir lieber? ... Jedenfalls habe ich nach langem Überlegen entschieden, dass es besser ist, wenn wir es hierbei belassen.‹ Loulou stört es nicht, wenn ich den Satz ein paarmal laut übe. Er soll bestimmt klingen, nicht eingeschnappt oder sauer, sondern überlegen und selbstsicher.

Wenn sie also anruft, bin ich gewappnet.

Fast eine geschlagene Stunde sitze ich auf dem Sofa und warte.

Aber wahrscheinlich hat sie meine Mail noch gar nicht bekommen. Sie wird arbeiten müssen. Und zwar nicht an der Uni, vor literaturinteressierten StudentInnen, wie Emma mir immer erzählt hat, sondern in der Tierarztpraxis unten auf der Ruhrstraße.

Also werde ich wohl erst heute Nachmittag oder am Abend mit ihrem Anruf rechnen können.

Vielleicht sollte ich dann doch lieber noch etwas arbeiten. Michelins Spruch, dass ich es mir erlauben kann, mal einen Tag Pause einzulegen, entspricht nämlich nicht unbedingt den Tatsachen.

Also schleppe ich mich an den Computer und mache mich ausgesprochen lustlos an die Arbeit.

Logisch, dass Michelin so denkt. Sie ist eine echte Fatalistin und schicksalsgläubig bis zum Abwinken. Für sie würde sich natürlich jetzt die Frage stellen, wieso ich Emma-Antonie überhaupt begegnet bin, wenn das Ganze jetzt auf diese unspektakuläre Weise gleich wieder versumpfen würde.

Für Michelin steht fest, dass alle Menschen, die einem begegnen, das nicht umsonst tun. Alles hat einen schicksalsbestimmten Sinn in unserem Leben, behauptet meine liebe Freundin. Und ich muss sagen, dass es mir heute bestimmt besser ginge, wenn ich auch dieser Religion anhängen würde. Denn dann wäre zumindest gewiss, dass sich mir irgendwann der tiefere Sinn der letzten Wochen offenbaren würde.

Das Telefon klingelt, und ich bin mit einem einzigen Hechtsprung am Hörer.

»Ja?«

»Hi, Süße, ich bins.« Lothar. »Ich wollte nur mal fragen, wie es dir geht. Als du heut Nacht hier aufgebrochen bist, hast du doch einen etwas aufgelösten Eindruck gemacht.«

Ich stöhne auf und erzähle ihm von meinen nächtlichen Überlegungen und meiner Entscheidung am Morgen.

Mein Ex-Freund fabriziert sein typisches Backen-Schmatz-Geräusch und stimmt mir zu: »Wahrscheinlich ist es nicht das Allerbeste, aber ich denke, ich würde es auch so machen wie du.«

Ich bin irritiert. »Wie? Nicht das Allerbeste? Wie meinst du das?«

»Na, den Kopf in den Sand zu stecken, ist doch wohl nie die allerbeste Methode gewesen, um vorwärts zu kommen, oder?«

Dazu kann ich nur schweigen.

»Ich muss jetzt mal wieder auflegen«, brummt Lothar. »Denkst du dran, dass übermorgen die Premiere von Angelas Stück stattfindet?«

»Denkst du, dass Michelin zulassen würde, dass ich das vergesse?!«, erwidere ich, ein wenig erschrocken, denn ich hatte wirklich nicht mehr daran gedacht.

Lothar murmelt noch etwas Liebes, und wir legen auf.

Meine Freunde sind auf alle Fälle da, denke ich. Egal, was jetzt passiert, das ist ganz sicher: Allein bin ich nicht!

Dieser Gedanke hebt meine Stimmung wieder ein bisschen, und ich schaffe es tatsächlich, mich auf die Recherche zu konzentrieren, die momentan bei mir anliegt.

Es soll ja Leute geben, die nach einer Enttäuschung in Liebesdingen ganz in ihrem Job aufgehen und richtig Karriere machen ... Ich denke, das ist eine großartige Chance für mich, aus meiner misslichen Lage zumindest etwas Profit zu schlagen.

Als ich mich um kurz vor zwei in meinem Stuhl gähnend zurücklehne, habe ich tatsächlich ziemlich viel zu meinem neuen Thema zusammengetragen.

Jetzt hab ich eine Pause wirklich verdient.

»Und du möchtest bestimmt gern eine Runde im Wald drehen, oder?«, frage ich Loulou.

In diesem Augenblick klingelt das Telefon. Ich werfe einen elektrisierten Blick hinüber. Aber ehe ich mich auch nur bewegen kann, klingelt es auch an der Tür. So was nennt man also Gewissenskonflikt. Aber ich habe kaum die freie Wahl, ob ich nun öffne oder den Hörer in die Hand nehme. Denn Loulou nimmt mir die Entscheidung ab, indem sie beschließt, heute mal anzuschlagen.

Ich renne also hinter meinem kläffenden Köter durch den Flur und reiße die Tür auf. Das Mädchen dort lässt sich durch meinen bellenden Hund nicht verschrecken, sondern hält mir sofort demonstrativ eine Spendenbüchse entgegen.

»Guten Tag, haben Sie heute schon darüber nachgedacht, wie viel Geld Sie jedes Jahr für teure Weihnachtsgeschenke ausgeben?«, leiert sie herunter, während sich im Wohnzimmer gerade der Anrufbeantworter einschaltet und das verpasste Gespräch entgegennimmt. »Nur drei Euro würden aber ein Kind am anderen Ende der Welt schon für ein paar Tage satt machen. Gerade in der besinnlichen Vorweihnachtszeit sollten Sie darüber nachdenken, ob Sie selbst in unserer Konsumgesellschaft nicht auch mehr Verantwortung für die Notleidenden dieser Welt ...«

»Stopp!«, sage ich und halte eine Hand hoch. Das Mädchen hält tatsächlich mitten im Satz inne und glotzt mich an, als hätte ich sie mit meiner Unterbrechung aus einer bereits Tage andauernden Hypnose gerissen. Loulou starrt angespannt auf die immer noch hoch in die Luft gereckte

Sammelbüchse, die sie offenbar an den Behälter zum Transport ihrer Leckerchen erinnert.

Ich stecke eine Hand in die Tasche der Jacke, die neben mir an der Garderobe hängt, und wühle darin herum. Erstaunlich, wieso manche Dinge geschehen. Diese beiden Zwei-Euro-Stücke, die ich schon seit Wochen mit mir herumtrage, sind also genau deswegen in der Jackentasche zurückgeblieben.

»Bitteschön!«, sage ich lächelnd und fummele die Geldstücke in den Schlitz, wo sie klirrend zu ein paar anderen fallen.

»Danke«, antwortet das Mädchen und öffnet noch einmal den Mund, um einen wahrscheinlich ebenfalls auswendig gelernten Satz zu sagen.

Ich lasse das jedoch nicht zu, winke ihr höflich, aber bestimmt und schließe die Tür wieder.

Dann haste ich ins Wohnzimmer und tippe so heftig auf den Nachrichtenknopf des Anrufbeantworters, dass meine Fingerspitze davon wehtut.

»Hi, Frauke«, sagt Antonies helle Stimme. Ich fahre zusammen. »Sorry, dass ich mich jetzt ein paar Tage nicht gemeldet habe. Du hast dich vielleicht gewundert. Aber meine liebe Freundin Steffi hat mich überraschend nach Mallorca entführt. Keine Angst! Keine Ballermann-Tour.« Sie lacht. »Aber die Steffi arbeitet in einem Reisebüro und kriegt die Sachen da manchmal superbillig. Also haben wir uns ein paar Tage den Arsch auf Mallorca abgefroren, umzingelt von deutschen Rentnern. Na, das mach ich auch nicht noch mal. Aber Steffi meinte, so was muss man auch mal erlebt haben. Ich weiß ja nicht ... es war echt voll die tote Hose.« Sie macht eine kleine Pause, und ich höre ihren Atem, der mir auf eine aufregende Weise vertraut vorkommt. Ich muss mich zwingen, daran zu denken, dass sie mich belogen hat.

Aber dieser Gedanke ist so schwammig und glitschig wie eine weich gekochte Bandnudel im Wasser. Einzig ihr Gesicht, ganz nah vor meinem, das ist ganz deutlich. Dann klingt ihre Stimme ein bisschen ernster, warm und liebevoll. Ich bekomme einen Kloß in den Hals, als sie sagt: »Musste mich jetzt unbedingt mal kurz bei dir melden. Auch wenn ich noch in der Praxis bin. Aber ich geh jetzt zum Griechen, wo wir mal zusammen gegessen haben. Vielleicht hörst du das hier ja rechtzeitig und hast Lust hinzukommen? Fänd ich cool. Bis später dann.«

Piep.

Mindestens eine Minute vergeht, ohne dass ich mich auch nur einen Millimeter bewege.

Dann strecke ich die Hand aus und drücke den Wiedergabeknopf noch einmal.

Ihre Stimme rieselt mir wie warmes Wasser den Rücken herunter. Dass sie mit mir spielt, das hört man ihr wirklich nicht an. Ein kleiner Zweifel schleicht sich meinen Nacken herauf. Er sagt, dass es doch sein kann, dass Lothar sich irrt. Alles in mir möchte so gern, dass es tatsächlich so wäre.

Deswegen sage ich es mir ganz bewusst ein paarmal vor: »Sie hat dich angelogen, Frauke! Betrogen! Sie spielt irgendein komisches Spiel mit dir! Vergiss das nicht!«

Ich werd nicht vergessen, was ich weiß, aber treffen kann ich sie doch trotzdem. Oder?

Meinem plötzlichen Entschluss folgend, stürze ich ins Schlafzimmer und betrachte mich hastig im Spiegel. Das muss so gehen. Also werfe ich mir die Jacke über, schnappe Loulous Leine vom Haken und mein Portemonnaie vom Schrank.

Dann reiße ich die Tür auf und pralle zurück. Vor mir im Hausflur steht eine Frau, die den Arm ausgestreckt hat zum

Klingelknopf. Sie sieht mich ebenso erschrocken an wie ich sie.

»Tut mir Leid«, stammele ich mit Blick in ihr hübsches Gesicht. »Ich hab grad schon was gegeben. Für heute ist mein Spendenkontingent erschöpft.«

Die Frau blinzelt irritiert. Erst da bemerke ich, dass sie keine klappernde Büchse in der Hand hält. Und stelle fest, dass sie mir sehr vage bekannt vorkommt. Aber ich weiß nicht ... ich kann ihr Gesicht nirgends einordnen.

»Ah«, mache ich gedehnt. »Das ist ja ein Ding! Jetzt hab ich gedacht, Sie wollten Spenden sammeln. Aber das wollen Sie gar nicht, oder?«

»Nein ...«, antwortet sie, mich unverwandt wie hypnotisiert anstarrend. Sonst sagt sie nichts.

Ich stutze.

»Wollen Sie denn zu mir?«

»Ja.«

Ein paar Sekunden ist es still um uns herum. Ich blicke in ihre grauen Augen, sehe die dunkle Locke, die ihr über die Stirn hängt. Bevor sie den Mund wieder öffnet, bevor sie es sagt, wird es mir mit einem Schlag klar. Ich bekomme die Bratpfanne volle Pulle vor den Kopf. Wir sind uns schon mal begegnet. Wir haben schon einmal nebeneinander gestanden und haben uns angeschaut. Mein Herzschlag hat sich schon einmal beschleunigt, als ich sie ansah, aber dann hatte sie fortgeschaut, und ich hatte geglaubt, mich geirrt zu haben.

»Ich dachte, es wär mal an der Zeit, mich vorzustellen. Ich bin Emma«, sagt sie.

8. Mit einem Happy End endet die Geschichte

> *›Ich zu sein, ganz ich. Und dich zu treffen,*
> *nur dich, so wie du dich siehst.‹ Sie öffneten*
> *die Türen ihres Hauses weit und ließen das*
> *Mondlicht herein, das dem ähnelte aus der*
> *Nacht, in der sie sich trafen. Ihre Augen*
> *begegneten einander wie zum, aber nicht*
> *zum ersten Male. Der Mut war da. Und der*
> *Wille. Und der wache Geist. Es würde ein*
> *weiterer Versuch werden und Jahre dauern.*
> *Bis zu dem Punkt, an dem ein neuer*
> *begänne. Und immer so fort.*
> *(Seite 213 des Romans »Von der Umkehr der*
> *Endgültigkeit«, Patricia Stracciatella)*

Die Frau auf der Empore. Diejenige, die neben mich trat und sich dort anlehnte. Die mich ansah. Das war sie gewesen. Ein Hoch auf meine Intuition. Aber genützt hat sie mir ja nur wenig.

»Ja, mein Gott, einen Augenblick lang war ich mutig genug, um dich anzusehen. Aber dann verließ mich wieder alles, und ich habe mich nicht getraut, etwas zu sagen.«

Emmas Stimme.

Die kenne ich nicht.

Ein wenig rauchig ist sie und dunkelviolett von der Farbe.

Sie passt zu ihr. Zu ihren Gedichten und den zwanzig E-Mails an einem Tag.

Ich sitze da und starre sie an, während sie spricht. Langsam spricht.

»Als ich deine Mail bekam vorhin, da wusste ich, dass es so nicht weitergehen kann. Eigentlich wollte ich noch ein bisschen warten, bis sich um mich herum alles ein bisschen beruhigt hat. Aber dein ›Leb wohl!‹ hat mich erschreckt. Was ist passiert?«

»Passiert?«, wiederhole ich. »Nichts eigentlich. Ich dachte nur, ich hätte eine geniale Idee.«

»Und die wäre?«

»Ich habe vermutet, dass du und Antonie ...«

»Was? Dass wir uns kennen?«

»Noch anders. Ich dachte, ihr seid ein und dieselbe Person.«

Emma sinkt zurück in die Kissen.

»Mein Gott«, flüstert sie. Ihr Blick liegt lange auf dem kleinen Tisch vor dem Sofa, bevor er zu mir herübergleitet und mitten in mich hineinfällt.

Treibt mich einzig nur Verlangen, diese eine zu umfangen.

Warum denke ich an all diese Gedichte, die ich so oft gelesen habe, wenn sie mich anschaut. Durch ihre Augen hindurch schimmert das, was sie mir gewesen ist. Ein tiefer, reifer Ernst, der hinter aller Poesie schlummert und mich verführt hat.

Antonie an ihrer Stelle hätte bestimmt gelacht. Sie hätte mich für einen Moment mit großen Augen angestarrt, und dann wäre sie laut herausgeplatzt.

Ich grusele mich ein wenig vor mir selbst, als ich mich bei diesem Vergleich ertappe.

»Wo willst du hin?«, fragt sie mich da plötzlich.

Emma. Wo will ich hin. Mit diesen Augen. Dem ernsten Mund.

Ich kann nicht antworten, weiß nichts.

»Wenn es wichtig ist, sollte ich vielleicht später wiederkommen?!«, setzt sie hinzu, und da begreife ich erst, was sie gemeint hat mit ihrer schlichten Frage.

Wir befinden uns nicht auf einer Meta-Ebene, auf der wir uns gegenseitig unsere Lebenswege aufzeigen und uns fragen, wohin wir noch gelangen wollen. Nein, sie spielt ganz einfach darauf an, dass ich immer noch in meiner Jacke hier hocke, Loulous Leine in der Hand.

Mein armer Hund, der sich inzwischen seufzend wieder lang ausgestreckt hat, in der Gewissheit, dass dies hier wohl länger dauern wird.

»Oh, eigentlich wollte ich nirgendwo Bestimmtes hin. Ich wollte einfach nur raus«, erkläre ich ihr und finde dies dann doch wieder ziemlich metaphorisch. »Ich muss ja mit Loulou spazieren gehen ...«

Über Emmas Gesicht huscht ein liebevolles Lächeln, als ich diesen Namen ausspreche.

Loulou. Das bin ich für sie. Ebenso wie sie jeder silberne Mond für mich ist.

»Das sind die Verpflichtungen einer Hundebesitzerin«, entschuldige ich mich. »Und wegen denen muss ich manchmal auch unhöflich sein und gerade erst hereingebetenen Besuch wieder rausbegleiten.«

Emma steht sofort auf.

Ihr langer dunkler Mantel trägt am Kragen einen feinen Webpelz, über dem ihr Gesicht aussieht wie aus Porzellan. Ich würde sagen, Emma ist eine Schönheit. »Wenn du schon von begleiten sprichst: Vielleicht könnte ich dich ja bei deinem Verpflichtungsspaziergang begleiten? Ich stelle es mir schön vor, mir jetzt ein bisschen kalte Luft um die Nase wehen zu lassen!«

Ich sehe sie verwundert an. Vielleicht weil ich mir ihre

elegante Gestalt kaum vorstellen kann bei einem echten Hundespaziergang, dreckbespritzt und nassgeregnet.

»Du weißt noch gar nicht, was man alles mit mir teilen kann ...«, stellt Emma leise fest, als habe sie meinen Gedanken erraten. Ich spüre eine leichte Hitze in meinem Gesicht aufsteigen und beeile mich, zur Tür zu kommen.

Wir gehen zum Wald, der winterlich duster aussieht von außen. Aber sobald wir ihn betreten, bietet er Schutz und Geborgenheit. Ich atme tief, und Emma sieht dem kurzlebigen Nebelgebilde nach, das von meinem Mund davonstiebt.

»Du fragst ja gar nichts«, stellt sie nach einer Weile fest, in der wir nur über Loulou, das Matschwetter, die Vor- und Nachteile von Gummistiefeln gesprochen haben.

Es hilft nichts, sich dumm zu stellen und so zu tun, als wisse ich nicht, was sie meint und was ich denn fragen solle. Ich weiß es ja.

»Um ehrlich zu sein, fällt mir keine einzige gescheite Frage ein, an die du da wohl denkst«, gestehe ich. »Ich glaube, ich stehe unter Schock oder so.«

Emma vergräbt ihre Hände tief in ihrem Muff.

»Ist der echt?«, erkundige ich mich.

Sie betrachtet das Fell. »Ich denke schon. Er hat meiner Oma gehört. Wird wohl Kaninchen sein.«

»Hm«, mache ich. Wer Gyros-Teller verputzt, darf sich über Kaninchenfell am Muff bestimmt nicht echauffieren.

»War das jetzt eine von deinen Fragen an mich?«, versucht Emma einen Scherz.

Da bleibe ich mitten auf dem Waldweg stehen und sehe sie an. Zum ersten Mal ganz offen und frei.

Hier ist sie also.

Alle Gedichte, alle Schwärmerei, jeder aufgeglühte Funke steht hier vor mir.

»Du bist lustig!«, brumme ich da. »Über Wochen weiß

ich nicht, wer du wirklich bist. Aber du lässt nicht los. Und jetzt stehst du hier, weil du Angst hattest, dass ich mich vom Acker mache, und willst, dass ich dir Fragen stelle. So einfach ist das nicht.« Dann drehe ich mich um und gehe langsam weiter.

Emma folgt mir.

»Du hast ja Recht«, sagt sie zerknirscht. Ihre rauchige Stimme vibriert dabei, als tanze ihr Kehlkopf auf und nieder. »Aber ich hätte anfangs wirklich nie im Leben geglaubt, dass es solche Ausmaße annehmen könnte. Ich hab schon öfter Frauen über den Chat kennen gelernt. Aber noch nie ...«

Dazu sage ich besser nichts. Ich habe vor ihr noch nie eine Frau übers Internet kennen gelernt. Ich habe sozusagen beim ersten Versuch gleich den Jackpot geknackt. Falls das hier tatsächlich der Hauptgewinn ist. Das muss sich ja erst noch rausstellen.

»Vielleicht war es, weil Ramona und ich diese schwere Krise hatten«, fährt sie gedämpft fort. Ramona heißt sie also. »Wir haben uns über lange Strecken immer nur an den Wochenenden gesehen, weil sie an der Uni Köln arbeitet und keine von uns jeden Tag pendeln wollte. Das ging eine ganze Weile ziemlich gut, aber dann ... ach, ich weiß nicht, was dann passiert ist. Irgendwie hat sich alles verändert.«

Sieh an, denke ich. So was kommt also nicht nur in den Büchern vor, die ich gerade so lese.

»Wir haben uns ständig gestritten. Sie hat so viel an mir herumkritisiert, und mir passte auch so einiges nicht mehr. Und dann bist du mir aufgefallen. Hast immer nur am Rand gestanden und gelesen, was die anderen erzählten im Chat. Das hat mich an mich erinnert, früher. Ich glaube, deshalb hat es mich auch nicht besonders überrascht, als du mir erzählt hast, dass du gerade erst eine Beziehung mit einem Mann hinter dir hast ...«

»Na ja, das mit der Trennung ist ja jetzt schon fast ein halbes Jahr her«, unterbreche ich sie schnell und fange ihren verwunderten Blick auf. »In einem halben Jahr kann viel passieren, meine ich damit.« Schon wieder werde ich rot. Aber sie übersieht es freundlicherweise und schaut seufzend zur Seite: »Wem sagst du das?!«

Ich betrachte für einen Moment ihr hübsches Profil, bevor ich mich wieder nach Loulou umsehe, die gerade einen anderen Hund begrüßen muss.

»In diesem halben Jahr haben Ramona und ich uns sehr entfremdet. Die ständigen Streitereien. Kaum noch Schönes, das wir geteilt haben. Ich denke, das war der Nährboden, auf dem dann so etwas wachsen konnte, wie es dann zwischen dir und mir passiert ist.«

Ich trete vor einen Tannenzapfen, der den Weg entlangkullert. »Eigentlich ist ja gar nichts passiert«, weiche ich ihrer Andeutung aus.

»Denkst du das wirklich?«, erwidert Emma und sieht mich eindringlich von der Seite an.

Ich lache sicherheitshalber ein bisschen. Bloß nicht zu ernst werden jetzt.

»Du hast ja nicht gerade dazu beigetragen, dass was auch immer hätte passieren können. Immer wenn wir uns treffen wollten, hast du im letzten Augenblick gekniffen ...«

»Ich wollte ja!«, fällt sie mir ins Wort. So eine Vehemenz würde man hinter ihrer zerbrechlich wirkenden Schönheit auf Anhieb nicht erwarten. Aber ich kann damit rechnen, stelle ich etwas erstaunt fest. Ein bisschen kenne ich sie also doch schon. »Aber als ich dann wusste, wie du aussiehst, und als ich dann immer mehr und mehr mitbekam, wie du bist, also ... ich konnte einfach nicht.«

»Unsere erste Verabredung ... an der Bushaltestelle«, murmele ich, mich erinnernd. »Du warst also doch da! Daher wusstest du, wie ich aussehe?!«

»Ja.« Emma seufzt und lächelt, um das Ganze zu entschärfen. »Ich war viel zu früh da und hatte mich in das Café nebenan gesetzt, mit Blick auf die Straße. Und dann kamst du, auch zu früh. Und ich dachte, ich könnte dich ein paar Minuten in Ruhe anschauen und mich an deinen Anblick gewöhnen und dann ganz gelassen zu dir rausgehen. Aber ...«

»Aber?«

»Als ich dich ein paar Minuten angesehen hatte, da war mir klar, dass ich es nicht schaffen würde. Ich würde mich nicht an deinen Anblick gewöhnen. Und ich würde auch dieses Spiel nicht durchziehen können.«

So muss sich Pinocchio gefühlt haben: hölzern.

»Spiel?«, wiederhole ich.

Jetzt wird Emma noch blasser unter ihrem dunklen Haar. Ihre grauen Augen sind wie das aufgewühlte Meer an Sturmtagen. Ich korrigiere meine Empfindung von vorhin: Es ist sehr gut vorstellbar, dass sie mitten in Matsch und Kälte durch den Wald läuft. Sie passt hierher, weil sie ein Wintermensch ist. Silberblau wie der Vollmond in klirrend kalten Nächten.

»Ich dachte am Anfang, es sei eines«, antwortet sie leise. »Oder vielmehr hätte ich es wohl gern so gehabt. Ich wollte mich ablenken, wollte etwas Zerstreuung finden, wollte wieder einmal das Kribbeln spüren. In meiner grenzenlosen Naivität habe ich geglaubt, dadurch würde ich mich mit Ramona auch wieder besser fühlen. Aber das Gegenteil war der Fall ... es ging mir immer schlechter. Meine Realität verwässerte immer mehr. Mein Leben wurde zu einer echten Farce. Eigentlich habe ich nur noch wirklich gelebt, wenn ich abends meinen Rechner anwerfen konnte.«

»Hat sie nichts gemerkt?«, frage ich.

Emma gibt ein Geräusch von sich wie ein bitteres Lachen. »Klar hat sie was gemerkt. Sie hat gemerkt, dass ich nicht die Alte war. Ich war froh darüber. Aber sie war irritiert, fand mich merkwürdig. Und schließlich hat sie es mir auf den Kopf zugesagt.«

Ich sage nichts. Aber die Frage hängt zwischen uns beinahe greifbar in der kalten Luft. Die Frage, was Ramona ihr denn wohl auf den Kopf zugesagt haben kann – wo doch gar nichts geschehen ist zwischen uns.

Emma nimmt eine Hand aus ihrem Muff und fährt sich damit übers Haar, das sie zu einem Zopf geflochten hat. »Ich weiß nicht, wieso ich mich so lange nicht bewegen konnte. Ich habe es nicht gewagt, dir zu begegnen, weil ich mich davor fürchtete, dass sich damit alles verändern würde. Dabei hatte sich schon alles verändert.«

Eine helle Stimme in meinem Kopf. *Das Verharren in einer Beziehung, bis eine andere kommt. Gibt es oft. Und nichts finde ich ... erbärmlicher.*

»Ein Königreich für deine Gedanken«, sagt Emma und lächelt tiefgründig.

Ich fühle mich ertappt, und deswegen erwidere ich schnell: »Du solltest nichts anbieten, was du nicht besitzt.«

»Au«, macht Emma und sieht plötzlich verschmitzt aus. »Ich glaube, ich sollte besser aufpassen, was ich sage.« So habe ich sie mir immer vorgestellt, mit diesem Gesichtsausdruck, amüsiert, charmant, überlegen.

»Und was sagt Ramona dazu, dass du mich nun doch besuchst?«, möchte ich wissen. Hoffentlich erzählt sie mir jetzt nicht, dass dies hier eine heimliche Begegnung ist, die in Zukunft verschwiegen werden muss. Auf so was steh ich nun gar nicht.

Emma atmet weiße Wölkchen in den Nachmittag.

»Wir haben uns getrennt«, sagt sie.

Viel einfacher hätte sie es nicht ausdrücken können.

»Aber doch nicht ... aber doch nicht wegen mir ...?«, stottere ich.

»Ach, Frauke«, murmelt Emma. »Ich kenn dich doch gar nicht.« Die tiefe Traurigkeit, die ich auch in ihren E-Mails oft zu spüren glaubte, senkt sich über sie und berührt auch mich. Es ist, als spürte ich, was sie fühlt. Als sei unser Erlebtes so ähnlich, dass es sich übereinander legt wie zwei Schablonen. Heraus aus der langjährigen Geborgenheit einer festen Beziehung, plötzlich allein, ohne einen vertrauten Menschen an der Seite. Und vor einem Nichts aus Ungewissheit.

Wir haben wirklich einiges gemeinsam.

Das haben wir beide von Anfang an gespürt.

»Möchtest du noch mit zu mir kommen? Schätze mal, es gibt noch eine Menge zu erzählen«, lade ich sie ein und höre selbst, dass dies ganz bestimmt nach Meta-Ebene klingt.

Emma lächelt erfreut. Doch als sie mich anschaut, schleicht sich etwas in ihre Züge, das wie Vorsicht aussieht.

»Darf ich dich denn auch was fragen?«

»Sicher.«

»Was ist jetzt mit Antonie?«

Antonie.

Sie wartet in der griechischen Grillstube auf mich. Vielleicht schon nicht mehr. Vielleicht ist sie zurück in der Tierarztpraxis, und vielleicht denkt sie bei jedem Hund an Loulou und an mich.

»Ich weiß nicht«, antworte ich wahrheitsgemäß und trete vor drei oder vier Tannenzapfen, die mir im Weg herumliegen. »Ich hab keine Ahnung, was mit ihr ist. Es ist, als würdet ihr aus zwei verschiedenen Welten stammen ...«

»Da frage ich mich doch, in welcher der beiden Welten

du lebst«, gibt Emma vorsichtig zu bedenken. »Und hör auf, die armen Zapfen zu treten.«

Da ist zum ersten Mal unser gemeinsames Lachen.

Ich kann es nicht recht glauben. Aber sie ist da.

Als ich die Wohnungstür aufschließe und Loulou hineinschleuse, direkt zum Bad.

Als ich, die Dusche in der Hand, wirr und zerzaust dort stehe und meinem Hund Matsch, Laub und etwas Undefinierbares, Stinkendes aus dem Fell wasche.

Als ich dumm in der Küche herumstehe, wartend, dass der Kaffee durchgelaufen ist.

Sie ist einfach da.

Und sie ist ... wow.

Meinst du, hat Katja mich mal gefragt vor Urzeiten irgendwann, *meinst du, wenn der Typ, der es sein soll, wenn der also auftaucht und du zum ersten Mal mit ihm allein bist, meinst du, du merkst es dann sofort? Ich meine, wie fühlt sich das dann wohl an?*

Ich hatte geglaubt, dass ich es spüren würde. Diese Perspektiven, die sich da plötzlich eröffnen würden, ganz deutlich. Ich dachte, ich würde es fühlen, dass mit diesem Menschen alles möglich wäre im Leben.

Aber in Wahrheit fühle ich nur grenzenlose Nervosität und Lampenfieber. Ja, Lampenfieber. Denn ich weiß, dass sie mich küssen will. Und ich will sie ganz sicher auch küssen. Hundertprozentig sicher will ich das. Ich kann kaum auf einen anderen Fleck in ihrem Gesicht gucken als auf ihren Mund, wenn ich sie anschaue. Deswegen schaue ich sie nicht so häufig an. Nur hin und wieder. Aber ich glaube, das reicht schon, um mich zu entlarven. Ich wette, sie weiß, dass ich sie küssen will und dass ich weiß, dass sie mich küssen will. Ich kann ja nur hoffen, sie erwartet nicht in irgendeiner übersteigerten Vorstellung von meinem Mut, dass ich den Anfang mache.

Als ich zum Schrank hinübergehen will, um zwei Tassen für unseren Kaffee zu holen, ist klar, dass sie das nicht tut. Denn da streckt sie einfach den Arm aus, und ich laufe direkt hinein. Mitten in ihren Arm und in ihren Mund.

Sie ist. Eigentlich noch viel ... viel irgendwas mehr als in meiner Vorstellung.

Und vielleicht ist alles andere nur passiert, damit ich mich jetzt nicht erschrecke. Damit ich nicht zurückzucke und wegspringe.

Stattdessen fühle ich mich wie hineingegossen in ihre Arme und an ihren Körper. Sie ist mindestens genauso groß wie ich, vielleicht sogar einen Zentimeter größer. Unsere Augen und Münder sind auf genau der gleichen Höhe. Und so fließt es zwischen uns ohne Hindernis hin und her. Ohne dass ich dabei denken müsste, wird aus uns quasi eine Person.

Aber wenn sie mir zusehen wollte, wie ich Kaffeepulver einfülle, während sie hinter mir steht, dann müsste sie ihren Kopf nicht auf meine Schulter legen.

Wir lehnen aneinander und gemeinsam in der Schiebetür zur Küche.

Während ihre Hände sich in meinen Nacken schieben und dort den Haaransatz streicheln, denke ich, dass mein Leben sich komplett verändert hat. Während ihre Lippen von meinem Mund zu meinem Hals hinunterwandern, denke ich, ob das lesbische Leben an sich womöglich öfter eine solche Flut von Attraktionen im Angebot hat. Während sie mich sehr langsam rückwärts schiebt, in Richtung Sofa, denke ich bereits nicht mehr. Aber irgendwie sperren sich meine Beine plötzlich. Und deswegen nehmen wir einen kleinen Bogen und wandern langsam aus dem Raum hinaus, über den Flur ins Schlafzimmer hinein, wo wir lange

Zeit vor dem Bett stehen. Uns küssen. Unsere Hände bereits unter Pullover geschlichen sind. Bis meine Knie so weich sind wie Wackelpudding und ich es albern finde, sich nicht wenigstens zu setzen.

Aber wir sitzen nicht, wir liegen. In meinem Bett. In dem ich es mittlerweile gewohnt bin, allein zu schlafen. In dem ich bisher nur ein einziges Mal nicht allein geschlafen habe ...

»Was ist denn?«, flüstert Emma und streicht mir eine Strähne ihrer Haare aus dem Gesicht. Das ist die ganze Zeit immer wieder passiert. Ihr Zopf hat sich irgendwann aufgelöst, und ihre Haarsträhnen verirrten sich um mein Gesicht und an meinen Hals. Das hat mich nicht gestört, wirklich, es war wie ein zusätzliches Streicheln.

Aber plötzlich ...

Etwas hat den Zauber genommen. Irgendetwas hat ein grelles Licht angeknipst, das plötzlich alles anders beleuchtet. Meine Lippen taub macht.

»Was hast du denn plötzlich?« Emma hält mich im Arm und betrachtet besorgt mein Gesicht. »Geht dir das zu schnell?«

»Ach, ich bin es einfach nicht gewöhnt, mir nicht um Empfängnisverhütung Gedanken machen zu müssen«, versuche ich zu scherzen. Aber die Wahrheit ist, dass ich selbst nicht genau weiß, was plötzlich los ist. Gerade war es noch so schön.

»He, mach dir keinen Stress. Nichts muss passieren. Du entscheidest die Gangart, okay?«

»Okay.«

»Wie wäre es, wenn wir jetzt den Kaffee trinken, der bestimmt seit einer Stunde fertig ist? Es gibt mit Sicherheit noch ganz schön viel zu erzählen.«

So machen wir es dann auch. Und es ist gar nicht seltsam

oder peinlich oder betreten zwischen uns. Im Gegenteil. Manchmal lächeln wir uns an, weil die eine etwas erraten hat, was die andere sagen wollte. Dann sind wir beide überrascht.

»Ist schon irre, oder? Dabei habe ich immer gedacht, dass im Internet alle lügen und sich besser oder zumindest anders machen, als sie sind. Ich hätte nie gedacht, dass wir uns nur über unser Schreiben doch schon ein kleines Stück kennen gelernt haben ...«, ereifere ich mich.

»Siehst du«, Emma feixt nur dazu. »Das ist es, was ich ganz zu Anfang damit meinte, dass du noch merken wirst, dass du es hier mit echten Menschen zu tun hast.«

Und mit einem echten Menschen habe ich es hier ganz sicher zu tun.

Als sie mich spät am Abend verlässt, beugt sie sich noch einmal vor und sieht mich fragend an. Ich kann nichts dagegen machen. Mir fallen fast automatisch die Augen zu, und sie gibt mir einen zärtlichen Kuss, aus dem wir beide lächelnd wieder auftauchen. Ich schließe die Tür hinter ihr, drehe mich um und betrachte mich einen Moment im Spiegel. Bin ich eigentlich bescheuert, dass ich sie einfach so gehen lasse?

Ich schlendere ins Wohnzimmer, sitze im Dunkeln auf dem Sofa.

Lustig, dass sie genauso groß ist wie ich. Frauen sind selten so groß wie ich. Das passt so gut. Überhaupt. Sie hat schon Recht. Auch wenn ich Fernsehen mache und sie StudentInnen unterrichtet, beschäftigen wir uns beide mit den gleichen Themen. Moral. Ethik. Wissenschaften. Und was sie erzählt hat von den Gängeleien an ihrer Fakultät, das wirkt ganz so wie die Ellenbogen der lieben Kollegen, die sich einer freien Journalistin auch ständig in die Seite bohren.

Zwischen uns wäre bestimmt ein wunderbarer Austausch

möglich. Wir leben in der gleichen Welt. Es scheint perfekt zu sein. Davon abgesehen, dass vielleicht die eine oder andere Schwierigkeit auf mich wartet. Zum Beispiel, wie erzähle ich so was meinen Eltern? Wir haben nicht mehr besonders regen Kontakt, nur zu den Feiertagen sehen wir uns regelmäßig, und hin und wieder telefonieren wir. Ich habe ihnen die Trennung von Lothar mitgeteilt. Und falls Emma und ich ... also, dann müsste ich ihnen das doch auch irgendwie sagen, oder?

Falls Emma und ich.

Bei diesem Gedanken setzt es bei mir irgendwie aus. Die letzten vierundzwanzig Stunden waren wirklich hart. Der Abend bei Lothar, unsere wahnwitzige »Erkenntnis« – dafür muss ich ihn noch zusammenstauchen! –, die halb durchwachte Nacht und der nervenbelastende Vormittag. Und auch wenn es mit Emma wunderschön war, wirklich wunderschön, trotzdem war es doch auch aufregend und anstrengend. Ich bin ganz kaputt. Am meisten aber von diesen Überlegungen, die mich jetzt einkreisen. Meine Augen werden ganz schwer davon. Bleischwer.

Ihr Gesicht ist so nah, dass ich die Farbe ihrer Augen ganz genau erkennen kann.

Ich glaube, ich habe nie zuvor jemanden mit grauen Augen gekannt.

Ich bin von ihrem Blick elektrisiert. Nur weil sie mich anschaut, unergründlich.

Fremd ist sie mir, und anders.

Die Haare an meinen Armen richten sich auf, als sie mich berührt.

Nackt. Ohne Worte. Ich platze fast vor Gier. Nach ihr. Dass sie auf mir liegt, und unter mir, und an mir. Haut an Haut.

Nur vorsichtig kommt sie näher. Als läge in dieser Erfüllung eine Gefahr. Wagt sich nur Stück für Stück.

Während ich schon bebe und mich schäme, weil ich es kaum aushalten kann. Dass ich so hungrig bin, das habe ich nicht geahnt.

Es schmerzt in meiner Körpermitte wie ein hoher Ton, der nicht zur Stille kommt, solange sie nicht ganz bei mir ist.

Aber sie kommt. Zu mir. Ich will trinken.

Ein Geräusch.

Der Wecker? Nein, irgendwas anderes ... irgendwas ... das Telefon ... es ist das Telefon ... ich taste um mich. Ich bin auf dem Sofa eingeschlafen. Keine Ahnung, wie spät es ist. Ich habe geträumt. Nach dem dritten Läuten geht der Anrufbeantworter ran.

»Hi, Frauke, ich bins noch mal. Keine Angst, heute Nacht komm ich nicht einfach so vorbei. Ich glaub, es ist auch für einen Anruf ein bisschen spät. Vielleicht hab ich ja Glück, und du verpennst die Störung einfach.« Mein Herz. Oder mein Magen. Irgendetwas steht in Flammen. »Okay, du bist nicht gekommen. War vielleicht ein bisschen knapp mit dem Anruf heute Mittag. Oder bist du etwa auch ganz überraschend nach Mallorca entführt worden?« Sie lacht, und ich kann mir vorstellen, wie sie dazu mit den Schultern zuckt. Um zu sagen, dass sie alles ganz locker nimmt und nur einen Scherz macht. »Tja, ich wollt mich nur noch mal melden, wie gesagt. Dann machs mal gut. Und ... du? Wäre schön, etwas von dir zu hören. Ciao.«

Das leise »Klack«, als sie auflegt, das ist auch auf dem Band.

Ich höre es mir noch einmal an.

Besonders das Klack am Ende klingt in meinem Kopf lange nach.

Antonie. Der ich zufällig begegnet bin. Die mich irgendwie erkannt hat, obwohl sie so anders ist. Von der ich gerade träumte.

»Also mal langsam!«, sagt Michelin und hebt die Hände, als müsse sie ein scheuendes Pferd beruhigen. »Noch mal von vorn. Emma und Antonie sind definitiv nicht ein und dieselbe Person?! Stattdessen hat Emma dich spontan gestern besucht, und du hast dich gleich mit ihr ins Bett gelegt?! Nur um anschließend einen wilden Traum von Antonie zu haben, die dann auch noch mitten in der Nacht offenbar telepathisch deine Schwingungen empfangen hat und auf deinen AB gequatscht hat?! Ist das richtig so?«

»Das mit der Telepathie habe ich nicht gesagt!«, korrigiere ich sie.

»Es kommt aber aufs Gleiche raus«, versichert mir meine liebe Freundin und ruft über die Schulter: »Engelchen, wenn du in vier Minuten nicht das Haus verlässt, kommst du zu spät!«

»Ich krieg den Fleck nicht raus!«, ertönt aus dem Bad Angelas hysterisch anmutende Stimme.

»Sie hat sich gestern nach der Generalprobe die Bluse beschlabbert«, wispert Michelin in meine Richtung und ruft laut zurück: »Lass sie im Wasser. Ich mach das gleich!«

»Wirklich? Das ist superlieb!« Angela kommt noch rasch in die Küche geflattert, nimmt einen Schluck aus der unberührt wirkenden Kaffeetasse, gibt Michelin einen hastigen Kuss, reißt ihre Tasche vom Stuhl und ist schon verschwunden.

»Lampenfieber«, erklärt Michelin mir mit einem Lächeln, das zwischen liebevoll und genervt die Balance hält. »Du denkst doch dran, dass morgen Abend die Premiere ist?«

»Michelin! Das sagst du mir jetzt schon seit zwei Wochen! Wie könnte ich das vergessen?« Ich stöhne auf. »Und wie könnte ich es vergessen, wo doch zur Premiere sowohl Antonie als auch Emma auftauchen werden.«

»Nein!«

»Doch! Ich war so dumm, bei beiden Werbung für das Stück zu machen.«

Michelin macht ein gequältes Gesicht. »Oh, das war nicht ... besonders ...«

»Nicht besonders schlau, ich weiß. Ich sagte ja gerade: ›Ich war so dumm ...‹ Aber was soll ich jetzt machen?«

»Nicht hingehen?«, schlägt sie vor.

Offenbar ist meine Lage ernster, als ich sie selbst einschätze.

Ich schüttele den Kopf. »Nein. Es wird mal Zeit, dass ich aufhöre, vor allem wegzulaufen«, entscheide ich fest.

Michelin sieht mich interessiert an.

»Vielleicht bin ich vor Lothar weggelaufen und hab es nur zu spät gemerkt? Und meine Scheu vor dem ganzen Lesbenkram, die kam doch auch nicht aus dem luftleeren Raum. Aber jetzt ist mal Schluss damit. Ich muss mich doch mal den Dingen stellen, die mir irgendwie Angst machen.«

»Eine Frau, ein Wort!«, meint Michelin beeindruckt und mustert mich von oben bis unten. Ich hoffe nur, sie kann nicht sehen, wie sehr mir die Düse geht. »Alle Achtung!«

»Sag das noch mal, wenn diese chaotische Zeit überstanden ist.«

»Was hättest du denn gern, wie es am Ende ausgeht?«, fragt meine Freundin und Arbeitskollegin, die es eigentlich besser wissen müsste.

»Michelin!«, rüge ich sie deswegen. »Du glaubst doch wohl nicht, dass ich kurz vor dem Ende von irgendetwas stehe?«

Sie reißt die Arme hoch. »Gott bewahre! Weißt du, Frederike sagt dazu immer: ›Mit einem Happy End ist doch die Geschichte nicht vorbei!‹ Ich finde, so sollten wir es auch sehen.«

Ich lache. »Schön, dass du *wir* sagst.«

Michelins Grinsen ist mir eine Spur zu frech.

»Was?«, frage ich deswegen.

»Ach ...« Sie schmunzelt verwegen. »Ich dachte grad nur so ... Vor ein paar Wochen hieß die Entscheidungsfindung noch: Mann oder Frau? Jetzt heißt sie bereits: Welche Frau? Das ist eine ziemlich rasante Entwicklung.«

Was soll ich dazu sagen? Sie hat Recht!

Ich ruf sie an.

Jetzt.

Nein. Gleich.

Ja, ich ruf sie gleich an.

Ich weiß. Ich sollte sie anrufen, so schnell es geht, und ihr von Emma erzählen. Das wäre nur fair. Emma weiß schließlich auch von ihr. Und geht das Risiko ein, wie es scheint. Vielleicht würde Antonie das nicht? Ich weiß nicht, aber irgendetwas sagt mir, dass sie es nicht tun würde.

Verrückterweise hofft etwas in mir, dass sie es nicht tun würde. Dass sie sich einfach zu schade dafür wäre. Sich nicht darauf einlassen würde, in einer Warteschlange zu hängen, während eine emotional verwirrte Ex-Hete gefühlsmäßig ziemlich zwischen den Stühlen sitzt.

Vielleicht möchte ich, dass sie mir die Entscheidung damit abnimmt, habe ich vorhin mal gedacht.

Aber immer, wenn ich den Hörer in die Hand nehme, um sie anzurufen, rast mein Puls hoch und ich bekomme einen Schweißausbruch vor Angst.

Sie darf mir die Entscheidung nicht abnehmen.

Es soll verdammt noch mal meine Entscheidung sein. Wenn ich schon meinem ehemaligen Leben den Rücken zudrehe und durch die Hölle des Coming-outs einer schubladenfreien momentan gleichgeschlechtlich empfindenden Frau zu gehen bereit bin, dann will ich wenigstens selbst die Entscheidung treffen, mit wem ich in meiner Freizeit knutsche. Und all das tue, was man in der Freizeit unter Frauen noch so tut.

Und schon wird mir wieder heiß.

Denn vielleicht ist es ja, wie Michelin heute Mittag in einem Nebensatz fallen ließ und mich damit für zwei Stunden in Panik versetzte, vielleicht ist es ja keine von ihnen beiden.

Der Gedanke aber, dass vielleicht irgendwo eine Frau auf mich lauern könnte, die diese Gefühle, die Emma und Antonie allein und zusammen in mir heraufwirbeln, noch toppen könnte ... dieser Gedanke überfordert mich einfach.

Es ist schon spät, als ich es endlich wage.

Die Nummer, die sie mir mit etwas ungelenker Schrift auf einen Zettel notiert hat, ist ganz fremd. Diese vage Frage, ob mir diese Zahlenkombination wohl vertraut werden wird, verbunden mit angenehmen Gefühlen, schießt mir durch den Kopf, und ich wische sie weg. Gerade rechtzeitig, bevor sie abnimmt.

»Hallo?«, meldet sie sich.

Ich hole tief Luft. »Hi, ich bin's. Ich meine, ich bin's, Frauke ...«

»Oh, du bist's!« Ihre Stimme klingt erfreut. »Eine Sekunde bitte!« Sie hält die Muschel des Hörers zu, aber ich kann hören, wie sie in den Hintergrund des Raumes ruft: »Geh doch schon mal vor! Ich komm sofort nach, ja?«

Dann ist sie wieder da.

»Schön, dass du anrufst! Das war wohl etwas knapp gestern, wie?« Ich kann sie lächeln hören.

»Na ja, ich hatte Besuch und hätte eh nicht kommen können«, antworte ich, ohne zu erwähnen, dass ich aber eigentlich das spontane Treffen hatte wahrnehmen wollen. Ich stürzte ja bereits in Jacke und Konfusion aus der Tür, als ich Emma dort auf der Fußmatte traf. »Aber lieb, dass du angerufen hast.«

»So bin ich!«, erwidert sie, und ich kann mir vorstellen, wie sie dabei fröhlich strahlt.

Ein paar Sekunden ist es still. »Hast du jetzt überhaupt Zeit zu telefonieren? Ich hab extra spät angerufen, um sicherzugehen, dass du nichts mehr vorhaben kannst ...«

Da lacht sie. »Ich kann immer! Steffi war heute Abend hier, die Freundin, mit der ich auf Mallorca war. Aber die dumme Nuss hat die Fotos zu Hause vergessen. Und da wollte ich jetzt noch mal fix mit, um sie anzusehen.«

Ich sehe auf die Uhr. Es ist Viertel nach elf. Ich käme nie auf die Idee, um diese Uhrzeit loszugehen, um mir Fotos von einem langweiligen verregneten Urlaub anzugucken.

»Wir können ja morgen telefonieren?«, schlägt sie vor. »Oder noch besser: Wir können gemeinsam frühstücken. Hast du Lust? Morgen Früh hab ich Zeit. Und du?«

»Ich? Ehm ... nein, morgen Früh hab ich ... ich hab einen Termin in Köln. Eine Redaktionssitzung, wo auch die Freien mit dabei sein sollen. Das kann ich unmöglich ausfallen lassen ...«

»Natürlich nicht. He, aber wir sehen uns ja eh morgen, fällt mir grad ein! Da ist doch die Premiere von eurem Stück!«

»Ja«, sage ich lahm. »Darum geht es eigentlich auch. Ich wollte vorher gern noch mit dir reden. Aber nicht so zwischen Tür und Angel. Es ist schon etwas, für das ich ein bisschen Ruhe brauche.«

Es ist, als würde ihr Energiefeld plötzlich heruntergefahren. Das Flirren, das durch die Leitung zu mir herübergesprüht kam, hört schlagartig auf.

»Hm«, macht sie und dann eine Weile gar nichts. Ich sage auch nichts. »Das klingt ziemlich unangenehm. Pass auf, ich geh mal schnell runter und sag Steffi, dass sie allein heimfahren soll. Ich kann mir die Fotos ein andermal ansehen. Und dann ruf ich dich sofort zurück, okay?«

Ich bin ein Hasenfuß. Ich bin schrecklich feige. Und außerdem bin ich charakterschwach und dazu auch noch so dumm, dass es manchmal regelrecht wehtut. Sie macht mir dieses Angebot und zeigt mir, dass es ihr wichtig ist, zu erfahren, um welchen heißen Brei ich hier herumlaviere. Und was sage ich?

»Ach was, das ist jetzt echt nicht nötig! Ist ja nichts Lebenswichtiges.« Wenn ich nicht sitzen würde, würde ich mich gern selbst in den Hintern treten.

»Sicher?«, forscht sie nach. »Ist kein Problem für mich. Eigentlich ist es ja eh viel zu spät, um noch mal wegzugehen. Ich könnte also ganz einfach ...«

»Nein, nein, wirklich«, unterbreche ich sie auch noch. »Guck du ruhig die Fotos an. Alles hat Zeit bis morgen.«

Jetzt lächelt sie wieder, das kann ich hören. Aber hineingemischt haben sich ein bisschen Unbehagen und eine Vorsicht, die ich auch schon in ihrem Gesicht gesehen habe.

»Okay, dann also bis morgen.«

»Bis morgen.«

»Schlaf schön.«

Ich schlucke. »Du auch.«

Das »Piep«, als sie den Hörer auflegt, hallt noch lange in meinem Kopf nach.

Ich hocke hier und starre vor mich hin. Anscheinend bin ich nicht geeignet für solche konfusen Gefühlshaushalte.

Ich brauche geordnete Verhältnisse. Ich brauche einen Mann, nein, eine Frau, jedenfalls einen Menschen, von dem ich weiß, dass ich da hingehöre. Fertig.

Mit Ausnahme von einer Lampe auf der Fensterbank brennt kein Licht in der Wohnung. Meine Vorstellung wird wieder lebendig. Der Gedanke, wie ich aufstehe und hinübergehe zum Durchgang in die Küche, wo eine Frau am Herd steht und kocht. Eine Frau, die sich nicht umdreht, mir ihr Gesicht nicht zeigt.

Ich stelle mir vor, sie sei blond. Mit kurzen Haaren, von denen am Pony eine Strähne immer in ihre Stirn fällt.

Sie ist so rasend schnell. Immer unterwegs. Ich sehe ihr Leben vor mir wie eine Aneinanderreihung aus Verabredungen, verrückten Einfällen und kranken Tieren, um die sie sich kümmert. Wäre überhaupt Platz in ihrem Leben für eine wie mich? Die ihre Seligkeit in Hundespaziergängen findet und für alles einen Tick länger braucht?

Und dann ihre Ideale. Ihre goldenen Regeln, die sie sich für die Liebe erfunden hat. Kann ich denen denn genügen, mit meinen vielen ›Vielleichts‹ und ›Ich weiß noch nicht‹, die mich im Moment ausfüllen?

Ich sollte mit jemandem über meine Zweifel reden.

Mal wieder fällt mir Lothar als Erster ein. Aber zufällig weiß ich, dass er heute Abend eine Verabredung mit Sandra hat. Wahrscheinlich inklusive Frühlingstigerstimme.

Und Katja kommt auch nicht recht infrage. Ich glaube, wir müssen erst mal wieder richtig geraderücken, was zwischen uns ein bisschen schief geraten ist. Eine Diskussion mit ihr um Für und Wider möglicher Beziehungspartnerinnen scheidet momentan also aus.

Michelin fällt sowieso raus. Die muss ihre lampenfiebergeplagte Angela betreuen, damit die nicht vor der Premiere morgen durchdreht.

Ich schaue zum Schreibtisch und gleich wieder weg.

Das ist jetzt nicht mein Ernst.

Ich kann unmöglich glauben, ich könnte mit Emma darüber reden. Sie ist nun wirklich die Letzte, die ich zu meinen Zweifeln und Visionen, Antonie betreffend, befragen sollte.

Aber einfach so mit ihr reden. Hören, wie es ihr geht. Das wird doch wohl drin sein.

Kaum habe ich mich selbst überzeugt, sitze ich mal wieder am Rechner und gebe mein Kennwort ein.

Unruhig rutsche ich auf dem Stuhl herum und gehe gleich über »Mitglied suchen«.

Aber Emma ist nicht da.

Das bringt mich ziemlich durcheinander.

Seit zig Wochen konnte ich mich darauf verlassen, dass sie spätabends um diese Uhrzeit im Netz war. Und jetzt ist sie nicht da.

Das ist wohl der Moment, in dem ich endgültig begreife, dass sich mit Emmas Besuch gestern alles geändert hat.

Am nächsten Tag bin ich ein Nervenbündel.

Alle sprechen mich darauf an.

»Alles okay mit Ihnen?«, fragt mich der Redaktionschef in Köln nach meinem gestammelten Statement in der Sitzung.

»Mann, ich glaube, wir sind alle irgendwie urlaubsreif, oder?«, lautet der Kommentar einer Kollegin zu meinem wilden Stunt, den ich mit zwei Kaffeebechern hinlege.

»Frauke, jetzt mal ganz ehrlich«, meint Michelin, die durch die letzten Tage mit der hypernervösen Angela auch schon etwas angefressen wirkt, später im Büro. »Du wirst es überleben. Und zwar ohne große Komplikationen.«

Angela selbst ist die Einzige, der es nicht auffällt, dass ich wie Espenlaub zittere. Zugegeben, sie übertrifft mich wahrscheinlich darin noch ein gutes Stück. Obwohl sie sich heute den Tag wohlweislich freigenommen hat, macht sie nicht gerade einen entspannten Eindruck. Sie sitzt im angrenzenden Wohnraum herum, murmelt Textpassagen, trinkt literweise »beruhigenden« Kräutertee und fragt dreimal nach der Uhrzeit, um unsere Angabe mit ihrer Armbanduhr zu vergleichen.

Am Nachmittag sind wir alle drei ziemlich mit den Nerven runter.

»Ich geh nach Hause!«, verkünde ich, und Loulou springt sofort auf. Sie hat ein untrügliches Gefühl dafür, wann ich aufbrechen will. Offenbar scheint sie der Meinung zu sein, dass ich es damit jetzt sehr eilig habe. »Ich hab seit heute Morgen zwei neue Aufträge im Trockenen, und da habe ich mir doch wohl eine Ruhepause vor dem großen Abend verdient.«

Angela hebt theaterreif ihre Hände in einer Geste, die vor zu hohen Erwartungen warnen soll. Und ich bringe es nicht fertig, ihr zu sagen, dass ich nicht deswegen so aufgeregt bin, weil ich um die von ihr zu erwartenden schauspielerischen Leistungen bange.

Michelin verdrückt sich diplomatisch auch jeden Kommentar. Und so werde ich zur Verabschiedung von Angela ganz besonders herzlich umarmt, weil ich »so mitleide«. Ich nehme mir vor, ihr heute Abend auf der Premierenfeier reinen Wein einzuschenken.

Loulou und ich nehmen den Umweg durch den Wald. Die Bäume machen mich immer ruhiger. Aber es ist so stürmisch heute. Die Äste knallen gegeneinander und peitschen mit ihren Zweigen.

Ich muss doch nur ich sein.

Wenn ich es schaffe, echt und wahrhaftig zu bleiben, dann wird alles so kommen, wie es kommen soll. Michelin hat Recht. Ich bin zu allem bereit. Und alles andere wird einfach geschehen.

Ich hoffe, ich kann das heute Abend auch noch so sehen.

Vor meinem Haus wartet Katja auf mich. Loulou freut sich derart, sie wiederzusehen, dass sie mit ihren zugedreckten Pfoten zweimal an ihr hochspringt.

Katja betrachtet mit unbewegter Miene ihre helle Daunenjacke, die deutlich sichtbaren Schaden genommen hat, und grinst dann plötzlich.

»Sieht doch aus wie Sommersprossen, oder?«, kommentiert sie die vielen braunen Spritzer auf dem hellen Stoff.

Wir gehen gemeinsam rein, ziehen unsere Schuhe aus, aber ihre soeben versaute Jacke lässt sie an. Und sie sagt kein Wort, während sie in der Badtür herumsteht und zusieht, wie ich Loulou dusche und frottiere.

»Setz dich doch schon mal. Ich mach uns Kaffee«, sage ich und winke sie ins Wohnzimmer.

Doch sie bleibt stehen und wandert schließlich mir hinterher in die Küche.

»Ich will mich entschuldigen«, beginnt sie trotzig. Das erinnert mich daran, wie sie früher einmal versehentlich meine Barbie auf die heiße Herdplatte gelegt hatte und meine geliebte Puppe fortan mit dem Beinamen »Halbgesicht« leben musste. Da hatte Katja sich ihre Entschuldigung auch so herausgeschraubt. Vielleicht weil sie wusste, wie viel mir an meiner Barbie lag. Und weil uns beiden klar war, dass Johannes' Ken ab diesem Zeitpunkt wahrscheinlich nie wieder zwischen meiner Barbie und ihrer sich würde entscheiden müssen. Nie wieder würde Ken auch nur in die Richtung meiner Barbie schauen. So viel stand fest.

Damals hatte sie ihre Entschuldigung auch mit vorgeschobener Unterlippe vorgebracht.

»Du brauchst dich nicht zu entschuldigen«, erwidere ich und hantiere mit dem Kaffeepulver. Warum schleicht sich seit kurzem dabei immer wieder so ein sonderbares Gefühl bei mir ein? »Es ist doch nichts passiert. Wir hatten eine Meinungsverschiedenheit. Das war alles.«

»Nein, war es nicht«, entgegnet sie ernst. »Verschiedene Meinungen hatten wir schon öfter. Aber die haben uns nicht voneinander getrennt, haben uns nicht irgendwie ›unterschiedlich‹ gemacht ...«

»Das hier macht uns nicht *unterschiedlich*!«, falle ich ihr ins Wort.

Katja zieht die Brauen hoch. »Ach, komm schon! Natürlich macht es das! Es ist nicht das Gleiche, ob du mit 'nem Mann oder 'ner Frau zusammen bist. Wetten? Wetten, es ist nicht dasselbe?«

Ich zähle die Löffel sorgfältig ab und stelle dann die Maschine an.

Diesen Duft und das Geräusch des durch den Filter laufenden Wassers, das liebe ich.

Ich schaue meine Freundin offen an. Ich kenne sie, so lange ich denken kann. Wir sind eigentlich eher wie Schwestern, die wir beide nicht haben.

»Natürlich ist es nicht dasselbe für *mich*«, sage ich. »Aber es macht keinen Unterschied für *dich*.«

»Das ist es ja eben. Ich weiß überhaupt gar nicht, ob es für mich denn eine Rolle spielen wird«, antwortet sie ratlos.

Irgendwie rührt es mich, wie sie da steht, die Hände in den Taschen ihrer dreckbespritzten Jacke, das Gesicht sorgenvoll ernst.

Als sie neulich hier war und wir uns stritten, da hatte ich Angst. Es schien mir so, als sei sie in der stärkeren Position, in Sicherheit. Von ihrem Standpunkt aus schien alles so einfach und klar zu sein. Ich fürchtete mich vor ihrem Urteil und ihrem Sich-Abwenden. Aber jetzt wird mir plötzlich klar, dass sie mindestens genauso viel Schiss gehabt haben muss wie ich.

»Warum sollte es? Ich kann dir doch immer noch alles erzählen, und du mir. Wir können immer noch Geheimnisse haben.« Ich kreuze die Finger vor der Brust. »Daran würde sich nichts ändern. Hat es doch auch nicht, als ich mit Lothar zusammenkam oder du mit Rainer.«

»Aber Männer sind doch was anderes. Ich meine, mit denen kann man doch eh nicht alles bequatschen. Die können nicht die beste Freundin ersetzen ...«, bricht sie ab.

»Niemand kann meine beste Freundin ersetzen!«, sage ich ernst und halte die immer noch gekreuzten Finger hoch.

»Echt nicht?«

»Ganz echt nicht.«

Katja scharrt mit ihrem großen rechten Zeh auf dem Teppich. Dann hebt sie aber abrupt den Kopf, weil ihr etwas eingefallen ist.

»Mit dem Heiraten war ich jedenfalls schneller«, sagt sie grinsend. »Mal schauen, ob du es dann wenigstens länger schaffst. Seit zweitausendeins dürft ihr das ja.«

»Mach mal langsam. Ich habe nicht vor, irgendjemanden zu heiraten.«

»Ach, das sagst du jetzt«, zieht Katja mich auf, und wir lachen.

Sie geht zurück in den Flur und beginnt, ihre Schuhe aufzuschnüren, um sie wieder anzuziehen.

Ich stehe im Türrahmen und sehe ihr zu. Ihr Anblick ist mir sehr vertrauter.

»Wo liegt denn eigentlich für dich der Unterschied?«, will sie plötzlich wissen, während sie an einem Schuh eine ordentliche Schleife bindet. Das konnte ich früher als sie. Schleifen binden. Aber sie macht sie heute immer noch viel ordentlicher, als ich es je könnte.

»Wie?«

»Der Unterschied, den es für dich macht. Du hast gesagt, es ist nicht dasselbe für *dich*. Was ist also anders?«

Ich überlege einen Augenblick, ob sie die Wahrheit verkraften kann. Dann grinse ich: »Na ja, so viel weiß ich ja noch nicht darüber. Aber eins kann ich schon ganz sicher sagen: Das Küssen, das ist anders!«

Katja starrt mich einen Moment lang an und muss dann kichernd wie ein Teenager zur Seite blicken. Ich find sie zuckersüß dabei.

»Und jetzt gehe ich, weil ich mich noch in Schale werfen will. Ich bezweifle ja, dass ich zu diesem Anlass den Mann meines Lebens kennen lerne, aber vielleicht laufen da ja ein paar leckere Lesben rum.« Sie lacht laut auf und räuspert sich dann. »War 'n Scherz.«

»Hab ich auch so verstanden.«

Wir lächeln uns an.

»Ach so, was ich dich noch fragen wollte: Weißt du es schon?«, rotzt sie noch hin, schon die Klinke in der Hand.

»Was denn?«

»Ob die beiden aus deinem komischen Liebesroman zusammenbleiben. Oder verlässt er sie? Oder sie ihn? Es sind doch ein Mann und eine Frau, oder?«, hakt sie gleich misstrauisch nach.

»Klar«, antworte ich und werfe einen unsicheren Blick auf das Buchcover, das immer noch auf meinem Couchtisch herumliegt. Darauf schlingen sich zwei Knöterichpflanzen umeinander. »Und sie bleiben zusammen.«

»Na, wenigstens etwas!«

Wieder verzieht sich Katjas Gesicht zu einem Grinsen. Ihre Sommersprossen tanzen. Sie wirft mir eine Kusshand zu und ist verschwunden.

Ich wandere ins Wohnzimmer zurück und lasse mich aufs Sofa fallen.

Katjas Besuch hat mich geerdet. Irgendwie hat er mir gezeigt, was wirklich wichtig ist für mich. Dass die, die mir schon so lange am Herzen liegen, dort auch weiterhin ihre Heimat haben. Dass wir immer noch zueinander gehören, egal, was jetzt geschieht. So eine Erdung hat mir gut getan bei dem emotionalen Höhentrudelflug, den ich seit Tagen durchlebe.

Ich greife nach dem Buch.

Natürlich geht es in dem Roman um eine Frau und einen Mann. Der Erzähler ist ein Mann, ganz klar. In diesem einen Kapitel ist das ganz deutlich. Ich bin mir sicher.

Als ich es aufschlage, finde ich die Szene, die ich so überdeutlich im Kopf habe, sofort. Aber bei genauerem Hinschauen muss ich jetzt feststellen, dass es keineswegs so ist, dass dort ein eindeutiger Hinweis auf das Geschlecht der erzählenden Person zu finden ist. O.k., wenn nicht hier, dann ganz sicher vorn im ersten Kapitel, als sie zurückblicken auf ihr Sich-kennen-Lernen. Hektisch blättere ich nach vorn. Auch dort ist die bewusste Stelle auf keinen Fall so eindeutig, wie ich sie in Erinnerung habe. Wieso habe ich geglaubt, es handelt sich bei dieser Geschichte um einen Liebesroman, der von einer Frau und einem Mann handelt? Tatsache ist, dass es nicht gesagt wird.

Es könnte ein Erzähler sein, ein Mann, ein ganzer Kerl mit Dreitagebart und Knackarsch in Levis-Jeans.

Es könnte aber genauso gut auch eine Erzählerin sein, eine Frau, eine, die ihr Leben in der Hand hält wie einen

Sack Murmeln. Spielsteine, die sie einsetzt, wenn der Gewinn hoch genug zu sein scheint. So was ist man von Frauen nicht gewöhnt. Und deshalb habe ich geglaubt, es sei ein Mann. Und weil die beiden so sehr um den Erhalt ihrer Liebe kämpfen, habe ich darin Lothar und mich gesehen, Mann und Frau. Habe gar nicht in Erwägung gezogen, dass es nicht in erster Linie ein Buch über Männer und Frauen sein könnte, sondern im Wesentlichen ein Buch über die Liebe ist.

Aber so ist es. Und ich schäme mich ein bisschen dafür, dass ich es nicht vorher gesehen habe. Immerhin habe ich es von Anfang bis Ende gelesen.

Es ist Antonie, die mir zuerst über den Weg läuft. Eigentlich laufe ich ihr über den Weg, denn wir stoßen an der Ecke vom Parkplatz zum Theater fast gegeneinander.

»Oh, wir scheinen ein Talent für Kollisionen zu haben«, bemerkt sie mit einem charmanten Lächeln und sieht mich intensiv an.

Sie trägt ihre Jacke offen, und darunter leuchtet mir ein riesiges A auf ihrem Strickpulli entgegen. Auf dem Kopf sitzt ihr die blaue Kappe, die sie auch neulich beim Tanzen aufhatte.

Ich weiß nicht, wie ich sie begrüßen soll. Deswegen tue ich gar nichts, außer zu lächeln und mich zu freuen, als sie den Arm ausstreckt, um meinen zu berühren.

»Du bist früh hier«, stelle ich fest, um irgendetwas zu sagen.

»Ach, ich komme ungern zu spät. Und ich finde es spannend zuzusehen, welche Leute so nach und nach eintrudeln. Alternative Theater haben ja so ein ganz besonderes Flair, nicht?«

»Ja, finde ich auch. Eigentlich ist es auch richtig schade,

dass es nicht auch alternatives Fernsehen gibt«, antworte ich. Und so gehen wir nebeneinander hinein in die große Halle vor dem Theatersaal.

Mittendrin steht Michelin und hält sich an einem Sektglas fest.

Sie schießt auf mich und Antonie zu und plappert gleich drauflos, wie aufgeregt Angela ist und dass die Schauspielerinnen in der Garderobe gerade eine Gruppenmeditation machen.

»Oder so was Ähnliches. Jedenfalls stehen sie alle im Kreis, halten sich an den Händen und machen solche Geräusche: Jaaaaaim, jeeeuuum, jaaaaaim, jeeeeuuum ...«

»Ich glaube, das gehört zur Stimmbildung«, weiß Antonie. »Dadurch entsteht eine Klangglocke.«

Michelin schaut sie an und dann von ihr zu mir und wieder zurück. Ich würde zu gern wissen, was sie denkt.

Was Katja denkt, die in diesem Moment durch die Portaltür hereinkommt, kann ich deutlich an ihrem Gesicht ablesen.

Sie gibt sich krampfhaft Mühe, Antonie nicht anzustarren, aber ich fürchte, sie hat damit nicht allzu viel Erfolg.

In ihrem sexy Catsuit kommt sie zu uns rübergeschlendert und reicht Antonie die Hand, die ihrerseits ihre entgegenstreckt.

»Das ist ja wirklich ein aufregender Abend für uns alle«, sagt Katja bedeutungsschwanger und schaut mich dabei viel sagend an. Ich glaube, Antonie gefällt ihr. Aber ganz sicher bin ich mir nicht. Meine Güte, ich habe mir nie Gedanken darum gemacht, welcher Typ Frau Katja gefallen könnte. Und sie umgekehrt sicher auch nicht.

»Also, ich finde, wenn wir schon so früh hier sind, dann sollten wir uns aber auch die besten Plätze sichern. Setzen wir uns alle nebeneinander?«, plappert Katja.

»Klar. Und wir sollen zwei Plätze für Lothar und Sandra freihalten«, teilt Michelin uns mit, während wir uns in Bewegung setzen.

Antonie wirft mir einen Blick zu, für den ich sie küssen möchte. Er fragt, ob diese Sandra eine Neuigkeit für mich ist. Und er fragt, ob das wohl in Ordnung ist für mich. Direkt neben Lothar und seiner neuen Freundin zu sitzen. Ein Blick, für den ich sie ... ja, ich denke an Küssen, wenn ich sie ansehe. Nicht nur, weil sie auf diese Weise mitfühlend an mich gedacht hat. Sondern weil sie verführerisch aussieht mit ihrem Käppi und dem leicht aufgeregten Lächeln, das sie spazieren trägt.

Wir setzen uns vorne hin. Katja überlässt den Platz neben mir wie selbstverständlich Antonie und setzt sich auf die andere Seite neben Michelin, mit der sie auch gleich eine angeregte Unterhaltung über das Stück und die Proben beginnt.

Es dauert nicht lange, dann füllt sich der Saal langsam. Immer wieder schaue ich zur Tür. Emma hat gesagt, sie habe sich schon im Vorverkauf eine Karte gesichert.

Dann kommt Lothar herein. Ich halte den Atem an. Neben ihm geht eine junge Frau, die groß und schlank ist und eine freche kurze Frisur trägt. Da lasse ich die Luft wieder raus. Irgendwie hatte ich ein bisschen befürchtet, sie würde so ganz anders sein als ich.

Natürlich soll sie nicht aussehen wie ein Abziehbild, das tut sie auch ganz sicher nicht. Aber wäre sie jetzt klein und drall, mit hinternlangen schwarzen Haaren, also, ich glaube, das hätte ich seltsam gefunden.

Antonie beobachtet mich heimlich. Aber offenbar beruhigt meine Haltung sie, denn sie entspannt sich auch bald wieder, nachdem Lothar mich geküsst und Sandra und ich uns lächelnd die Hände gereicht haben.

Meine Blicke zur Tür werden ein bisschen hektischer. Vielleicht wird sie gar nicht kommen? Vielleicht hat sich für sie so viel verändert, dass sie mich nicht sehen will. Sie will mich nicht im Netz treffen. Sonst wäre sie gestern Abend da gewesen. Und sie will mich auch sonst nicht sehen. Sonst würde sie jetzt hier sein.

Doch kurz bevor der dritte Gong ertönt, huscht noch eine Gestalt herein.

Emma. In einem bodenlangen schwarzen Strickkleid mit Rollkragen. Die Haare offen. Mir wird schwindlig, und ich sehe rasch nach vorn.

Und ich muss sagen, dass es ein sagenhaft gutes Stück ist.

Es ist so spannend inszeniert, und die Darstellerinnen sind so überzeugend, dass selbst ich den Saal um mich herum vergessen kann. Hineintauche in die Geschichte der an den Rollstuhl gefesselten Amelie, die von der liebevollen Fürsorge ihres Ehemannes fast erdrückt wird und plötzlich schockartig wachgerüttelt wird durch das Auftauchen der polterigen und energischen Pflegerin Marge. Dass sie sich ineinander verlieben, muss einem ans Herz gehen. Die Widerstände, die sich ihnen sofort massiv entgegenstellen, sträuben mir die Haare im Nacken.

Antonie sitzt neben mir und hält die Hände in ihrem Schoß gefaltet, als würde sie beten.

Vielleicht tut sie das auch. Denn so wie sie das Geschehen auf der Bühne gebannt mit den Augen verfolgt, scheint sie vollkommen gefangen zu sein von dieser Geschichte.

Als die Personen die Bühne verlassen und das Licht angeht, geht ein Raunen durch die Zuschauermenge. Die Pause kommt unerwartet.

Nur langsam stehen die Leute auf und richten sich zum

Ausgang, um sich Getränke zu besorgen oder der Toilette einen Besuch abzustatten.

Ich schaue mich, auf Zehenspitzen stehend, um.

Weit hinten, am letzten Ausgang, entdecke ich Emma, die zu mir hersieht und dann fortgezogen wird vom Strom der Hinausdrängenden.

»Wow«, macht Antonie, neben mir stehend. Sie sieht aus, als wäre sie gerade aus einem tiefen Traum erwacht. »Das find ich cool.«

Michelin sitzt immer noch auf ihrem Platz und lächelt selig.

»Bleibst du hier sitzen?«, fragt Antonie sie. »Ich bleib auch hier. Da draußen stehen sich eh alle nur auf den Füßen. Und ich kann jetzt nicht irgendwelchen Smalltalk reden.«

Ich glaube, sie hätte nichts sagen können, was Michelin mehr für sie einnehmen könnte. Der Blick, den meine Arbeitskollegin Antonie jetzt zuwirft, lässt mich stutzen.

»Deine liebe Angela«, sage ich deshalb betont schmeichelnd zu ihr, »ist wirklich sehr überzeugend!«

»Ja, finde ich auch!«, stimmt Antonie mir zu. »Ich find sie großartig. Und auch diese andere, die die Amelie spielt.«

»Das ist Jana«, erklärt Michelin ihr und will gerade beginnen, die Geschichte zu erzählen, die Angela und Jana miteinander verbindet. Ich denke, das ist ein günstiger Moment.

»Oh, ich glaub, ich hab da jemand gesehen!«, sage ich und lächele die beiden an. Michelin hebt alarmiert den Kopf in die Richtung, in die ich schaue. Aber Emma kann sie von ihrem Platz aus längst nicht mehr sehen. »Ich bin gleich zurück!« Und schon mache ich mich davon.

Wenn ich sie jetzt finde, könnte es gut gehen. Dann

muss ich nur nach der Aufführung lange genug auf der Toilette bleiben. Und die beiden begegnen sich nicht einmal. Muss ja nicht heute Abend sein, rede ich mir ein. Ich werde Antonie bei der nächsten Gelegenheit natürlich von Emma erzählen. Und vielleicht sollte ich auch mit Emma noch einmal sprechen. Vielleicht sollte ich überhaupt mal mit mir selbst ein ernstes Gespräch führen. Denn ich will ja wohl nicht, dass das hier zu einem Dauerzustand wird?

Ich wühle mich durch die herumstehenden Menschen und erhebe mich immer mal wieder auf die Zehenspitzen. Gott sei Dank bin ich groß genug, sodass selbst die meisten Männer mir dann nicht mehr die Sicht versperren. Aber trotzdem finde und finde ich sie nicht. Gleich wird die Pause beendet sein, und ich habe sie immer noch nicht begrüßt.

»Guten Abend«, sagt da eine fast schon vertraute rauchige Stimme hinter mir. Ich fahre herum.

Emma.

Lächelnd. Mich anlächelnd.

»Hallo«, hauche ich. Ja, wirklich, ich hauche nur. Sie sieht umwerfend aus.

Von nahem noch mehr als aus der Ferne. Ich bin auch nicht die Einzige, die sie anstarrt. Wahrscheinlich ist sie die schönste Frau im ganzen Theater.

Und die hat nichts anderes zu tun, als sich vorzubeugen und mir einen Kuss zu geben.

Mein erster Gedanke ist, dass hoffentlich Katja nicht irgendwo in der Nähe ist. Die bekommt einen Herzinfarkt. Denn Emmas Kuss ist nicht ein flüchtiger Freundinnenkuss, schmatz, schmatz, auf die Wange. Nein, sie küsst mich mitten auf den Mund, und zwar so langsam und sacht, dass es allen klar sein muss, was das für ein Kuss ist.

Als sich unsere Lippen voneinander lösen und mein Blick sich wieder klärt, sehe ich über Emmas Schulter hinweg dort hinten Antonies Augen. Nur für einen kurzen Moment. Dann schiebt sich im Gedränge irgendjemand dazwischen, und sie ist fort.

In meinem Kopf gibt es irgendwie einen Unfall. Es fühlt sich jedenfalls so an, als würden zwei Busse mit Vollgeschwindigkeit frontal voreinander rasen. Rumms! Wumm! Bang! Das wars!

»Einen Augenblick!«, rufe ich der verdutzten Emma zu und schiebe mich rasch in die Richtung, in der Antonie gerade noch stand.

Meine Suche wird dadurch erschwert, dass es zur zweiten Hälfte des Stücks gongt und die Menschen sich schlagartig in Bewegung setzen.

Das ist, als schwämme ich gegen die Flut an. Aber ich bin tapfer und gebe nicht auf. Nur als ich da ankomme, wo Antonie gerade noch stand, ist sie halt nicht mehr da. Ich schaue mich hektisch um.

Vielleicht ist sie zu den Toiletten gegangen?

Dort lichtet sich die Menge ein wenig, und ich eile den Gang hinunter, auf die Tür mit der stilisierten Frau zu. Dahinter befinden sich etliche weitere Türen, von denen einige geschlossen sind.

Soll ich?

»Antonie?!«, rufe ich dann laut. »Bist du hier?«

Aber niemand antwortet.

Also hechte ich wieder hinaus und schaue mich sorgfältig um.

»He, Frauke, was wuselst du hier denn so herum?« Lothar fasst mich am Arm.

»Antonie ...«, bringe ich nur heraus. »Hast du ...?« Sein Blick verändert sich von besorgt zu amüsiert.

Er deutet hinter sich. »Gerade hab ich sie noch an der Getränkebar gesehen. Da müsste sie noch stehen.«

Ich beeile mich, dorthin zu kommen. Begegne auf dem Weg dorthin Frederike und Karolin mit ein paar anderen Frauen aus ihrer Clique.

»Wo willst du denn so schnell hin, Frauke?« Frederike lacht, aber selbst sie kann mich nicht dazu bewegen, stehen zu bleiben.

Ich habe den starken Verdacht, dass es ziemlich haarig aussieht für mich.

Wenn Antonie tatsächlich den Kuss zwischen Emma und mir gesehen hat, dann wird sie sich jetzt wahrscheinlich ziemlich schwere Gedanken machen. Ich könnte mir echt die Haare raufen.

Und Emma denkt jetzt bestimmt auch, dass ich ein paar Schrauben locker habe. Ob sie das dann noch so außerordentlich liebenswert finden wird, bezweifle ich stark. Wer wird schon gern nach einem Begrüßungskuss einfach so stehen gelassen?

Jedenfalls ist sie jetzt auch nicht mehr da, wo ich sie vor ein paar Minuten verlassen habe. Oh, Mist, geht denn jetzt alles schief?

Antonie bleibt verschwunden.

Der dritte Gong verhallt, und ich haste rasch in den Saal, wo das Licht bereits verlischt. Dort muss ich feststellen, dass der Platz neben meinem leer ist.

Sie ist gegangen.

Sie ist nicht zurück in den Saal, sondern fort.

Ich hatte Recht. Sie würde sich nicht einlassen auf ... so etwas.

Ich hocke wie betäubt auf meinem Platz. Michelin schaut irritiert zu mir und flüstert: »Wo ist sie?«, und ich kann nur mit den Schultern zucken.

Als ich mich vorsichtig umdrehe, sehe ich ein paar Reihen hinter uns Emma sitzen. Ihr Blick ist auf die Bühne gerichtet, und sie verfolgt interessiert den Dialog. Antonie ist aber nirgends zu sehen. Und im Grunde habe ich es ja schon vorher gewusst. Es hätte nicht zu ihr gepasst zu bleiben.

Das Stück wird ein Riesenerfolg. Der Applaus will gar nicht enden. Immer wieder müssen die Schauspielerinnen nach vorn kommen, alle zusammen, allein, mit der Regisseurin. Das Publikum klatscht und trampelt, und Fotoblitzlichter leuchten auf. Mir tun am Ende die Finger weh. Aber das Strahlen derer auf der Bühne entschädigt wirklich für diese kleine Strapaze. Michelin hat Pipi in den Augen. Könnte sein, dass sie jeden Augenblick vor Stolz aus allen Nähten platzt.

Die Premierenfeier in dem kleinen Festsaal nebenan ist ebenfalls rauschend. Nicht etwa, weil hier Champagner und Kaviar strömen, nein, Sekt und kleine Kanapees reichen vollkommen aus. Es ist die Stimmung, die diejenigen verbreiten, die nun ein halbes Jahr lang an dieser Inszenierung gearbeitet haben. Sie haben all ihre Freizeit, Energie, Mühen und Hoffnung hier reingesteckt. Und haben Erfolg. Der tosende Applaus brandet noch den ganzen Abend in unser aller Köpfen. Die Schauspielerinnen und die Regisseurin sind betrunken vor Stolz und Erleichterung.

Ich sehe Emma bei Michelin und Angela stehen und mit ihnen über das Stück reden. Angela leuchtet. Michelins Blicke kleben an ihr wie eine Büroklammer an einem Magneten. Es ist so gut wie unmöglich, sie dazu zu bewegen, in eine andere Richtung zu schauen.

Katja schiebt sich an mich heran und pikst mir in die Seite.

»Die ist ja unglaublich ... hua ... wie soll ich sagen ...

sexy«, haucht sie mir ins Ohr und deutet unauffällig zu Emma hinüber.

Ich folge ihrem Blick.

»Findest du wirklich?«

»Ganz im Ernst! Aber weißt du, ich glaube, ich habe keine lesbischen Tendenzen. Jedenfalls heute Abend nicht. Denn immer, wenn ich mir vorstelle, ich wäre mit so einer Frau zusammen, bekomme ich die Krise. Ich wette, sie kennt Cellulitis nur aus der Cremewerbung.«

»Du findest sie so perfekt?«

»Also im Ernst. Ich würde mich ständig vergleichen mit ihr. Da könnte ich ihre ganze Schönheit gar nicht mehr genießen«, meint Katja trocken. »Aber mit dem Typen da drüben, der in dem beigefarbenen Anzug, mit dem würde ich mich bestimmt nicht vergleichen. Obwohl er, das musst du zugeben, auch die Tendenz zur Perfektion hat.«

Ich schiele zu ihm hinüber und muss grinsen. »Das ist Renato. Das ist der Freund von Christian.«

Katja stampft mit dem Fuß auf. »Ich wusste, dass an dem ein Haken sein muss.« Dann seufzt sie und blickt frustriert in ihr Sektglas, in dem nur noch eine kleine Pfütze schwimmt. »Und was ist mit dir? Du siehst nicht so aus, als würdest du in deiner ersten lesbischen Liebe schwelgen.«

Ich sehe mich erschrocken um, aber niemand scheint sie gehört zu haben.

Katja zuckt nur die Achseln, als wolle sie sagen: ›An so was musst du dich jetzt gewöhnen!‹

»Keine Ahnung, was mit mir ist. Ich mache mir ein paar Gedanken, weil Antonie in der Pause abgehauen ist.«

Katja schnalzt mit der Zunge. »Aber du hast doch erzählt, das sie eh so ein flatterhafter Typ ist. Vielleicht war ihr das Stück zu lang?«

Ich stöhne auf. »Nein. Das war es sicher nicht.« Und dann erzähle ich ihr flüsternd von dem kleinen Zwischenspiel in der Pause.

Katja hakt sich bei mir ein und zieht mich ein Stück raus aus der Menge.

»Mensch, das ist ja ein Ding! Und weiß Emma, was da abgegangen ist?«

»Ich glaube, sie hat es mitbekommen. Aber sie hat bisher nichts dazu gesagt.«

»Logisch. Sie muss ja jetzt auch den Eindruck bekommen haben, dass sie die Gewinnerin ist.«

»Sag das nicht so. Sonst komme ich mir vor wie der erste Preis bei einer Tombola.«

»So ähnlich ist das auch. Du musst dir vorstellen, die mit der höchsten Punktzahl bekommt den Preis. Und Emma hat ziemlich viele Punkte gesammelt. Sie kann sich also ausrechnen, dass sie nicht leer ausgehen wird. Aber nur, falls es nicht eine gibt, die mit einer viel höheren Punktzahl in der Tasche bereits nach Hause gegangen ist.«

»Du meinst ...?« Mir wird flau im Magen.

Katja knufft mich. »Na, Mensch! Du bist hier, inmitten einer duften Party, auf der es vor netten Leuten, leckeren Sachen und guter Stimmung nur so sprudelt. Und dann ist da auch noch eine wirklich umwerfend aussehende Frau, die dir ziemlich den Hof macht, wenn ich das so richtig gecheckt habe. Aber was machst du? Grübelst darüber nach, warum wohl diese eine andere in der Pause abgehauen sein könnte. Da muss man doch nun wirklich nicht mehr viel zusammenzählen, um zu kapieren, was Sache ist.«

Katjas Schuhe sind frisch geputzt. Es sind diese hohen Dinger, die sie immer anzieht, wenn sie sich göttlich fühlen will und mindestens so groß wie ich.

»Warum guckst du auf den Boden?«, fragt sie mich rüde. »Glotz nicht da runter. Sieh lieber zu, dass du das wieder hinbekommst!«

Damit schwebt sie auf ihren schwarz lackierten Stelzen davon, um den verdutzten Renato mit einer Flut von Komplimenten zu überschütten. Katja kann sehr offensiv sein, wenn sie weiß, dass sie eh nichts mehr zu verlieren hat.

Vielleicht sollte ich mir ein Beispiel an ihr nehmen.

»Was stehst du hier denn so verloren herum?« Emmas rauchige Stimme plötzlich direkt neben mir. Ich schrecke ein bisschen zusammen. Ich habe sie nicht kommen gehört.

»Verloren? Ach, ganz sicher nicht. Ich hab nur gerade eine kleine Pause im Feiern gemacht und Katja zugeschaut, wie sie Unmögliches versucht.« Mein kleiner Scherz bringt sie nicht zum Lachen.

Ich fürchte, dass es hier gleich ziemlich ernst zugehen wird. Zum Glück stehen wir weit ab von der nächsten lustig plaudernden Gruppe.

»Wie kommt es, dass Antonie nicht hier ist?«, möchte Emma jetzt tatsächlich wissen. Der Ausdruck ihrer Augen ist sehr zärtlich und verletzlich. Sie bittet mich, etwas nicht zu sagen. Aber ich habe keinen blassen Schimmer, was das sein könnte.

Ich schlucke, obwohl mein Hals sich trocken anfühlt wie Schmirgelpapier.

»Sie war im Stück ...«, beginne ich und weiß dann nicht weiter.

»Ich weiß«, sagt Emma. »Sie saß vorn neben dir, nicht?«

Ich nicke.

»Jedenfalls ist sie dann in der Pause gegangen ...«

Emma verschränkt die Arme vor der Brust. »Dann wird ihr vielleicht irgendetwas nicht gefallen haben.«

»Kann sein.«

Ich denke, wir wissen beide, wovon wir reden.

»Das tut mir Leid«, fährt sie unerwartet fort. Wenn ich mit etwas jetzt nicht gerechnet habe, dann mit einer Entschuldigung. »Das wollte ich ganz sicher nicht bezwecken mit meiner spontanen ... Begrüßung.«

Ich lache auf, aber es klingt nicht fröhlich. Eher im Gegenteil.

»Wollen wir einen Moment rausgehen?«, schlägt Emma vor.

Ich folge ihr langsam zur Tür. Vorn in der Garderobe bleibt sie stehen.

»Hier reicht es eigentlich auch.« Sie lächelt müde. »Draußen ist es bestimmt zu kalt, um auch nur einen gescheiten Satz zu Stande zu bekommen.«

»Tja, das kann wohl sein.«

Aber offenbar hängt das Zustandebringen von Sätzen nicht nur mit der Temperatur zusammen, denn wir schweigen beide ziemlich lange.

»Das muss ja wirklich verrückt für dich sein«, beginnt sie schließlich und nimmt meine Hand. Ich halte ihre fest. Ihre Finger sind kalt, und ich möchte sie gern wärmen. »Vor einem Jahr hast du noch nicht im Traum daran gedacht, mal etwas mit einer Frau anzufangen, und plötzlich sind es jetzt gleich zwei, die sich um dich bemühen.«

»Ach, im Traum habe ich schon öfter mal daran gedacht.« Ich grinse schief, und Emma lacht höflich.

»Im Ernst«, sagt sie. »Kommst du damit klar?«

»Ich bin noch nicht sicher«, antworte ich verhalten. »Ich glaube, ich bin ziemlich durcheinander momentan. Ich weiß kaum, wo mir der Kopf steht, geschweige denn das Herz, wenn du verstehst, was ich meine.«

Sie lächelt. »Ich schätze, ich versteh sehr gut, was du

meinst. Mir ging es ja auch eine Weile so. Ich habe schließlich ja Klarheit gewonnen, aber ironischerweise erst, als die Konkurrenz schon ziemlich nah rangerückt war.«

»Ja, das ist fast schon tragisch«, versuche ich einen – offen gesagt – wirklich schrägen Witz. »Meine Freundinnen werden wohl demnächst Wetten abschließen, wie ich mich entscheide.«

Darüber lachen können wir aber beide nicht. Ganz sicher nicht.

»Ich glaube, du hast dich schon entschieden«, murmelt Emma leise. Ihre Stimme klingt so traurig.

»Ach«, krächze ich, weil ich das gar nicht gut ertragen kann, sie so zu sehen, und weil es mir beinahe Angst macht, dass sie Recht haben könnte. »Ich glaube, sie könnte mir gar kein Zuhause sein. Weißt du noch, wie du geschrieben hast, dass ich vielleicht gar nicht so sehr einen Menschen brauche, der zu mir gehört, als vielmehr ein Zuhause?«

Emma wendet den Blick ab, aber ich habe doch die Tränen in ihren Augen gesehen. Eine hing schon an ihren langen Wimpern.

»Natürlich erinnere ich mich«, sagt sie. »Aber dein Zuhause, Frauke, das kannst du dir nur selbst geben, niemand anderes.«

Das ist wie ein Schock, als sie das sagt.

Weil es einen Kern in mir trifft, der schon lange wehtut. Und weil es dennoch so vieles möglich werden lässt, was vorher doch unmöglich schien.

Wenn nur ich selbst mir mein Zuhause geben kann, wenn ich keinen anderen Menschen dazu brauche, dann ... ja, dann?

»Ich werd dann mal gehen, Frauke-Loulou«, verabschiedet Emma sich, beugt sich vor und gibt mir einen sanften Kuss auf den Mund. Unsere Lippen berühren sich schon nicht mehr, als ich es begreife. »Hab noch einen schönen Abend.«

»Ja«, sage ich und lege meine Hand an ihren Arm. Silbermondauge. »Du auch. Ich meld mich.«

»Sicher«, sagt sie und geht. Ohne sich noch einmal umzudrehen.

Sie ist wirklich eine tolle Frau.

Ich würde mich auch ganz sicher nicht mit ihr vergleichen. So wie Katja es tun würde, meine ich. Ich würde sie bewundern für das, was sie ist. Und wie sie ist. Aber manchmal laufen Dinge wohl doch anders, als man zunächst glaubt.

Ich sehe zurück in den Partyraum. Michelin und Angela halten einander an der Hand, während sie sich gegenseitig Käsehäppchen in die Münder schieben. Und da ist mein lieber Lothar, der seine Sandra im Arm hält und strahlt, als hätte er ganz allein ein Königreich erobert.

Die Liebe ist so etwas Sonderbares. Dass sie uns im Stich lässt, wenn wir sie am meisten brauchen. Und wenn wir meinen, nicht mehr an sie zu glauben, dann kehrt sie heim ins Herz, als wäre sie nie fortgewesen. Sie, mit den meisten Gesichtern, die ich kenne.

Ich nehme mir still meine Jacke von der Garderobe und gehe hinaus.

Die Nachtluft ist eiskalt und klar. Tief sauge ich sie in meine vom Zigarettenqualm geplagten Lungen.

Ich rangiere lange mit meinem Wagen herum, den irgendjemand schon bösartig zu nennend eingeparkt hat. Als ich dann aus der Parklücke heraus bin, gebe ich Gas und fahre in die falsche Richtung. Ich fahre nicht nach Hause.

Als ich an einer Tankstelle vorbeifahre, kommt mir die Idee. An der nächsten halt ich an und laufe fast mit dem

Kopf gegen die Glastür, die sich nicht öffnet, als ich hinein will. Ich stehe verwirrt davor.

»Bitte benutzen Sie doch den Nachtschalter!«, schnarrt eine durch ein Mikrofon entstellte Stimme zehn Meter weiter links von mir.

Ich trabe dorthin und nicke dem jungen Mann hinter der dicken Scheibe freundlich zu. Er hat Ringe unter den Augen. Manchen Menschen bekommt Nachtschicht nicht besonders gut.

»Haben Sie Vanillemousse?«, frage ich, sicher, dass er mich für verrückt halten wird. Niemand kauft um halb zwei Uhr nachts Vanillemousse an einer Tankstelle. Es sei denn, diese jemand ist schwanger. Und das trifft auf mich ja Gott sei Dank nicht zu.

»Nein, tut mir Leid«, erwidert er mit verfremdeter Stimme.

Ich nicke, einsichtig lächelnd, hebe die Hand zum Gruß und drehe mich schon um, da schnarrt es: »Nehmen Sie doch Eis!«

Ich wende mich wieder ihm zu.

»Bitte?«

»Wir haben keine Mousse, aber Sie könnten doch stattdessen Eis nehmen. Wir haben Vanilleeis. In Ein-Liter-Behältern.«

Ich starre ihn einen Augenblick an, dann grinse ich, und er erwidert es. Sofort sieht er nicht mehr ganz so übernächtigt aus.

»Okay«, beschließe ich. »Ich nehm Ihr Vanilleeis.« Und als er schon losläuft, um es zu holen, rufe ich ihm noch nach: »Ach, haben Sie denn auch Schokoladeneis?« Er dreht sich um und nickt.

»Das nehm ich dann auch!«, sage ich.

Die Straße, in der Antonie wohnt, ist einfach zu finden. Ich parke direkt vor dem Haus und gehe in den Hauseingang. Auf den Klingelschildern sind die Namen nur schwer zu erkennen, weil es zu dunkel ist. Die nächste Straßenlaterne steht ungünstig weit weg. Peinlich wäre ja, jetzt bei jemand Fremden zu schellen, mitten in der Nacht.

Als ich schließlich den Knopf drücke, pumpt mein Herz wie ein Zylinderkolben. Es dauert eine ganze Weile, aber dann geht der Türsummer, und ich drücke die Tür auf.

Im Treppenhaus geht das Licht an, bevor ich den Schalter an der Wand ertastet habe.

Ich steige die unbekannten Stufen hinauf. Fremd ist alles. Ein Geruch wie Lavendel. Vielleicht hat jemand Essenz ins Wischwasser getan.

Antonie steht mit zerzausten Haaren in der Tür und blinzelt mich an.

Sie ist barfuß, trägt verwaschene rote Boxershorts und ein ausgeleiertes T-Shirt.

Sie lächelt zaghaft und hält mir die Tür weit auf, um sie dann langsam hinter mir wieder zu schließen.

»Ich wusste nicht, wo dein Schlafzimmerfenster liegt«, erkläre ich ihr. »Sonst hätte ich Steinchen geworfen.«

»Hätte ich nicht gehört. Ich hab einen sehr tiefen Schlaf.«

Wir stehen voreinander.

»Kann es sein, dass es das war, was du mir sagen wolltest, als du gestern angerufen hast?«, fragt sie dann ohne Vorwort.

Ich hätte es wissen können, dass sie so reagiert. Ganz genau so. Nicht einfach darüber hinweggeht, als sei nichts geschehen. Sondern anspricht, was sie gesehen hat, zu sehen glaubte.

Ich ringe wirklich mit den Worten. Nie ist mir das Sprechen so schwer gefallen wie in dieser Zeit.

»Was du gesehen hast, war nicht das, was du zu sehen geglaubt hast«, formuliere ich ausgesprochen kompliziert.

Antonie steht in ihrem Schlafdress vor mir und ist einen halben Kopf kleiner als ich, aber sie kommt mir trotzdem ziemlich groß vor, als sie jetzt sagt: »Also, Frauke, ich lass mich nicht verkackeiern. Ich weiß, was ich gesehen habe. Und ich weiß auch, dass ich auf irgendwelche Dreiergeschichten keine Lust habe. Das ist alles.«

Sie klingt nicht mal sauer, sondern einfach nur müde und erschöpft.

»Vielleicht sollte ich dir erzählen, was ich dir gestern eigentlich schon erzählen wollte. Damit du es besser einschätzen kannst?!«

Mir geht wirklich die Düse.

Sie ist so hart mit sich und ihren goldenen Regeln. Was soll ich machen, wenn sie mich jetzt einfach vor die Tür setzt?

»Was hast du da?«

Ich sehe hinunter auf die beiden Ein-Liter-Behälter, die ich in den Händen halte.

»Kalte Finger«, antworte ich grinsend. »Und Eis. Vanille und Schoko.«

Jetzt sieht ihr Lächeln schon ein bisschen anders aus. Sehr viel anders.

»Komm rein. Ich hol uns Löffel!«

Ihre Wohnung ist noch kleiner als meine, besteht nur aus dem kleinen Flur, einem großen Raum, einer Küche und einem winzigen Bad, in dem ich mir beim Händewaschen gleich den Kopf stoße.

Wir sitzen auf ihrem Bett und löffeln abwechselnd Schoko- und Vanilleeis, während ich erzähle.

Sie hört mir zu, mit ernstem Gesicht. Aber manchmal

taucht darin ein Lächeln auf, das nur so etwas wie Zuversicht herbeizaubern kann.

Schließlich legt sie ihren Löffel zur Seite und sieht mich unverwandt an. »Du hast dich also auf der Party von Emma verabschiedet und bist hierher gefahren. Und was bedeutet das? Bedeutet das was?«

Ich atme schwer. So was Ähnliches hätte ich erwarten sollen. Aber ich bin gar nicht gewappnet und stammele furchtbar herum.

»Ich ... weißt du ... ich kann dir immer noch nicht mehr versprechen ... als vor ein paar Tagen ... ich meine, eine Garantie«, beginne ich, aber da ist plötzlich wieder dieses Gefühl. Es lässt mich mitten im ohnehin gestotterten Satz einfach abbrechen. Es ist nicht das Gefühl, was ich empfunden habe, als wir uns küssten noch und noch. Nein, es ist jenes Gefühl, das mich so warm ausfüllte, als sie in der Nacht an meiner Seite lag. Als ihr Atem meinen Hals streichelte und wir beide so taten, als schliefen wir.

»Hast du eigentlich geschlafen?«, überrumpele ich sie, während sie noch nach einer Antwort auf meine letzte Eröffnung sucht.

Ich weiß, dass ihre Augen grau sind, aber manchmal wechseln sie die Farbe und werden undefinierbar. Du musst schon ganz genau hinschauen. Und nicht einmal dann gewinnst du Gewissheit.

»Geschlafen?«, wiederholt sie verwirrt.

»In der Nacht, als du bei mir ...«

»Ach so«, grinst sie. »Na, was glaubst du denn?«

Dass sie ein Glas ist voller bunter Überraschungskugeln, das von unten gefüllt wird. Immer wenn ich oben eine herausnehme und sie bestaune, wächst unten eine neue nach. Das glaube ich. Aber das sage ich ihr nicht. Noch nicht.

»Denk bloß nicht, dass ich dich jetzt küsse«, sagt sie da und deutet auf meinen Mund. »Du bist völlig zugeschmiert mit Eiscreme.«

Ich fahre mir mit der Zunge über die Lippen. Tja, denke ich, wenn sie es nicht tut, dann werde ich es wohl tun müssen.

Vanille und Schokolade. Ohne Gegenteil. Und mit einem Happy End endet die Geschichte ganz sicher nicht, denn spätestens da fragt sie unvermittelt: »Sollen wir zu dir?«

»Was?«, antworte ich verdutzt. Ihre Küsse machen mich wirr im Kopf. Und auf eine plötzliche Frage bin ich dabei nicht gefasst.

»Zu dir! Sollen wir zu dir fahren? Loulou ist jetzt schon so lange allein«, argumentiert die zukünftige Tierärztin.

»Oh ... ja ... wenn es dir nichts ausmacht, mitten in der Nacht durch die halbe Stadt zu fahren. Das wäre schön.«

»Na ja, ich könnte mir vielleicht noch was anderes anziehen. Aber ansonsten habe ich nichts dagegen. Ich mach das öfter mal«, meint sie schlicht. »Man muss doch offen sein für so was.«

Als wir uns in die Sitze meines Auto fallen lassen, sagt sie: »Übrigens ... eine Garantie kann ich dir auch nicht geben. Nur damit das gleich geklärt ist. In erster Linie kommt es nur darauf an, dass wir beide das tun, was zu unseren Lebenswegen passt. Weißt du, wie dein Weg aussieht?«

»Ich denke schon«, erwidere ich. »Ich bin jetzt einfach mal cool und liebe, wen ich will!«

Sie lacht. Dieses übermütige Lachen, bei dem ich immer den Eindruck habe, sie stehe unter Strom.

»Klasse!«, meint sie dann. »Ich mach mit!«

Ein eindringlicher Roman um Frauenfreundschaft und -liebe

Die Szene-Lesbe Frederike, Schöngeist und Träumernatur, trifft die ernsthafte Karolin – und ist fasziniert. Prompt beginnt Frederikes Clique zu meutern, denn Karolin paßt nicht in die eingeschworene Gemeinschaft. Frederikes Ex-Geliebte Pe wittert Konkurrenz und greift zu unfairen Mitteln. Und auch Ilona, ihre beste Freundin, verhält sich mit einemmal merkwürdig, als gehe es um etwas sehr Wichtiges – etwa eine unerklärte Liebe ...

ISBN 3-404-12878-8

Vergnügliche Beziehungskiste zwischen Frauen.

Nichts ist so wichtig wie sich zeitweise von allem und allen zurückzuziehen – oder wie die dreißigjährige Michelin es nennt: ›auf der Alm zu sein‹. Ihr Lesben-Single-Dasein kümmert sie wenig. Schließlich hat sie ihre lieben Freundinnen und einen ausfüllenden Beruf beim Fernsehen. Doch Michelins beste Freundin Jackie hat anderes im Kopf als ›den heiligen Seelen-frieden‹: Sie will endlich die Frau fürs Leben kennenlernen!
Doch dann geschieht das Wunder: Michelin verliebt sich auf den ersten Blick – ausgerechnet in Lena, neunzehn Jahre jung und ein begeisterter Szene-Frischling. Gleich bei der ersten Verabredung wird Michelin von ihr versetzt: Aug in Aug mit Lenas attraktiver Mutter. Diese Begegnung bleibt nicht ohne Folgen. Und bald sieht Lena sich ungewöhnlicher Konkurrenz gegenüber. Eine turbulente Zeit beginnt ...

ISBN 3-404-14557-7

Lesefutter für alle Freunde des klassischen englischen Detektivromans!

Eine schreckliche Nachricht wartet auf die Therapeutin Kellen Stewart: Ihre Freundin Bridget ist tot. Im Gegensatz zur Polizei glaubt Kellen jedoch nicht an Selbstmord. Sie stößt auf eine Fährte aus Intrige und Mord, die sie in die universitären Zirkel Glasgows, die Halbwelt der Stadt und an ein keltisches Steingrab auf dem Land führt ...

Dieser Roman ist Manda Scotts kriminalistisches Debüt und für den renommierten britischen Orange Prize nominiert worden.

ISBN 3-404-14585-2

**»Schnörkellos, präzise, intelligent?
Gänsehaut ist garantiert.«** THE TIMES

Nach einem missglückten Selbstmordversuch mit einem unheilvollen Medikamenten-Cocktail leidet die Tierchiurgin Dr. Nina Crawford unter grauenvollen Albträumen. Nur durch eine jahrelange Behandlung bei der Therapeutin Kellen Steward gelingt es ihr, diese Halluzinationen unter Kontrolle zu bringen und ihre berufliche Karriere fortzusetzen. Doch dann sterben in der Tierklinik alle Pferde, die von Dr. Crawford operiert wurden, an einer mysteriösen Infektion. Nina Crawfords schlimmste Albträume scheinen Realität zu werden. Als auch Kellen Steward ein Pferd zu verlieren droht, jedoch von Dr. Crawford in einer Notoperation gerettet werden kann, ist sie längst in den Sog dieses Albtraums geraten.

Ein atemraubender Wettlauf mit der Zeit entlang der Grenzen zwischen Traum und Wirklichkeit, Schlafen und Wachen, Vertrauen und Misstrauen beginnt.

ISBN 3-404-14719-7